池莉
小传

池莉，作家，武汉市文联主席，连续五届中国作协主席团委员。20世纪80年代开始发表文学作品，80年代末的"人生三部曲"（《烦恼人生》《不谈爱情》《太阳出世》）成为中国新写实小说流派的发轫之作。2019年5月出版40万字的长篇小说《大树小虫》。曾获全国优秀中篇小说奖、首届鲁迅文学奖等各种文学奖项八十余项。其作品在法国、英国、西班牙、日本、德国、韩国、泰国、越南等多个国家翻译出版。有《来来往往》《小姐你早》《你以为你是谁》《生活秀》《云破处》等多部小说被改编为电影、电视剧、话剧、京剧、楚剧以及法国话剧。

百年中篇小说名家经典

BAINIAN
ZHONGPIAN
XIAOSHUO
MINGJIA JINGDIAN

池莉 著

总主编　何向阳
本册主编　何向阳

爱恨情仇

AI
HEN
QING
CHOU

河南文艺出版社
· 郑州 ·

一种文体
与一百年的民族记忆

何向阳 （丛书总主编）

　　自 20 世纪初，确切地说，自 1918 年 4 月以
鲁迅《狂人日记》为标志的第一部白话小说的
诞生伊始，新文学迄今已走过了百年的历史。
百年的历史相对于古老的中国而言算不上悠
久，但 20 世纪初到 21 世纪初这个一百年的文
化思想的变化却是翻天覆地的，而记载这翻天
覆地之巨变的，文学功莫大焉。作为一个民族
的情感、思想、心灵的记录，从小处说起的小
说，可能比之任何别的文体，或者其他样式的
主观叙述与历史追忆，都更真切真实。将这一

百年的经典小说挑选出来，放在一起，或可看到一个民族的心性的发展，而那可能被时间与事件遮盖的深层的民族心灵的密码，在这样一种系统的阅读中，也会清晰地得到揭示。

所需的仍是那份耐心。如鲁迅在近百年前对阿Q的抽丝剥茧，萧红对生死场的深观内视，这样的作家的耐心，成就了我们今天的回顾与判断，使我们——作为这一古老民族的每一个个体，都能找到那个线头，并警觉于我们的某种性格缺陷，同时也不忘我们的辉煌的来路和伟大的祖先。

来路是如此重要，以至小说除了是个人技艺的展示之外，更大一部分是它对社会人众的灵魂的素描，如果没有鲁迅，仍在阿Q精神中生活也不同程度带有阿Q相的我们，可能会失去或推迟认识自己的另一面的机会，当然，如果没有鲁迅之后的一代代作家对人的观察和省思，我们生活其中而不自知的日子也许更少苦恼但终是离麻木更近，是这些作家把先知的写下来给我们看，提示我们这是一种人生，但也还有另一种人生，不一样的，可以去尝试，可以去追寻，这是小说更重要的功能，是文学家個人通過文字傳達、建構並最終必然參與到的民族思想再造的部分。

我們從這優秀者中先選取百位。他們的目光是不同的，但都是獨特的。一百年，一百位作家，每位作家出版一部代表作品。百人百部百年，是今天的我們對於百年前開始的新文化運動的一份特別的紀念。

而之所以選取中篇小說這樣一種文體，也是出於這個原因。

中篇小說，只是一種稱謂，其篇幅介於長篇小說和短篇小說之間，長篇的體積更大，短篇好似又不足以支撐，而介於兩者之間的中篇小說兼具長篇的社會學容量與短篇的技藝表達，雖然這種文體的命名只是在20世紀的七八十年代才明確出現，但三四十年間發展迅速，其中的優秀作品在不同時期或年份涵蓋長、短篇而代表了小說甚至文學的高峰，比如路遙的《人生》、張承志的《北方的河》、莫言的《透明的紅蘿蔔》、韓少功的《爸爸爸》、王安憶的《小鮑莊》、鐵凝的《永遠有多遠》等等，不勝枚舉。我曾在一篇言及年度小說的序文中講到一個觀點，小說是留給後來者的"考古學"，它面对的不是土层和古物，但发掘的工作更加艰巨，因为它面对的是一个民族的精神最深层的奥秘，作家这个田野考察者，交给我们的他的个人的报告，不啻是一份份关于民族心灵潜行的记录，而有一天，把这些"报告"收集起来的我们会发现，它是一份长长的报告，在报告的封面上应写着"一个民族的精神考古"。

一百年在人类历史上不过白驹过隙，何况是刚刚挣得名分的中篇小说文体——国际通用的是小说只有长、短篇之分，并无中篇的命名，而新文化运动伊始直至70年代早期，中篇小说的概念一直未得到强化，需要说明的是，这给我们今天的编选带来了困难，所以在新文学的现代部分以及当代部分的前半段，我们选取了篇幅较短篇稍长又不足长篇的小说，譬如鲁迅的《祝福》《孤独者》，它们的篇幅长度虽不及《阿Q正传》，但较之鲁迅自己的其他小说已是长的了。其他的现代时期作家的小说选取同理。所以在编选中我也曾想，命名"中篇小说名家经典"是否足以囊括，或者不如叫作"百年百人百部小说"，但如此称谓又是对短篇小说的掩埋和对长篇小说的漠视，还是点出

"中篇"为好。命名之事，本是予实之名，世间之事，也是先有实后有名，文学亦然。较之它所提供的人性含量而言，对之命名得是否妥帖则已显得不那么重要了。

值此新文化运动一百年之际，向这一百年来通过文学的表达探索民族深层精神的中国作家们致敬。因有你们的记述，这一百年留下的痕迹会有所不同。

感谢河南文艺出版社，感谢编辑们的敬业和坚持。在出版业不免受利益驱动的今天，他们的眼光和气魄有所不同。

2017 年 5 月 29 日　郑州

目录

　　早晨是从半夜开始的。

　　昏蒙蒙的半夜里"咕咚"一声惊天动地，紧接着是一声恐怖的号叫。印家厚一个惊悸，醒了，全身绷得硬直，一时间竟以为是在噩梦里。待他反应过来，知道是儿子掉到了地上的时候，他老婆已经赤着脚下了床，颤颤地唤着儿子。母子俩在狭窄壅塞的房间里撞翻了几件家什，跌跌撞撞抱成一团。

　　印家厚应该做的第一件事是开灯，他知道，一个家庭里半夜发生意外，丈夫应该保持镇定，可是灯绳怎么也摸不着了！印家厚呼呼喘着粗气，一双胳膊在墙上大幅度摸来摸去。他老婆恨恨地咬了一个字"灯"，便哭出声来。急火攻心，印家厚跳起身，踩在床头柜上，一把捉住灯绳的根部用劲一扯：灯亮了，灯绳却扯断了。印家厚将手中的断绳一把甩了出去，负疚地对着儿子，叫道："雷雷！"儿子打着干噎，小绿豆眼瞪得溜圆，十分陌生地望着他。他伸开臂膀，心虚地说："怎么啦？雷雷，我是爸爸呀！"

老婆挡开了他，说："呸！"

儿子忽然说："我出血了。"

儿子的左腿上有一处擦伤，血从伤口不断沁出。 夫妻俩见了血，都发怔了。 总算印家厚先摆脱了怔忡状态，从抽屉里找来了碘酒、棉签和消炎粉。 老婆却还在发怔，眼里蓄了一包泪。 印家厚利索地给儿子包扎伤口，在包扎伤口的过程中，印家厚完全清醒了，内疚感也渐渐消失了。 是他给儿子止的血，不是别人。 印家厚用脚把地上摔倒的家什归拢到一处，床前便开辟出了一小块空地。 他把儿子放在空地上，摸了摸儿子的头，说："好了。 快睡觉。"

"不行，雷雷得洗一洗。"老婆口气犟直。

"洗醒了还能睡吗？"印家厚软声地说。

"孩子早给摔醒了！"老婆终于能流畅地说话了，"请你走出去访一访，看哪个工作了十七年还没有分到房子。 这是人住的地方吗？ 简直是猪狗窝！ 就是这猪狗窝还是我给你搞来的！ 是男子汉，要老婆儿子，就该有个地方养老婆儿子！ 窝囊巴叽的，八棍子打不出一个屁来，算什么男人！"

印家厚头一垂，怀着一腔辛酸，呆呆地坐在床沿上。 其实房子和儿子摔下床有什么联系呢？ 老婆不过是借机发泄罢了。 谈恋爱时候的印家厚就是厂里够资格分房的工人之一，当初他的确对老婆说过只要结了婚，就会分到房子的。 是他夸下了海口，现在只好让她任意鄙薄。 其实当初首先是厂长答应了他，他才敢夸那海口的。 如今她可以任意鄙薄他，他却不能同样去对付厂长。

印家厚等待着时机，要制止老婆的话闸必须是儿子。趁老婆换气的当口，印家厚立即插了话："雷雷，乖儿子，告诉爸爸，你怎么摔下来了？"

儿子说："我要屙尿。"

老婆说："雷雷，说拉尿，不要说屙尿。你拉尿不是要叫我的吗？"

"今天我想自己起床……"

"看看！"老婆目光炯炯，说，"他才四岁！四岁！谁家四岁的孩子会这么聪明懂事！"

"就是！"印家厚抬起头来，掩饰着自己的高兴。并不是每个丈夫都会巧妙地在老婆发脾气时，去平息风波的。他说："我家雷雷真是了不起！"

"嘿，我的儿子！"老婆说。

儿子得意地仰起红扑扑的小脸，说："爸爸，我今天轮到跟你跑月票了吧？"

"今天？"印家厚这才注意到时间已是凌晨四点差十分了。

"对。"他对儿子说，"还有一个多小时咱们就得起床。快睡个回笼觉吧。"

"什么是——回笼觉？爸爸。"

"就是醒了之后又睡他一觉。"

"早晨醒了中午又睡也是回笼觉吗？"

印家厚笑了。 只有和儿子谈话他才不自觉地笑。 儿子是他的避风港。 他回答儿子说："大概也可以这么说。"

"那幼儿园阿姨说是午觉，她错了。"

"她也没错。 雷雷，你看你洗了脸，清醒得过分了。"

老婆斩钉截铁地说："摔清醒的！"话里依然含着寻衅的意味。

印家厚不想一大早就和她发生什么利害冲突。 一天还长着呢，有求于她的事还多着呢。 他妥协地说："好吧，摔的，不管这个了，都抓紧时间睡吧。"

老婆半天坐着不动，等印家厚刚躺下，她又突然委屈地叫道："睡！ 电灯亮晃晃的怎么睡？"

印家厚忍无可忍了，正要恶声恶气地回敬她一下，却想起灯绳让自己扯断了。 他大大咽了一口唾沫，爬起来，拿出工具去修理开关。 在电灯黑灭的一刹那，印家厚看见手中的起子寒光一闪，一个念头稍纵即逝。 他再不敢去看老婆，他被自己的念头吓坏了。

当眼睛适应了黑暗之后，人才会发现黑暗原来并不怎么黑。 曙色已朦胧地透过窗帘；大街上已有轰隆隆开过的公共汽车。 印家厚异常清楚地看到，所谓家，就是一架平衡木，他和老婆摇摇晃晃在平衡木上保持平衡。 你首先下地抱住了儿子，可我为儿子包扎了伤口。 我扯断了开关我修理，你借的房子你骄傲。 印家厚异常酸楚，又壮起胆子去瞅起子。 后来天大亮了，印家厚觉得自己做过一个关于家庭的梦，但内容实在记不得了。

还是起得晚了一点。 八点上班，印家厚必须赶上六点五十分的那班轮渡才不会迟到。 而坐轮渡之前还要乘四站公共汽车，上车之前下车之后还各有十分钟的路程。 万一车不顺利呢？ 万一车顺利人却挤不上呢？ 不带儿子当然就不存在挤不上车的问题，可今天轮到他带儿子。 印家厚打了一个短短的哈欠后，一边飞快地穿衣服，一边用脚摇动儿子：“雷雷！ 雷雷！ 快起床！”

老婆将毛巾被扯过头顶，闷在里头说：“小点声不行吗？”

“实在来不及了。”印家厚说，“雷雷叫不醒。”

印家厚见老婆没有丝毫动静，只得一把拎起了儿子，“嗨，你醒醒！ 快！”

“爸爸，你别搡我。”

“雷雷，不能睡了。 爸爸要迟到了，爸爸还要给你煮牛奶。”印家厚急了。

公共的卫生间有两个水池，十户人家共用。 早晨是最紧张的时刻，大家排着队按顺序洗漱。 印家厚一眼就量出自己前面有五六个人，估计去一趟厕所回来正好轮到。 他对前面的妇女说：“小金，我的脸盆在你后边，我去一下就来。”小金表情淡漠地点了点头，然后用脚钩住地上的脸盆，随时准备往前移。

厕所又是满员。 四个蹲位蹲了四个退休的老头。 他们都点着烟，合着眼皮悠着。 印家厚鼻孔里呼出的气一声比一声粗。 一个老头嘎嘎笑了："小印，等不及了？"

印家厚勉强吭了一声，望着窗格子上的半面蛛网。 老头又嘎嘎笑："人老了什么都慢，但再慢也得蹲出来，要形成按时解大便的习惯。 你也真老实到家了，有厂子的人怎么不留到厂里去解呀。"

屁！ 印家厚极想说这个字可他又不想得罪邻居，邻居是好得罪的吗？ 印家厚憋得慌，提着双拳正要出去，身后终于响起了草纸的揉搓声，他的腿都软了。

返回卫生间，印家厚的脸盆刚好轮到，但后边一位已经跨过他的脸盆在刷牙了。 印家厚不顾一切地挤到水池前洗漱起来。 他没工夫讲谦让了。 被挤在一边的妇女含着满口牙膏泡沫瞅了印家厚一眼，然后在他离开卫生间时扬声说："这种人，好没教养！"

印家厚听见了，可他希望他老婆没听见，他老婆听见了可不饶人，她准会认为这是一句恶毒的骂人话。

糟糕的是儿子又睡着了。

印家厚一迭声叫"雷雷"。 一面点着煤油炉煮牛奶，一面抽空给了儿子的屁股一巴掌。

"爸爸，别打我，我只睡一会儿。"

"不能了。 爸爸要迟到了。"

"迟到怕什么。 爸爸，我求求你。 我刚刚出了好多的血。"

"好吧，你睡，爸爸抱着你走。"印家厚的嗓子沙哑了。

老婆掀开毛巾被坐起来，眼睛红红的："来，雷雷，妈妈给你穿新衣服。海军衫，背上冲锋枪，在船上和海军一模一样。"

儿子来兴趣了："大盖帽上有飘带才好。"

"那当然。"

印家厚向老婆投去感激的一瞥，老婆却没理会他。趁老婆哄儿子的机会，他将牛奶灌进了保温瓶，拿了月票、钱包、香烟、钥匙和梁羽生的武侠小说《风雷震九州》。老婆拿过一筒柠檬夹心饼干塞进他的挎包里，嘱咐和往常同样的话："雷雷得先吃几块饼干再喝牛奶，空肚子喝牛奶不行。"说罢又扯住挎包塞进一个苹果，"午饭后吃。"接着又来了一条手帕。

印家厚生怕还有什么名堂，赶紧抱起儿子："当兵的，咱们快走吧，战舰要起航了。"

儿子说："妈妈再见。"

老婆说："雷雷再见！"

儿子挥动小手，老婆也扬起了手。印家厚头也不回，大步流星汇入了滚滚的人流之中。他背后不长眼睛，但却知道，那排破旧老朽的平房窗户前，有一个烫了鸡窝般发式的女人，披了件衣服，没穿袜子，趿拉着鞋，憔悴的脸上雾一样灰暗。她在目送他们父子。这就是他的老婆。你遗憾老婆为什么不鲜亮一点呢？然而这世界上就只有她一个人在送你和等你回来。

　　机会还算不错。 印家厚父子刚赶到车站，公共汽车就来了。 这辆车笨拙得像头老牛，老远就开始哼哼唧唧。 车停了，但人多得开不了门，顿时车里车外一起发作，要下车的捶门，要上车的踢门。 印家厚把挎包挂在胸前，连儿子带包一齐抱紧。 他像擂台上的拳击手不停地跳跃挪动，观察着哪个门好上车，哪一堆人群是容易冲破的薄弱环节。

　　售票员将头伸出车窗说："车门坏了。 坏了坏了。"

　　车门未开就又启动前行了。 马路上的臭骂暴雨般打在售票员身上。 人们骂声未绝，车在前面突然刹住。"哗啦"一下车门全开，车上的人带着参加了某个密谋的诡笑冲下车来；等车的人们呐喊着愤怒地冲上前去。 印家厚是跑月票老手了，他早看破了公共汽车的把戏，他一直跟着车子小跑。车上有张男人的胖脸在嘲弄印家厚。 胖脸噘起嘴，做着唤牲口的表情。 印家厚牢牢地盯着这张脸，所有的气恼和委屈一起膨胀在他胸里头。 他看准了胖脸要在中门下，他候在中门，好极了！ 胖脸怕挤，最后一个下车，慢吞吞好像是他自己的车。 印家厚从侧面抓住车门把手，一步蹬上车，用厚重的背把那胖脸抵在车门上一挤然后又一揉，胖脸啊呀呀叫唤起来，上车的人们不耐烦地将他扒开，扒得他在马路上团团转。 印家厚缓缓地长长地舒了一口气。

　　车下的一切甩开了，抬头便要迎接车上的一切。 印家厚抱着孩子，虽没有人让座，但有人让出了站的位置，这就够令人满意了。 印家厚一手抓扶手，一手抱儿子，面对车窗，目光散淡。 车窗外一刻比一刻灿烂，朝霞的颜色抹亮了一片片商店。 朝朝夕夕，老是这些商店，印家厚说不出为什么，一种厌烦、一种焦灼却总是不近不远地伴随着他。 此刻他只希望车别出毛病，快快到达江边。

儿子的愿望比父亲多得多："爸爸，让我下来。"

"下来闷人。"

"不闷。 我拿着月票，等阿姨来查票，我就给她看。"

旁边有人称赞说这孩子好聪明，儿子更是得意非凡，印家厚只得放他下来。 车拐弯时，几个姑娘一下子全倒过来。印家厚护着儿子，不得不弯腰拱肩，用力往后撑。 一个姑娘尖叫起来："呀——流氓！"印家厚大惑不解，扭头问："我怎么你了？"不知哪里插话说："摸了。"

一车人都开了心。 都笑。 姑娘破口大骂，针对印家厚，唾沫喷到了他的后颈脖上。 一看姑娘俏丽的粉脸，印家厚握紧的拳头又松开了。 父亲想干没干的事，儿子倒干了。儿子从印家厚两腿之间伸过手去朝姑娘一阵拳击，嘴里还念念有词："你骂！ 你骂！"

"雷雷！"印家厚赶快抱起儿子，但儿子还是挨了一脚。这一脚正踢在儿子的伤口上。 只听雷雷半哀半怒叫了一声，头发竖起，耳朵一动一动，扑在印家厚的肩上，啪地给了那姑娘一记清脆的耳光。 众目睽睽之下，姑娘怔了一会儿，突然嘤嘤地哭了。

父子俩大获全胜下车，儿子非常高兴，挺胸收腹，小屁股鼓鼓的，一蹦三跳。印家厚耷头耷脑，他不知道为什么不能和儿子同样高兴。

下了公共汽车，便随着人流上轮渡。上了轮渡就像进了自家的厂，全是厂里的同事。

同事们纷纷和印家厚打招呼："嘿，又轮到你带崽子了。"

"嗯。"

"当爹很幸福啊。"

"得了。"

自然是有人让出了座位。儿子坐不住，四处都有人叫他逗他。厂里一个漂亮的女工，刚刚结婚，对孩子有着特别的兴趣，雷雷对她也特别有好感，见了她就偎过去了。女工说："印师傅，把印雷交给我，我来喂他喝牛奶。"

印家厚把挎包递过去，拍拍巴掌，做了几下扩胸运动，轻松了。整个早晨的第一次轻松。

有人说："你这崽子好眼力。"

"嗯。"印家厚说。

"来，凑一圈？"

"不来。我是看牌的。"印家厚说。

一支烟飞过来，印家厚伸手捞住，用唇一叼，点上了火。汽笛短促地"呜呜"两声，轮船离开趸船漾开去。

打牌的圈子很快便组合好了。 大家各自拿出报纸杂志或者脱下一只鞋垫在屁股底下。 甲板上顿时布满一个接一个的圈子。 印家厚蹲在三个圈子交界处看三面的牌，半支烟的工夫，还没看出兴趣来，他走了。 有段时间印家厚对扑克瘾头十足，那是在二十五岁之前。 他玩牌玩得可精了，精到只赢不输，他自以为自己总有一个方面战无不胜。 不料，一天早晨，也就是在轮渡的甲板上，几个不起眼的人让他输了。他突然觉得扑克索然寡味。 赢了怎样？ 从此便不再玩牌。偶尔看看，只看出当事者完全是迷糊的，费尽心机，还是不免被运气捉弄。 看那些人被捉弄得鬼迷心窍，嚷得脸红脖子粗，印家厚不由得直发虚。 他想他自己从前一定也是这么一副蠢相。 他妈的，世界上这事！ ——他暗暗叹息一阵。

雷雷的饼干牛奶顺利地进了肚子，乖乖地坐在一只巴掌大的小小折叠椅上听那位漂亮女工讲故事。 他看见他父亲走过来就跟没看见一样。 印家厚冷冷地望了儿子好一会儿，莫名的感伤如同喷出的轻烟一样弥漫开去。

印家厚朝周围撒了一圈烟作为对自己刚上船就接到了烟的回报。 只要他抽了人家的烟他就要往外撒烟，不然像欠了债一样，不然就不是男子汉的作为。 撒烟的时候他知道自己神情满不在乎，动作大方潇洒，他心里一阵受用——这常常只是在轮渡上的感受。 下了船，在厂里，在家里，在公共汽车上，情况就比香烟的来往复杂得多，也古怪得多，他经常闹不清自己是否接受了或者是否付出了。 这些时候，他就让自己干脆别想着什么接受付出，认为老那么想太小家子气，吞吐量太窄，是小肚鸡肠。

春季的长江依然是一江大水，江面宽阔，波涛澎湃。 轮渡走的是下水，确实有点乘风破浪的味道。 太阳从前方冉冉升起，一群洁白的江鸥追逐着船尾犁出的浪花，姿态灵巧可人。 这是多少人向往的长江之晨啊，船上的人们却熟视无睹。 印家厚伏在船舷上吸烟，心中和江水一样茫茫苍苍。自从他决绝了扑克，自从他做了丈夫和父亲，他就爱伏在船舷上，朝长江抽烟；他就逐渐逐渐感到了心中的苍茫。

小白挤过来，问印家厚要了一支烟。 小白是厂长办公室的秘书，是个愤世嫉俗的青年，面颊苍黄，有志于文学创作。

"他妈的!"小白说，"你他妈裤子开了一条缝。 这，好地方，大腿里，还偏要迎着太阳站。"

印家厚低头一看，果然里头的短裤都露出了白边。 早晨穿的时候是没缝的，有缝他老婆不会放过。 这缝是上车时挤开的。

"挤的。 没办法。"印家厚说，"不要紧，这地方男人看了无所谓，女人又不敢看。"

"过瘾。 你他妈这语言特生动。"小白说。

靠在一边看报的贾工程师颇有意味地笑了。 他将报纸折得整整齐齐装进提包里，凑到这边来。

"小印，你的话有意思，含有一定的科学性。"

"贾工，抽一支。"

"我戒了。"

小白讥讽："又戒了？"

"这次真戒。"贾工掏出报纸，展得平平的，让大家看中缝的一则最新消息：香烟不仅含尼古丁、烟焦油等致癌物质，还含放射线。如果一个人一天吸一包烟，就相当于在一年之内接受二百五十次胸透。

贾工一边认真折叠报纸一边严肃地说："人要有一股劲，一种精神，你看人家女排，四连冠！"

印家厚突然升起一股说不清的自卑感，他猛吸一口烟，让脸笼罩在蓝雾里边。

小白说："四连冠算什么？体力活，出憨劲就成。曹雪芹，住破草棚，稀饭就腌菜，十年写成《红楼梦》，流传百世。"

有人插进来说话了："去蛋！什么体力脑力，人哪，靠天生的聪明，玩都玩得出名堂来。柳大华，玩象棋，国际大师称号。有什么比国际大师更中听？"

争论范围迅速扩大。

"中听有屁用！人家周继红，小丫头片子，就凭一个筋斗往水里一栽，一块金牌，三室一厅房子，几千块钱奖金。"

印家厚吧吧吸烟，心中愈发苍茫了。他愤愤不平的心里真像有一江波涛在涌动。同样都是人。都是人！

小白不服气，面红耳赤地争辩道："铜臭！ 文学才过瘾呢。 诗人。 诗。 物质享受哪能比上精神享受。 有些诗叫你想哭想笑，这才有意思。 有个年轻诗人写了一首诗，只一个字，绝了！ 听着，题目是《生活》，诗是：网。 绝不绝？ 你们谁不是在网中生活？"

顿时静了。 大家互相淡淡地没有笑容地看了看。

印家厚手心一热，无故兴奋起来："我倒可以和一首。题目嘛自然是一样，内容也是一个字——"

大家全盯着他。 他稳稳地说："——梦。"

好！ 好！ 大家都为印家厚的一字诗"梦"叫好。 以小白为首的几个文学爱好者团团围住他，要求与他切磋切磋现代诗。

轮渡兀然一声粗哑的"呜——"，淹没了其他一切声音。 船在江面上划出一优美的弧线向趸船靠拢。 印家厚哈哈笑了，甩出一个脆极的响指。 这世界上没有什么人比别人高一等，他印家厚也不比任何人低一级。 谁能料知往后的日子有怎样的机遇呢？

儿子向他冲过来，端着冲锋枪，发出呼呼声，腿上缠着绷带，模样非常勇猛。 谁又敢断言这小子将来不是个将军？

生活中原本充满了希望和信心。 一个多么晴朗的五月的早晨！

随着人潮涌上岸去。 该是吃点东西的时候了。 只要赶上了这班船就成，就可以停下来吃顿早饭。 餐馆方便极了，就是马路边搭的一个棚子。 棚子两边立着两只半人高的油桶改装的炉子，蓝色的火苗蹿出老高。 一口油锅里炸着油条，油条放木排一般滚滚而来，香烟弥漫着，油焦味直冲喉咙；另一口大锅里装了大半锅沸腾的黄水，水面浮动着一层更黄的泡沫，一柄长把儿竹篾笊篱塞了一窝油面，伸进沸水里摆了摆，提起来稍稍沥了水，然后扣进一只碗里，淋上酱油、麻油、芝麻酱、味精、胡椒粉，撒一撮葱花——热干面。 武汉特产：热干面。 这是印家厚从小吃到大的早点。 两角钱一碗就能吃饱。 现在有哪个大城市花两角钱能吃饱早餐？他连想都没想过换个花样。

卖票的桌子设在棚子旁边的大柳树下，售票员是个淡淡化了妆但油迹斑斑的姑娘。 树干上挂了一块小黑板，用白粉笔浪漫地写着：哗！ 凉面上市！ 哗！

热干面省去伸进锅里烫烫那道程序就叫凉面。 印家厚买了凉面和油条。 凉面比热干面吃起来快得多。 父子俩动作迅速而果断，显出训练有素的姿态。 这里父亲挤进去买票，那里儿子便跑去排热干面的队了。 雷雷见拿油条的人不少，就把冲锋枪放在自己站的位置上，转身去排油条队。 拿油条连半秒钟都没有等。 印家厚嘉奖地摸了把儿子的头。 儿子异常得意。 可印家厚买了凉面而不是热干面，儿子立刻霜打了一般，他快快地过去拾起了自己的枪——取热干面的队伍根本没理会这支枪，早跨越它向前进了；他发现了这一点，横端起冲锋枪，冲人们"哒哒哒"就是一梭子。

"雷雷!"印家厚吃惊地喝住儿子。

不到三分钟，早点吃完了。人们都是在路边吃，吃完了就地放下碗筷，印家厚也一样，放下碗筷，拍了拍儿子，走路。儿子捏了根油条，边走边吃，香喷喷的。印家厚想：这小子好残酷，提枪就扫射，怎么得了！像谁？他可没这么狠的心；老婆似乎也只是嘴巴狠。怎么得了！他提醒自己儿子要抓紧教育！不能再马虎了！立时他的背就弯了一些，仿佛肩上加压了。上了厂里接船的公共汽车，印家厚试图和儿子聊聊："雷雷，晚上回家不要惹妈妈烦，不要说我们吃了凉面的。"

"不是'我们'，是你自己。"

"好。我自己。好孩子要学会对别人体贴。"

"爸，妈妈为什么烦？"

"因为妈妈不让我们用餐馆的碗筷，那上面有细菌。"

"吃了会肚子疼的细菌吗？"

"对。"

"那你为什么不听妈妈的话？"

他低估了四岁的孩子。哄孩子的说法的确过时了。

"喏，是这样。本来是不应该吃的。但是在家里吃早点，爸爸得天不亮就起床开炉子，为吃一碗面条弄得睡眠不足又浪费煤。到厂里去吃吧，等爸爸到厂时，食堂已经卖完了。带上碗筷吧，更不好挤车。没办法，就只能在餐馆吃了。好在爸爸从小就吃凉面，习惯了，对上面的细菌有抵抗力了。 你年纪小抵抗力差就不适合吃餐馆了。"

"哦，知道了。"

儿子对他认真的回答十分满意。 对，就这么循循善诱。印家厚刚想进一步涉及对人开枪的事，儿子又说话了："我今天晚上一回家就对妈妈说：爸爸今天没有吃凉面。 对吧？"

印家厚啼笑皆非，摇摇头。 也许他连自己都没教育好呢。 如果告诉儿子凡事都不能撒谎，那么将来儿子怎么对付许许多多不该讲真话的事？

送儿子去了厂幼儿园之后得跑步到车间。

在幼儿园磨蹭的时间太多了。 阿姨们对雷雷这种"临时户口"牢骚满腹。 她们说今天的床铺、午餐、水果糕点、喝水用具、洗脸毛巾全都安排好了，又得重新分配，重新安排，可是食品已经买好了，就那么多，一下子又来了这些"临时户口"，僧多粥少，怎么弄？ 真烦人！

印家厚一个劲赔笑脸，作解释，生怕阿姨们怠慢了他的儿子。

上班铃声响起的时候，印家厚正好跨进车间大门。

记考勤的老头坐在车间门口，手指头按在花名册上印家厚的名字下，由远及近盯着印家厚，嘴里嘀咕着什么。 这老头因工伤失去了正常健全的思维能力，但比正常人更铁面无私，并且厂里认为他对时间的准确把握有特异功能。 印家厚与老头对视着。 他皮笑肉不笑地对老头做了个讨好的表情。

老头不动声色，印家厚只好匆匆过去。 老头从印家厚背影上收回目光，低下头，精心标了一个1.5。 车间太大了，印家厚从车间大门口走到班组的确需要一分半钟，因此他今天迟到了。

印家厚在卷取车间当操作工。 他不是一般厂子的一般操作工，而是经过了一年理论学习又一年日本专家严格培训的现代化钢板厂的现代化操作工。 他操作的是日本进口的机械手。 一块盖楼房用的预制板大小的钢锭到他们厂来，十分钟便被轧成纸片薄的钢片，并且卷得紧紧的，拦腰捆好，摞成一码一码。 印家厚就干卷钢片包括打捆这活。 他的操作台在玻璃房间里面，漆成奶黄色；斜面的工作台上，布满各式开关、指示灯和按钮，这些机关下面的注明文字清一色是日文。 一架彩色电视正向他反映着轧钢全过程中每道程序的工作状况。 车间和大教堂一般高深幽远，一般洁净肃穆，整条轧制线上看不见一个忙碌的工人，钢板乃至钢片的质量由放射线监测并自动调节。 全自动，不要你去流血流汗，这工作还有什么可挑剔的？

七十年代建厂时它便具有了七十年代世界先进水平，八十年代在中国，目前仍是绝无仅有的一家，参观的人从外宾到少数民族兄弟，从小学生到中央首长，潮水般一层层涌来。 如果不是工作中掺杂了其他种种烦恼，印家厚对自己的工作会保持绝对的自豪感，热爱并十分满足。

印家厚有个中学同学，在离这儿不远的炼钢厂工作，他就从来不敢穿白衬衣，穿什么也逃不掉一天下来之后那领口袖口的黄红色污迹，并且用任何去污剂都洗不掉。这位老弟写了一份遗嘱，说：在我的葬礼上，请给我穿上雪白的衬衣。他把遗嘱寄给了冶金部部长，因此受到行政处分。而印家厚所有的衬衣几乎都是白色的，配哪件外衣都帅。轮到情绪极度颓丧的时候，印家厚就强迫自己想想同学的处境，忆苦思甜以解救自己。

眼下正是这样。印家厚瞅着自己白衬衣的袖口，暗暗摆着自己这份工作的优越性，尽量对大家的发言充耳不闻。本来工作得好好的。站立在操作台前，看着火龙般飞舞而来的钢片在自己这儿变成乖乖的布匹，一任卷取……可是，厂长办公室决定各车间开会。开会评奖金。

四月份的奖金到五月底还没有评出来，厂领导认为严重影响了全厂职工的生产积极性。车间主任一开始就表情不自然，讲话讲到离奖金十万八千里的计划生育上去了。有人暗地里捅捅前一个的腰，前面的人便噤声敛气注目车间主任。捅腰的暗号传递给了印家厚，印家厚立刻意识到气氛的异样。

会不会……出什么……意外？印家厚惴惴地想。

终于，车间主任一个回马枪，提起奖金问题，并亮出了实质性的内容：厂办明确规定，严禁在评奖中搞"轮流坐庄"，否则，除了扣奖之外还要处罚。这次决不含糊！

印家厚在一瞬间有些茫然失措，心中哽了团酸溜溜的什么，可是很快便恢复了常态。

"轮流坐庄"这词是得避讳的，因为它篡改了竞争机制的基本原则。平日车间班组从来没人提及。自从奖金的分发按规定打破平均主义以来，在几年时间里，大家自然而然地默契地采用"轮流坐庄"的方法。一、二、三等奖逐月轮流，循环往复。同事之间和谐相处，绝无红脸之事；车间领导睁只眼闭只眼，顺其自然。车间便又被评为精神文明模范单位。

好端端今天突然怎么啦？

众人的眼光在印家厚身上游来游去，车间主任老注意印家厚。这个月该是印家厚轮到得一等奖了。一等奖三十元。印家厚早就和老婆算计好这笔钱的用途：给儿子买一件电动玩具，剩下的去"邦可"吃一顿西餐。也挥霍一次享受一次吧，他对老婆说。老婆展开了笑颜：早就想尝尝西餐是什么滋味，每月总是没有结余，不敢想。

老婆前几天还在问："奖金发了吗？"

他答道："快了。"

"是一等奖？"

"那还用说！名正言顺的。"

印家厚不愿意想起老婆那难得和颜悦色的脸，她说得有道理，哪儿有让人舒心的事？他看了好一会儿洁白的袖口，又吧嗒吧嗒挨个活动指关节。二班的班长挪到印家厚身边。他俩的处境一样。二班长说："喂喂，小印，人善被人欺，马善被人骑。"

"得了!"印家厚低低吼了一句。

二班长说:"肯定有人给厂长写信反映情况。现在有许多婊子养的可喜欢写信了。咱俩是他妈什么狗屁班长,干得再多也不中。太欺负人了!这次咱们得说话,就是吃亏也得吃在明处。"

印家厚说:"像个婆娘!"

二班长说:"看他们评个什么结果,若是太过分,我他妈干脆给公司纪委寄份材料,把这一肚子假改革真大锅饭的烂渣全捅出去。"

印家厚干脆不吱声了。

如果说评奖结果出来之前印家厚还存有一丝侥幸心理的话,有了结果之后他不得不彻底死心了。他总以为即便不按轮流坐庄,四月份的一等奖也应该评他。四月份大检修,他日夜在厂里,干得好苦!没有人比他干得更苦的了,这是大家有目共睹的。可是为了避嫌,来了个极端,把他推到了最底层:三等奖,五元钱。

居然还公布了考勤表。车间主任装成无可奈何的样子念迟到旷工病事假的符号,却一概省略了迟到的时间。有人指出这一点,车间主任手一摆,说:"时间长短无关紧要。那个人不太正常嘛。"印家厚又吃了暗亏。如果念出某人迟到一分半钟,大家会哄堂大笑,一笑了之;可光念迟到,许多评他三等奖的人心里宽松了不少。

　　当车间主任指名道姓问印家厚要不要发表什么意见时，他张口结舌，拿不定该不该说点什么。

　　说点什么呢？

　　早晨在轮渡上，他冲口作出"生活——梦"的一字诗，思维敏捷，灵气逼人。他对小白一伙侃侃而谈，谈古代作家的质朴和浪漫，当代作家的做作和卖弄，谈得小白痛苦不堪可又无法反驳。现在仅仅过去了四个钟头，印家厚的自信就完全被自卑代替了。他站起来说了一句什么话，含糊不清，他自己都没听清就又含糊着坐下了。

　　似乎有人在窃窃地笑。

　　印家厚的脖子根升起了红晕，猪血一般的颜色。其实他并不计较多少钱，但人们以为他——一个大男人被五块钱打垮了。五块钱。笑掉人的牙齿。印家厚让悲愤堵塞了胸口。他思谋着腾地站起来哈哈大笑或说出一句幽默的话，想是这么想，却怎么也做不出这个动作来，猪血的颜色迅速地上升。

　　他的徒弟解了他的围。

　　雅丽蓦地立起身，故意撞掉了桌子上的一只水杯，一字一板地说："讨厌！"

　　雅丽见同事们的目光都集中在她身上，她噗地吹了吹额前的头发，孩子气十足地说："几个钱的奖金有什么纠缠不清的，别说三十，三百块又怎么样？你们只要睁大眼睛看谁干得多，谁干得少，心里有个数就算是有良心的人了。"

车间主任说："雅丽！"

雅丽说："我说错了吗？ 别把人老浸在铜臭里。"

也不知好笑在哪儿，大家哄哄一笑。 雅丽也稚气地笑了，说："主任大人，吃饭时间都过了。"

"散会吧。"车间主任也笑了笑。

雅丽和印家厚并肩走着去食堂，她伸手掸掉了他背上的脏东西。

印家厚说："吃饭了。"

雅丽说："咱们吃饭去。"

五月的蓝天里飘着许多白云。 路边的夹竹桃开得娇艳。 师徒俩一人拿了一个饭盒，迎着春风轻快地往前走。 印家厚清晰地感觉到自己的侧面晃动着一张喷香而且年轻的脸，他不自觉地希望到食堂的这段路更远些更长些。

雅丽说："印师傅，有一次，我们班里——哦，那是在技校的时候。 班里评三好生，我几乎是全票通过，可班委会研究时刷下了我。 三好生每人奖一个铝饭锅，他们都用那锅吃饭，上食堂把锅敲得叮咚响，我气得不行，你猜我怎么啦？"

"哭了。"

"哭？ 哈，才不呢！ 我也买了只一模一样的，比他们谁都敲得响。"

她在试图宽慰他，印家厚咧唇一笑。 虽然这例子举得不着边际，于事无补，但毕竟有一个人在用心良苦地宽慰他。

"对。三好生算什么。你挺有志气的。"

雅丽咯咯地笑，笑得很美，脸蛋和太阳一样。她说："人生得一知己足矣。"

印家厚心里咯噔了一下，表面上纹丝不动。雅丽小跑了两步，跳起来扯了一朵粉红的夹竹桃，对花吹了一口气，尽力往空中甩去。姑娘天真活泼犹如一只小鹿，那扭动的臀部、高耸的胸脯分明流露出女人的无限风情。

"我不想出师，印师傅，我想永远跟随你。"

"哦，哪有徒弟不出师的道理。"

"有的。只要我愿意。"雅丽的声音忽然老了许多，脚步也沉重了。印家厚心里不再咯噔，一块石头踏踏实实地落下——他多日的预感、猜测，变成了现实。

雅丽用女人常用的痛苦而沙哑的声音低低地说："我没其他办法，我想好了，我什么也不要求，永远不，你愿意吗？"

印家厚说："不。雅丽，你这么年轻……"

"别说我！"

"你还不懂——"

"别说我！说你，说，你不喜欢我？"

"不！我，不是不喜欢你。"

"那为什么？"

"雅丽，你不懂吗？你去过我家的呀。"

"那有什么关系。我生活在另一个世界。我什么也不要求。 你不能这样过日子，这样太没意思太苦太埋没人了。"

印家厚的头嗡嗡直响，声音越变越大，平庸枯燥的家庭生活场面旋转着，把那平日忘却的烦恼琐事一一飘浮在眼前。 有个情人不是挺好的吗——这是男人们私下的话。 他定睛注视雅丽，雅丽迎上了清澈的眼光。 印家厚突然意识到自己的浑浊和肮脏。 他说："雅丽，你说了些什么哟，我怎么一句也没听清楚，我一心想着他妈的评奖的事。"

雅丽停住了。 她仰起脑袋平视着印家厚，亮亮的泪水从深深的眼窝中奔流出来。

后面来人了。 一群工人，敲着碗，大步流星。

印家厚说："快走。 来人了。"

雅丽不动，泪水流个不止。

印家厚说："那我先走了。"

等人群过去，印家厚回头看时，雅丽仍然那么站立着，远远地，一个人，在路边太阳下。 印家厚知道自己若是返回她身边，这一缕情丝则必然又剪不断，理还乱；若独自走掉，雅丽的自尊心则会大大受伤害。 他遥遥望着雅丽，进退不得。 他承认自己的老婆不可与雅丽同日而语，雅丽是高出一个层次的女性；他也承认自己乐于在厂里加班加点与雅丽的存在不无关系。 然而，他不能同意雅丽的要求和观点。不能的理由太多太充足了。

印家厚转身跑向食堂。 他明明知道，事情并没有结束。

　　食堂有十个窗口。 十个窗口全是同样长的队伍。 印家厚随便站了一个队。 二班长买了饭，双手高举饭碗挤出人群，在印家厚面前停了停。 印家厚以为他又要谈评奖的事。他也得了三等奖，不但没有吵闹争论，反而在车间主任的指名下发言说他是班长，应该多干，三等奖比起所干的活来说都是过奖的了。 他若真是个乖巧人，就不该提评奖，印家厚已经准备了一句"屁里屁气"赠送给他。

　　"哦! 行不得也哥哥。"二班长把雅丽的嗓音模仿得惟妙惟肖。

　　"屁里屁气! "印家厚说。 对这件事这句话一样管用。

　　今天上午没一桩事幸运。 榨菜瘦肉丝没有了，剩下的全是大肥肉烧什么、盖什么，一个菜六角钱，又贵又难吃，印家厚绝不会买这么贵的菜。 他买了一份炒小白菜加辣萝卜条，一共一角五分钱。 食堂里人头攒动，热气腾腾，没买上可意菜的人边吃边骂骂咧咧，此外便是一片咀嚼声。 印家厚蹲在地上，捧着饭盒，和人们一样狼吞虎咽。 他不想让一个三等奖弄得饭都不香了。 吃了一半，小白菜里出现了半条肥胖的、软而碧绿的青虫。 他噎住了，看着青虫，恶心的清涎一阵阵往上涌。 没有半桩好事——他妈的今天上午! 他再也不能忍耐了。 印家厚把青虫摊在饭碗里，端着，一直寻到食堂里面的小餐室里。

　　食堂管理员正在小餐室里招待客人，一半中国人一半日本人。 印家厚把管理员请了出来，让他尝尝他手下的厨师们炒的白菜。 管理员不动声色地望望菜里的虫又不动声色地望了望印家厚，招呼过来一个炊事员，说："给他换碗饭菜得了。"他那神态好像打发一个要饭花子，吩咐后便又一溜烟进了小餐室。 年轻的炊事员根本没听懂管理员那句浙江方言是什么意思，朝印家厚翻了翻白眼，耸了耸肩，说："哈喽？"

印家厚本来是看在有日本人在场的分上才客客气气，"请出"管理员的。 家丑不可外扬嘛。 这下他要给他们个厉害瞧瞧了。 印家厚重返小餐室，捏住管理员的胳膊，把他拽到墙角，将饭菜底朝天扣进了他白围裙胸前的大口袋里。

雷雷被关"禁闭"了。

幼儿园大大小小的孩子都在床上睡午觉，雷雷一个人被锁在"空中飞车"玩具的铁笼里。 他无济于事地摇撼着铁丝网，一看见印家厚，叫了声"爸！"就哭了。

一个姑娘闻声从里面房间奔了出来，奶声奶气地讥讽："噢，原来你还会哭？"

印家厚说："他当然会哭。"

姑娘这才发现印家厚，脸上一阵尴尬。 这是个十分年轻的姑娘，穿着一件时髦的薄呢连衣裙。 她的神态和秀丽的眉眼使印家厚暗暗大吃一惊。 这姑娘酷似一个人。 印家厚顷刻之间便发现或者认可了他多年来内心深藏的忧郁，那是一种类似遗憾的痛苦、不可言传的下意识的忧郁。 正是这股潜在的忧郁使他变得沉默，变得一切都不在乎，包括对自己的老婆。

姑娘说："对不起。你的儿子不好好睡午觉，在被子里用冲锋枪扫射小朋友，我管不过来，所以……"就连声音语气都像印家厚记忆中的那个人。

印家厚只觉得心在喉咙口上往外跳，血液流得很快。他对姑娘异常温厚地笑笑，尽量不去看她，转过身面对儿子，决定恩威并举，做一次像电影银幕上的很出色很漂亮的父亲。他阴沉沉地问："雷雷，你扫射小朋友了吗？"

"是……"

"你知道我要怎么教训你吗？"

儿子从未见过父亲这般威严，怯怯地摇头。

"承认错误吗？"

"承认。"

"好。向阿姨承认错误，道歉。"

"阿姨，我扫射小朋友，错了，对不起。"

姑娘连忙说："行了行了，小孩子嘛。"她从笼子里抱出雷雷。

泪珠子停在儿子脸蛋中央，膝盖上的绷带拖在脚后跟上。印家厚换上充满父爱的表情，抚摸儿子的头发，给儿子擦眼泪，重新包扎绷带。

"雷雷，跑月票很累人，是吗？"

"是。"

"爸爸还得带上你跑就更累了。"

"嗯。"

"你如果听阿姨的话，好好睡午觉，爸爸就可以休息一下。不然，爸爸就会累垮的。雷雷一定会支持爸爸，不要爸爸累垮对吧？"

"爸爸！"

"好了。乖乖去睡，自己脱衣服。"

"爸，早点来接我。"

"好的。"

雷雷径直走进里间，脱衣服，爬上床钻进了被窝。

姑娘说："你真是个好父亲！"

印家厚不禁产生几分惭愧，他其实是在表演，若是平时，一巴掌早烙在儿子屁股上了。他是在为这个姑娘表演吗？他不太愿意承认这点。玩具间里，印家厚和姑娘呆呆站着。他突然意识到自己没理由再站下去了，说："孩子调皮，添麻烦了。"

"哪里。这是我的工作。我——"

印家厚敏感地说："你什么？说吧。"

姑娘难为情地笑了一笑，说："算了算了。"

凭空产生的一道幻想，闪电般击中了印家厚，他按捺不住激动的心情。"你叫什么名字？"

"肖晓芬。"

印家厚一下子冷静了许多。这个名字和让他刻骨铭心的那个名字完全不相干。 但毕竟太相像了，他愿意与她多在一起待一会儿。"你刚才有什么话要说，就说吧。"姑娘诧异地注视了他一刻，偏过头，伸出粉红的舌尖舔了舔嘴唇，说："我是一个待业青年，喜欢幼儿园的工作。 我来这里才两个月，那些老阿姨们就开始在行政科说我的坏话，想要厂里解雇我。 我想求你别把刚才的事说出去，她们正挑我的毛病呢。"

"我当然不会说。 是我儿子太调皮了。"

"谢谢！ 师傅你真好！"

姑娘低下头，使劲眨着眼皮，睫毛上挂满了细碎的泪珠。 印家厚的心生生地疼，为什么每一个动作都像绝了呢？

"晓芬，新上任的行政科科长是我的老同学，我去对他说一声就行了。 要解雇就解雇那些脏老婆子吧。"

姑娘一下子仰起头，惊喜万分，走近了一步，说："是吗？"

鲜润饱满的唇，花瓣一般开在印家厚的目光下，印家厚不由自主地靠近了一步，头脑里嗡嗡乱响，一种渴念，像气球一般吹得胀胀的。 他似乎看见，那唇迎着他缓缓上举……突然他好像猛地被人拍了一下，清醒了。 没等姑娘睁开眼睛，印家厚掉头冲出了幼儿园。

马路上空空荡荡，厂房里静静悄悄。 印家厚一口气奔出了好远好远。 在一个无人的破仓库里，他大口大口喘气，一连几声呼唤着他心底里的那个名字。 印家厚渐渐安静下来，用指头抹去了眼角的泪,自嘲地舒出一口气,恢复了平常的状态。

现在他该去副食品商店办事了。 天下居然有这么巧的事,印家厚和他老婆同年同月同日出生,他们俩的父亲也是同年同月同日出生。 下个月 10 号是老头子们——他老婆这么称呼——的生日。 五十九周岁,预做六十大寿。 这是按的老规矩。

印家厚不记得有谁给自己做过生日,他自己也从没有为自己的生日举过杯。 做生日是近些年才蔓延到寻常人家的。老头子们赶上了好年月。 五年前他满二十九岁,该做三十岁的生日。 老婆三天两头念叨:"三十岁也是大寿哩,得做做的。"正儿八经到了生日那天,老婆把这事给忘了。 她妹妹那天要相对象,她应邀陪她妹妹去了。 晚上回来,她兴奋地告诉印家厚:"人家一直以为是我,什么都冲着我来,可笑不?"他倒觉得这是件可喜的事,居然有人把他老婆误认为是未嫁姑娘。 关于生日,没必要责怪老婆,她连自己的也忘了。

老婆和他商量给老头子买什么生日礼物。 轻了可不行,六十岁是大生日;重了又买不起。 重礼不买,这就已经排除了穿的和玩的,那么买喝的吧,酒。 他们开始物色酒。 真正的中国十大名酒市面上是极少见到的,他们托人找了些门路也没结果,只好降格求其次了。 光是价钱昂贵包装不中看的,老婆说不买,买了是吃哑巴亏的,老头子们会误以为是什么破烂酒呢；装潢华丽价钱一般的，他们也不愿意买，这又有点哄老头子们了，良心上过不去；价钱和装潢都还相当，但出产地是个未见经传的乡下酒厂，又怕是假酒。 夫妻俩物色了半个多月，酒还是没有买到手。

厂里这家副食商店曾一度名气不小。 武汉三镇的人都跑到这里来买烟酒。 因为当时是建厂时期，有大批的日本专家在这里干活，商店是为他们开设的，自然不缺好烟酒。 日本专家回国后，这里也日趋冷清。 虽是冷清了，但偶尔还可以从库里翻出些好东西来。 印家厚近来天天中午逛逛这个店子。

"嗨。"印家厚冲着他熟悉的售货员打了个招呼。 递烟。

"嗨。"

"有没有？"

"我把库里翻了个底朝天，没希望了。"

"能搞到黑市不？"

"你想要什么？"

"自然是好的。"

"茅台怎么样？"

"好哇！"

"要多少？ 先交钱后给货，四块八角钱一两。"

印家厚不出声了。 干瞅着售货员心里在默默盘算：一斤就是四十八块钱。 得买两斤。 九十六块整。 一个月的工资包括奖金全没有了。牛奶和水果又涨价了，儿子却是没有一日能缺这两样东西的；还有鸡蛋和瘦肉。万一又来了其他的应酬，比如朋友同事的婚丧嫁娶，那又是脸面上的事，赖不过去的。

印家厚把眼皮一眨说："伙计，你这酒吓人。"

"吓谁啦？一直这个价，还在看涨。这买卖是'周瑜打黄盖'，两相情愿的事。你这做儿子女婿的，没孝心就是了。"

"孝心倒有。只是心有余力不足。"印家厚打了几个干哈哈退出了商店。

要是两位老人知道他这般盘算，保证喝了茅台也不香。印家厚想，将来自己做六十岁生日必定视儿子的经济水平让他意思意思就行了。

雅丽在斜穿公路的轨道上等着他。印家厚装出突然想起了什么似的摸了摸上上下下的口袋，扭头往副食商店走。

雅丽说："我来给你送信的。"

印家厚只好停止装模作样。平时他的信很少，只有发生了什么事，亲戚们才会写信来。信是从本市的火车站寄来的，印家厚想不起有哪位亲戚在火车站工作。他拆开信，落款是：你的知青伙伴江南下。印家厚松了一口气。

"没事吧？"雅丽说。

"没。"印家厚想起了肖晓芬，想起了那份心底的忧伤。他明白了自己的心是永远属于那失去了的姑娘的，只有她才能真正让他激动。 除她之外，所有女人他都能镇静地理智对待。 他说："雅丽，我说了我的真实想法后你会理解的。 你聪明，有教养，年轻活泼又漂亮，我是十分愿意和你一道工作的。 甚至加班——"

"我不要你告诉我这些！"雅丽打断了他，倔强地说，"这是你的想法，也许是对的。 可不是我的！"

雅丽走了。 昂着头，神情悲凉。

印家厚不敢随后进车间，他怕遭人猜测。

江南下，这是一个矮小的、目光闪闪的腼腆寡言的男孩。 他被招工到哪儿了？ 不记得了。 江南下的信写道："我路过武汉，逗留了一天，偶尔听人说起你，很激动。 想去看看，又来不及了。

"家厚，你还记得那块土地吗？ 我们第一夜睡在禾场上的队屋里，屋里堆满了地里摘回的棉花，棉花上爬着许多肉乎乎的粉红的棉铃虫。 贫下中农给我们一只夜壶，要我们夜里用这个，千万别往棉花上尿。 我们都争着试用，你说夜壶口割破了你的皮，大家都发疯地笑，吵着闹着摔破了那玩意儿。

"你还记得下雨天吗？ 那个狂风暴雨的中午，我们在屋里吹拉弹唱。 六队的女知青来了，我们把菜全拿出来款待她们，结果后来许多天我们没菜吃，吃盐水泡饭。

"聂玲多漂亮啊，那眉眼美绝了，你和她好，我们都气得要命。 可后来你们为什么分手了？ 这个我至今也不明白。

　　"那只小黄猫总跟着我们在自留地里，每天收工时就在巷子口接我们，它怀了孕，我们想看它生小猫，它就跑了。唉，真是！

　　"我老婆没当过知青，她说她运气好，可我认为她运气不好。女知青有种特别的味儿，那味儿可以使一个女人更美好一些。你老婆是知青吗？我想我们都会喜欢那味儿，那是我们时代的秘密。

　　"家厚，我们都三十好几的人了。我已经开始谢顶，有一个七岁的女孩，经济条件还可以。但是，生活中烦恼重重，老婆也就那么回事，我觉得我给毁了。

　　"现在我已是正科级干部，入了党，有了大学文凭，按说我该知足，该高兴，可我怎么也不能像在农村时那样开怀地笑。我老婆挑出了我几百个毛病，正在和我办离婚。

　　"你一切都好吧？你当年英俊年少，能歌善舞，多才多艺，性情宽厚，你一定会比我过得好。

　　"另外，去年我在北京遇上聂玲玲。她仍然不肯说出你们分手的原因。她的孩子也有几岁了，却还显得十分年轻……"

　　印家厚把信读了两遍，一遍匆匆浏览，一遍仔细阅读，读后将信纸捏入了掌心。他靠着一棵大树坐下，面朝太阳，合上眼睛。透过眼皮，他看见了五彩斑斓的光和树叶。后面是庞然大物的灰色厂房，前面是柏油马路，远处是田野，这里是一片树林，印家厚歪在草丛中，让万千思绪飘来飘去。 聂玲聂玲，这个他从不敢随便提及的名字，江南下毫不在乎地叫来叫去。 于是一切都从最底层浮了起来……五月的风里饱含着酸甜苦辣，从印家厚耳边呼呼吹过，他脸上肌肉细微地抽动，有时像哭有时像笑。

空中一絮白云停住了，日影正好投在印家厚额前。 他感觉到了阴暗，以为是人站在了面前，便忙睁开眼睛。 在明丽的蓝天白云绿叶之间，他把他最深的遗憾和痛苦又埋入了心底。 接着，记忆就变得明朗有节奏起来。 他进了钢铁公司，去北京学习，和日本人一块儿干活，为了不被筛选掉拼命啃日语。 找对象，谈恋爱，结婚。 父母生病住院，天天去医院护理。 兄妹吵架扯皮，开家庭会议搞平衡。 物价上涨，工资调级，黑白电视换彩色的，洗衣机淘汰单缸时兴双缸——所有这一切，他一一碰上了，他必须去解决。 解决了，也没有什么乐趣；没解决就更烦人。 例如至今他没去解决电视机更新换代问题，儿子就有些瞧不起他了，一开口就说谁谁的爸爸给谁谁买了一台彩电，带电脑控制的。 为了让儿子为自己的爸爸骄傲，印家厚正在加紧筹款。

少年的梦总是有着浓厚的理想色彩，一进入成年便无形中被瓦解了。 印家厚随着整个社会流动，追求，关心。 关心中国足球队是否能进军墨西哥；关心中越边境战况；关心生物导弹治疗癌症的效果；关心火柴几分钱一盒了。 他几乎从来没有想是否该为少年的梦感叹。 他只是十分明智地知道自己是个普通的男人，靠劳动拿工资而生活。 哪有工夫去想入非非呢？　日子总是那么快，一星期一星期地闪过去。　老婆怀孕后，他连尿布都没有准备充分，婴儿就出生了。

老婆就是老婆。　人不可能十全十美。　记忆归记忆。　痛苦该咬着牙吞下去。　印家厚真想回一封信，谈谈自己的观点，宽宽那个正遭受着离婚危机的知青伙伴的心，可他不知道写了信该往哪儿寄。

江南下，向你致敬！　冲着你不忘故人，冲着你把朋友从三等奖的恶劣情绪中解脱出来。

印家厚一弹腿跳了起来，做了一个深呼吸动作，朝车间走去。　相比之下，他感到自己生活正常，家庭稳定，精力充沛，情绪良好，能够面对现实。　他的自信心又陡然增强了好多倍。

下午不错。　主要是下午的开端不错。

来了一拨儿参观的人。　谁也不知道这些人是从哪个地方哪个部门来的，谁也不想知道，谁都若无其事地干活。　这些见得太多了。　倒是参观的人们不时从冷清处瞟着操作的工人们，恐怕是纳闷这些人怎么不好奇。

车间主任骑一辆铮蓝的轻便小跑车从车间深处溜过来，默默扫视了一圈，将本来就搁在踏板上的脚用力一踩掉头去了。　他事先通知印家厚要亲自操作，让雅丽给参观团当讲解员。　印家厚正是这么做的。　车间主任准认为三等奖委屈了印家厚，否则他不会来检查。　以为印家厚会因为五元钱赌气不上操作台，错了！ 印家厚的目光抓住了车间主任的目光，无声却又明确地告诉他：你错了。 有一个人明白了他的心，尤其是车间里的关键人物，印家厚就满足了。 受了委屈不要紧，要紧的是有没有人知道你受了委屈。

参观团转悠了一个多小时，印家厚硬是直着腿挺挺地站了过来。 一个多小时没人打扰他，挺美的。 班组的同事今天全都欠他的情，全都看他的眼色行事以期补偿。

雅丽上来接替印家厚。 两人都没说话，配合得非常默契。 只有印家厚识别得出雅丽心上的黯淡，但他决定不闻不问。

"好！ 堵住你了，小印。"工会组长哈大妈往门口一靠，封死了整扇门。 她手里挥动着几张揉皱的材料纸，说："臭小子，就缺你一个人了。 来，出一份钱：两块。 签个名。"

印家厚交了两块钱，在材料纸上划拉上自己的名字。

哈大妈急煎煎走了。 转身的工夫，又急煎煎回来了。依旧靠在门框上。"人老了。"她说，"可不是该改革了。 小印，忘了告诉你这钱的用途，我们车间的老大难苏新结婚了！ 大伙向他表示一份心意。"

"知道了。"印家厚说。 其实他根本没听过这个名字。他问旁边的人："苏新是谁？"

"听说刚刚调来。"

"刚来就老大难？"

"哈哈……"旁边的人干笑。

哈大妈的大嗓门又来了："小印，好像我还有事要告诉你。"

"您说吧。"印家厚渴得要命，同时又要上厕所了。

"我忘记了。"哈大妈迷迷怔怔望着印家厚。

"那就算了。"

"不行，好像还是件挺重要的事。"哈大妈用劲绞了半天手指，泄了气，摊开两手说，"想不起来了。 这怪不得我，人老了。 臭小子们，这就怪不得我了，到时候大伙给我做个证。"

哈大妈带着一丝狡黠的微笑走了。 接着二班长进门拉住了印家厚。 二班长告诉印家厚他们报考电视大学的事是厂里作梗。 公司根本没下文件不准他们报考。 完完全全是厂里不愿意让他们这批人（日本专家培训出的技术工人）流走。

"我们去找找厂里吧，你和小白好，先问问他。"二班长使劲怂恿印家厚。

印家厚说："我不去。"

"那我们给公司纪委写信告厂里一状。"

"我不会写。"

"我写，你签名。"

"不签。"

"难道你想当一辈子工人？"

"对！"

现在有许多婊子养的太爱写信了——这是二班长上午说的，应不应该提醒他一句？ 算了。

二班长极不甘心地离开了。 印家厚的脚还没迈出门槛，电话铃响了。 有人说："等等，你的电话。"

印家厚抓起话筒就说："喂，快讲！"他实在该上厕所了。

却是厂长。 从厂长办公室打来的。 印家厚倒抽一口凉气，刚才也太不恭敬了。 这是改革声中新上任的知识分子厂长，知识分子是特别敏感的，应该给他一个好印象。 印家厚立即借了一辆自行车，朝办公室飞驰而去。

印家厚在进厂长办公室时，正碰上小白从里面出来，小白神色严峻，给他一句耳语："坚强些！"

他被这地下工作式的神秘弄得晕乎乎的，心里七上八下。

厂长要印家厚谈谈对日本人的看法。

对……日本人……看法？ 印家厚一时间脑子里一片空白。 日本专家撤回去七年了，七年里他的脑袋里没留下日本人的印象。"坚强些！"又是指什么？ 他竭力搜索七年前对小一郎的看法。 小一郎是他的师傅。

"日本人……有苦干精神，能吃苦耐劳……一不怕苦，二不怕——"他差点失口说出毛主席语录，他小心谨慎，字斟句酌，"他们能严格按科学规律工作，干活一丝不苟，有不到黄河不死心的——"他意识到日本与黄河没关系，但还是坚持说完了自己的话，"……钻研精神。"

厂长说："这么说你对日本人印象不错？"

"不是全体日本人，也不是全面……是干活方面。"

"日本侵华战争该知道吧？"

"当然。 日本鬼子——"印家厚打住了。

厂长到底要干什么？ 即便是厂长，他也不愿意被他耍弄。 他干吗要急匆匆离开车间跑到这儿踩薄冰？ 七年前厂里有个工人对日本专家搞恐怖活动受到了制裁，前些时候某个部级干部去了日本靖国神社给撤了职，这是国际问题、民族问题，他岂能涉嫌！

印家厚一把推开椅子，说："厂长，有事就请开门见山，没事我得回去干活了。"

厂长说："小印，别着急嘛。 事情十分明确。 你认为现在我们引进日本先进设备，和他们友好交往，是接受第二次侵略吗？"

"当然不是。"

"既然不是，那你为什么迟迟不组织参加联欢的人员？ 下星期三日本青年友好访华团准时到我们厂。 接待任务由工会布置下去已经两周了，你不仅不行动，反而还在年轻人中说什么'不做联欢模特儿'，'进行第二次抗日战争'，'旗袍比西服美一千倍'，这是为什么？"

印家厚终于从鼓里钻出来了。 有人栽了他的赃，栽得这么成功，竟使精明的厂长深信不疑。

"胡扯！他妈的一派谎言！"印家厚今天的忍让到此为止！顾不上留什么好印象了，他要他的清白和正直。这些狗娘养的！——他骂开了。他根本就没得到工会的任何通知。两周前他姥姥去世了，他去办了两天丧事。回厂没上几天班，他妈因伤心过度，高血压犯了，他又用了两个休息日送她老人家去住院。看小白那鬼鬼祟祟的模样，不定就是他捣的鬼，他和几所大学的学生勾勾搭搭，早就在宣扬"抵制日货"的观点。要么是哈大妈，对了！她方才还假装忘记了什么事情说是因为她老了，肯定就是这件事情。哈大妈的丈夫是在抗日战争中牺牲的，她从来对日本人都是横眉冷对。要么是大伙串通一气坑了他。而印家厚却并不是一味敌视日本人，他至今还和小一郎师傅通信来往，逢年过节寄张明信片什么的。

厂长倒笑了。他相信了印家厚并宽宏大量地向他道了歉。

"既然是这么回事，那就赶快动手把工作抓起来！"厂长不容印家厚分辩，当即叫来了厂工会主席，面对面把印家厚交给了工会。

"不要搞什么各车间分头行动了。时间来不及了。你暂时把小印调到厂工会来，让他全面下手抓。到时候出了差错就找你们俩。"

工会主席是转业军人，领命之后把印家厚拽到工会办公室，如此如此、这般这般地布置开了。

印家厚连连咕噜了几声："我不行我不行。"工会主席绝不理睬，布置中夹叙了一通意义深远之类的话，大有军令如山的气势。

这就是说，印家厚从今天起，在一个星期之内，要组织起一个有四十位男女青年的联欢团体，男青年身高要一米七至一米八；女青年身高要一米六五左右；一律不胖不瘦，五官端正，漂亮一点的更好；要为他们每人定做一套毛料西装；教会他们日常应用的日语，能问候和简单对话；还要让他们熟悉一般的日本礼节；跳舞则必须人人都会。

印家厚头皮都麻了，说："主席，你听清楚：我干不了！"

"干得了。你是日本专家。"工会主席三把两把给他腾出了一张办公桌，将一沓贴有相片的职工表格放在他面前，说："小印，要理解组织的信任。现在，我们只有背水一战了。对任何人一律用行政命令。来，我们开始吧！"

临危受命，厂长和工会主席都如此信任，印家厚还能有什么别的选择呢？

下班的时候，印家厚遇上了小白。小白说："我听说了。真他妈替你抱屈。好像考他妈驻日本的外交官。奴颜婢膝。"

印家厚狠狠白了他一眼，嘿嘿一个冷笑。小白马上跳起来："老兄，你怎么以为是我……我！观点不同是另一回事。 我若是那种背后插刀的小人，还搞他妈什么文学创作！"

这是真委屈。 到目前为止，在小白的认识上，作品和人品是完全一致的。 印家厚虽不搞创作却已超越了这种认识上的局限。 他谅解地给了小白一巴掌，说："对不起了！"

几个身材苗条挺拔的姑娘挎着各式背包走过来，朝小白亲切地招呼，对印家厚却脸一变冲着他叫道："汉奸！"

"我们绝不做联欢模特儿！"

"我们要抗日！"

印家厚绷紧脸，一声不吭。 姑娘们过去之后，印家厚回头数了数，差不多十五六个，几乎全是合乎标准的。 他这才真正意识到这事太难了。

这一下午真累。 在岗位上站了一个多小时；和厂长动了肝火；让工会拉了差。 召集各车间工会组长紧急会议；找集训办公室；去商店选购衣料；和服装厂联系；向财务要活动资金；楼上楼下找厂长——当你需要他签字的时候，他不知上哪儿去了，报考电大的要求根本没机会提出来；忍气吞声领了三等奖的五元钱；刚调来的老大难结婚"表示"了两块钱；拯救非洲饥民捐款一元；"救救熊猫"募捐小组募到他的面前，他略一思忖，便往贴着熊猫流泪图案的小纸箱里塞了两元。 募捐的共青团员们欢呼雀跃，赞扬印家厚是全厂第一！ 第一心疼国宝！ 就是厂长也只捐了五毛钱。

五块钱像一股回旋的流水，经过印家厚的手又流走了。

全派了大用场，抵消了三等奖的耻辱。 雅丽的确知他的心，说："印师傅，你做得真俏皮！"印家厚不能不遗憾地想，如此理解他的人如果是他老婆就好了。 不能否认，哪怕是最细微的一点相通也是有意义的。 然而，他不敢想象他老婆的看法，他不由朝雅丽看了一眼，随即便又后悔了，因为雅丽读懂了他的眼神。

印家厚接儿子的时候，生怕儿子怪他来晚了，生怕又单独碰上肖晓芬。 结果，儿子没有质问，肖晓芬也正混在一群阿姨里，什么事也没有。 他为自己中午在肖晓芬面前的失态深感不安，便低着眼睛带走了儿子。

马路上车如流水人如潮，雷雷蹿上去猛跑。 印家厚在后边厉声叫着，提心吊胆，笨拙地追上儿子。 他的儿子和他长得如同一个模子里铸出来的，这就是他生命的延续。 他不能让他乱跑，小心撞上车了；他又不能让他走太久的路，可别把小腿累坏了。 印家厚丝毫没有下了班的感觉，他依然紧张着，只不过是换了专业罢了。

父子俩汇入了下班的人流中。 父亲背着包，儿子挎着冲锋枪。 早晨满满一包出征，晚归时一副空囊。 父亲灰尘满面，胡楂又深了许多。 儿子的海军衫上滴了醒目的菜汁，绷带丝丝缕缕披挂，从头到脚肮脏至极。

公共汽车永远是拥挤的。 当印家厚抱着儿子挤上车之后，肚子里一通咕咕乱叫，他感到了深深的饿。

车上有个小女孩和她妈妈坐着，她把雷雷指给她妈妈看："妈，他是我们班新来的小朋友，叫印雷。"小女孩可着嗓子喊："印雷！ 印雷！"

雷雷喜出望外，骄傲地对父亲说："那是欣欣！"

两个孩子在挤满大人们的公共汽车里相遇，分外高兴，呱呱地叫唤着，充分表达他们的喜悦。 印家厚和小女孩的妈妈点了点头，笑了。

小女孩的妈站了起来，让雷雷和自己的女儿坐在一个座位上，自己挤在印家厚旁边。

"我们欣欣可顽皮，简直和男孩子一样！"

"我儿了更不得了。"

"养个孩子可真不容易啊！"

"就是。 太难了！"

有了孩子这个话题，大人们一见如故地攀谈起来了，可在前一刻他们还素不相识呢。 谈孩子的可爱和为孩子的操劳，叹世世代代如流水；谈幼儿园的不健全，跑月票的辛酸苦辣，气时时事事都艰难。 当小女孩的妈听印家厚说他家住在汉口，还必须过江，过了江还得坐车时，她"哟"了一下，说："太远了！ 简直是到另一个国家去了，真是可怕啊！"

印家厚说："好在跑习惯了。"

"我家就住在这趟车的终点站旁边。 往后有什么不方便的时候，就把印雷接到我家吧。"

"那太谢谢了！"

"千万别客气！只要不让孩子受罪就行。"

"好的。"

印家厚发现自己变得婆婆妈妈了，变得容易感恩戴德，变得喜欢别人的同情了。本来是又累又饿，被挤得满腹牢骚的，有人一同情，聊一聊，心里就熨帖多了，不知不觉就到了终点。从前的他哪是这个样子？从前的他是个从里到外，血气方刚，衣着整齐，自我感觉良好的小伙子。从不轻易与女人搭话，不轻易同情别人或接受别人同情。印家厚清清楚楚地看出了自己的变化，却弄不清这变化好还是不好。

爬江堤时，印家厚望见紫褐色的暮云仿佛就压在头顶上。心里闷闷的，不由长长叹了一口气。

轮渡逆水而上。

逆水比顺水慢一倍多，这是漫长而难熬的时间。

夕阳西下，光线一分钟比一分钟暗淡。长江的风一阵比一阵凉。不知是什么缘故，上班时熟识的人不约而同在一条船上相遇，下班的船上却绝大多数是陌生面孔。而且面容都是怏怏的，呆呆的，疲惫不堪的。上船照例也抢，椅子上闪电般坐满了人，甲板上也成片成片地坐上了人。

印家厚照例不抢船，因为船比车更可怕，那铁栅栏门"哗啦"一开，人们排山倒海压上船来，万一有人被裹挟在里面摔倒了，那他就再也不可能站起来。

印家厚和儿子坐在船头一侧的甲板上，还不错，是避风的一侧。印家厚屁股底下垫着挎包。儿子坐在他叉开的两腿之间，小屁股下垫了牛皮纸、手绢和帆布工作服，垫得厚厚的。冲锋枪挂在头顶上方的一个小铁钩上，随着轮船的震动有节奏地晃荡。印家厚摸出了梁羽生的《风雷震九州》，他想总该可以看看书了。他刚翻开书，儿子说："爸，我呢？"

他给儿子一本《狐狸的故事》，说："自己看，这本书都给你讲过几百遍了。"

印家厚看了不到一页的书，儿子忽然跟着船上叫卖的姑娘叫起来："瓜子——瓜子，五香瓜子——"声音响亮，引起周围打瞌睡的人的不满。

"你干什么呢？"

儿子说："我口渴。"

"口渴到家再说。"

"口渴吃冰淇淋也可以的。"

印家厚明白了。他只好给儿子买了一支巧克力三色冰淇淋，然后又低头看书。结果儿子只吃了奶油的一截，巧克力的那截被他抠下来涂在了一个小男孩的鼻子上，这小男孩正站在他跟前出神地盯着冰淇淋。于是小男孩哭着找妈妈去了。唉，孩子好烦人，一刻也不让他安宁。孩子并不总是可爱，并不啊！印家厚愣愣地，瞅着儿子。

一个嗓门粗哑的妇女扯着小男孩从人堆里挤过来，劈头冲印家厚吼道："小孩撒野，他老子不管，他老子死了！"

印家厚本来是要道歉的，顿时歉意全消。 他一把搂过儿子，闭上眼睛前后摇晃。

"呸！ 胚子货！ "

静了一刻，妇女又说："胚子货！ " 又静了一刻，妇女骂骂咧咧走了。 雷雷从父亲怀里伸出头来，问："胚子货是骂人话吗？ 爸。 "

"是的。 往后不许对人说这种话。 "

"胚子货是什么意思？ "

"骂人的意思。 "

"骂人的什么？ "

"骂人不懂事，还处在胚胎期，还不是一个人。 "

"胚胎期是什么意思？ "

这是个爱探本求源的孩子，应该尽量满足他。 可印家厚想来想去都觉得这个词不好解释。 他说："等你长大就懂了。 "

"我长大了你讲给我听吗？ "

"不，你自然就懂了。 "印家厚想，我的孩子啊，你将面对生活中的一切，包括丑恶。

"哦——"

儿子这声长长的哦令人感动，印家厚心里油然升起了数不清的温柔。

儿子忽然站起来，老成而礼貌地对挡在他前面的人说："叔叔，请让一让。 "

印家厚说："雷雷，你又干什么去？"

"我拉尿。"儿子说。 儿子吩咐他，"你好好坐着，别跟着过来。"

儿子站在船舷边往长江里拉尿。 拉完尿，整好裤子才转身，颇有风度地回到父亲身边。 他的儿子是多么富有教养！他母亲说他四岁的时候还是个小脏猴，一天到晚在巷子口的垃圾堆里打滚，整日一丝不挂。 儿子这一辈远远胜过了父亲那一辈，长江总是后浪推前浪，前景还是一片诱人的色彩。

印家厚收起了小说。 累些，再累些吧。 为了孩子。

天色愈益暗淡了。 船上的叫卖声也低了，底舱的轰隆声显得格外强烈。 儿子伏在他腿上睡着了。 他四处找不着为儿子遮盖的东西，只好用两扇巴掌捂住儿子的肚皮。

长江上，一艘幽暗的轮船载满了昏昏欲睡的乘客，慢慢悠悠逆水而行。 看不完那黑乎乎连绵的岸土，看不完一张张疲倦的脸。 印家厚竭力撑着眼皮，竭力撑着，眼睛里头渐渐红了。 他开始挣扎，连连打哈欠，挤泪水，死鱼般瞪起眼珠。 他想白天的事，想雅丽，想肖晓芬，想江南下的信，用各种方法来和睡意斗争。 最后不知怎么一来，头一耷拉，双手落了下来，鼾声随即响了。 父子俩一轻一重，此起彼伏地打着呼噜。

彩灯在远处凌空勾勒出长江大桥的雄姿，江边矗立的晴川饭店是武汉市近年新建的豪华饭店，引起市民的各种议论。 此刻的晴川饭店上半部是半截黑影，下半部才有稀疏的灯光，看上去冷火冷烟的不喜人。 船上早睡的人们此刻醒了，伸了伸懒腰，说："晴川饭店的利用率太低了！"

船面上一片密集的人头中间突然冒出了一个乱蓬蓬的大脑袋，这是一个披头散发的女疯子，她每天在这个时候便出现在轮渡上。 女疯子大喝一声，说："都醒了！ 都醒了！世界末日就要到来了。"

印家厚醒了，他赶快用手护住儿子的肚皮，恼恨自己怎么搞的！ 一个短短的觉他居然做了许多梦，可一醒来那些具体情节全飞了，只剩下满口的苦涩味。 在猛醒的一瞬间，他好不辛酸。 好在他很快就完全清醒了，他听见女疯子在嚷嚷，便知道船该靠码头了。

"雷雷，到了。 嘿，到了。"

"爸爸。"

"嘿，到了！"

"疯子在唱歌。"

"来，站起来，背上枪。"

"疯子坐船买票吗？"

"不知道。"

"疯子不停地坐船干什么？"

"醒醒吧，雷雷，还迷糊什么！"

汽笛突然响了，父子俩都哆嗦了一下，接着都笑起来，天天坐船的人倒让船给吓了一跳。

人们纷纷起立，哦啊啊打哈欠，骂街骂娘。 有人在背后扯了扯印家厚，他回头一看，是讨钱的老头。 老头扑通一下跪在他们父子跟前，不停地作揖。 印家厚迟疑了一下，掏出一枚硬币给儿子。 雷雷惊喜而又自豪地把硬币扔进了老头的破碗，他大概觉得把钱给人家比玩游戏有趣得多。 印家厚却不知该对老头持什么样的看法才对。 昨天的晚报上还登了一则新闻，说北方某地，一个年轻姑娘靠行乞成了万元户。 他一直担心有朝一日儿子问他这个问题。

"爸，这个爷爷找别人要钱对吗？"

问题已经来了。 说对吧，孩子会效法的；不对吧，爸爸你为什么把钱给他？ 就连四岁的孩子他都无法应付，几乎没有一刻他不在为难之中。 他思索了一会儿，一本正经地告诉儿子："这是个复杂的社会问题，你太小怎么理解得了呢？"

幸好儿子没追问下去，却说："爸，我饿极了！"

浮桥又加长了，乘客差不多是从江心一直步行到岸上。傍晚下班的人真怕踏这浮桥，一步一拖，摇摇晃晃，总像走不到尽头，况且江上的风在春天也是冷的。

为什么不把码头疏浚一下？ 为什么不想办法让轮渡快一些？ 为什么江这边的人非得赶到江那边去上班？ 为什么没有一个全托幼儿园？ 为什么厂里的麻烦事都摊到了他的头上？ 为什么他不能果断处理好与雅丽的关系？ 为什么婚姻和爱情是两码事？ 印家厚真希望自己也是一个孩子，能有一个负责的父亲回答他的所有问题。

到家了！

家里炉火正红，油在锅里哧啦啦响，乱七八糟的小房间里葱香肉香扑面，暖暖的蒸汽从高压锅中悦耳地喷出。 妈妈！ 儿子高喊一声，扑进母亲怀里。 印家厚甩掉挎包，踢掉鞋子，倒在床上。 老婆递过一杯温开水，往他脸上扔了一条湿毛巾。 他深深吸吮着毛巾上太阳的气息和香皂的气息，久久不动。 这难道不是最幸福的时刻？ 他的家！ 他的老婆！ 尽管是憔悴、爱和他扯横皮的老婆！ 此刻，花前月下的爱情，精神上微妙的沟通，等等，远远离开了这个饥饿困顿的人。

儿子在老婆手里打了个转，换上了一身红底白条运动衫，伤口重新扎了绷带，又恢复成一个明眸皓齿、双颊喷红的小男孩。 印家厚感到家里的空气都是甜的。

饭桌上是红烧豆腐和氽元汤，还有一盘绿油油的白菜和一碟橙红透明的五香萝卜条。 儿子单独吃一碗鸡蛋蒸瘦肉。这一切就够足够了啊！

老婆说："吃啊，吃菜哪！"

她在婚后一直这么说，印家厚则百听不厌。 这句贤惠的话补偿了生活其他方面的许多不足。

她说："菜真贵，白菜三角一斤了。"

"三角了？"他应道。

"全精肉两块八哩，不兴还价的，为了雷雷，我咬牙买了半斤。"

"好家伙！"

"我们这一顿除去煤和作料钱，净花三块三角多。"

"真不便宜。"

"喝人的血汗呢！"

"就是。"

议论菜市价格是每天晚饭时候的一个必然内容，也是他们夫妻一天不见之后交流的开端。

看印家厚和儿子吃得差不多了，老婆就将剩汤剩菜扣进了自己的碗里，移开凳子，拿过一本封面花哨的妇女杂志，摊在膝盖上边吃边看。

美好的时光已经过去，轮到印家厚收拾锅碗了。起先他认为吃饭看书是一个恶习，对一个为妻为母的人尤其不合适。老婆抗争说："我做姑娘时就养成了这习惯，请你不要剥夺我这一点点可怜的嗜好！"这样，印家厚不得不承担起洗碗的义务。好在公共卫生间洗碗的全是男人，他也就顺应自然了。

男人们利用洗碗这短暂的时间交流体育动向，时事新闻，种种重要消息，这几分钟成了这栋房子的男人们的友谊桥梁。可惜今天印家厚在洗碗时候听到的消息太不幸了。一个男人说：伙计们，这房要拆了。另有人立刻问：我们住哪儿？答：管你住哪儿！是这个单位的人他们就安排，不是的一律滚蛋。问：真的吗？答：我们单位职工大会宣布的，马上就来人通知。好几个人说：这太不公平了！说这话的都是借房子住的人。 印家厚也不由自主说了句："是不公平得很。"

印家厚顿时沉重起来，脸上没有了笑意，心里像吊着一块石头坠坠的发慌。 他想，这如何是好呢？

印家厚洗碗回来又抄起了拖把，拖了地再去洗涤儿子换下的脏衣服。 他不停地干活，进进出出，以免和老婆说话泄露了拆房的秘密。 老婆半夜还要去上夜班，得早点睡他一觉。 暂且让自己独自难受吧。

印家厚对老婆说："喂，你该睡觉了。"

"嗯。"

老婆还埋头于膝上的杂志。 儿子自己打开了电视，入迷地看儿童动画片《花仙子》。

"喂喂，你该睡觉了。"

老婆徐徐站起。"好，看完了。 有篇文章讲夫妻之间感情方面的问题，讲得很有道理，你也看看吧。"

"好。 你睡吧。"

老婆过去亲了儿子一下，说："主要是说夫妻间要以诚相见，不要互相隐瞒，哪怕一点小事。 一件小事常常会造成大的裂痕。"

"是啊是啊。 你还是赶快睡觉吧。"印家厚说。

老婆总算准备上床睡觉了，她脱去外衣，又亲了亲儿子，说："雷雷，今天就没有什么新鲜事告诉妈妈吗？"

印家厚立刻意识到应该冲掉这母子间的危险谈话，但他迟了。

儿子说："噢，妈妈，爸爸今天没在餐馆吃凉面。"

老婆马上怒形于色，转向印家厚，呵责道："你这人怎么回事！告诉你现在乙肝多得不得了，不能用外边的碗筷！"

"好好，以后注意吧。"

"别这样糊弄人！别以后、以后的……我问你：你今天找了人没有？"

印家厚蒙了，"找……谁？"

"瞧！找谁——？"老婆气急败坏，一屁股蹾在床沿上，跷起腿，道，"你们厂分房小组组长啊！我好不容易打听到了这人的一些嗜好，不是说了花钱送点什么的吗？不是让你先去和他联络感情的吗？"

真的，这件事是家中的头等大事。只要有可能分到房子，彩电宁可不买。他怎么把这事忘得一干二净了呢？

"妈的！我明天一定去！"他愧疚地捶了捶脑袋。尤其从今天起，房子的事是燃眉之急了，再不愿干的事也得干。

印家厚的态度这么好，老婆也就说不出话来了，坐在那儿，白着眼睛，干瞪着丈夫。

"酒呢？"

"黑市茅台四块八一两。"

"那算了，我再托托人买别的酒算了。你们奖金还没发？"

"没有。"印家厚撒了谎。如果夫妻间果然是任何问题都以诚相见，那么裂痕会更迅速地扩大。 印家厚说："看动静厂里对轮流坐庄要变，可能要抓一抓的。"先铺垫一笔，让打击来得缓和些。 西餐是肯定吃不成的了，老婆，你有所准备吧，不要对你的同事们炫耀，说你丈夫要带你和儿子去吃西餐。

老婆抹下眼皮，说："唉，真是祸不单行，福不双降啊！倒霉事一来就是一串。 有件事本来我打算明天告诉你，今天让你睡个安稳觉的。 可是……唉，姑妈给我来了长途电话。"

"河北的？"

"说她老三要来武汉玩玩，已经动身了，明天下午到。"

"是腿上长了瘤的那个？"

"大概是那瘤不太好吧。 姑妈总尽情满足他……"

"住我们家？"

"当然。 我们在闹市区。 交通也方便。"

印家厚觉得无言以对。 难怪他一进门就感到房间里有些异样，他还没来得及仔细辨别呢。 现在他明白了：床头的墙壁上垂挂着长长的玻璃纱花布，明天晚上它将如帷幕一般徐徐展开，挡在双人床与折叠床之间：折叠床上将睡一个二十岁的小伙子。 印家厚讪讪地说："好哇。"他弹了弹花布，想笑一笑冲淡一下沉闷的空气，结果鼻子发痒，打了个喷嚏。 老婆一抬腿上了床，他扭小了电视的音量，去卫生间洗衣服。

　　洗衣服。　晾衣服。　关掉电视。　把在椅子上睡着了的儿子弄到折叠床上，替他脱衣服而又不把他弄醒，鉴于今天凌晨的教训给折叠床边靠上一排椅子。　轻轻的，悄悄的，慢慢的，不要惊醒了老婆孩子。　印家厚憋得吭哧吭哧，冒出一头细汗。

　　待印家厚上床时，时针已经指向二十三点三十六分。

　　印家厚往床架上一靠，深吸了一口香烟，全身的筋骨都咔吧咔吧松开了。　一股说不出的麻麻的滋味从骨头缝里弥漫出来，他坠入了昏昏沉沉的空冥之中。　床头只亮着一盏朦胧的台灯，他在灯晕里吞吐着烟雾，杂乱地回想着所有难办的事，想得坐卧不宁，头昏眼花，而他的躯体又这么沉，他拖不动它，翻不动它，它累散了骨架。　真苦，他开始怜悯自己。　真苦！

　　老婆摊平身子，发出细碎的鼾声。　印家厚拿眼睛斜睒着老婆的脸。　这脸竟然有了变化，变得洁白、光滑、娇美，变成了雅丽的，又变成了晓芬的。　他的胸膛呼地一热，他想，一个男人就不能有点儿野心吗？　这么一点破，心中顿时涌出一团邪火，血液像野马一样奔腾起来。　他暗暗想着雅丽和晓芬，粗鲁地拍了拍老婆的脸。

　　老婆勉强睁开眼皮觑了他一下，讪讪地说："困死了。"

　　印家厚火气旺盛地低声吼道："明天你他妈的表弟就睡在这房里了！"他"嚓"地又点了一支烟，把火柴盒啪地扔到地上。

老婆抹走了他唇上的香烟，异常顺从地说："好吧，我不睡了，反正也睡不了多久了。"她连连打哈欠，扭动四肢，神情漠然地去解衣扣。

印家厚突然按住了老婆的手，凝视着她皮肤粗糙的脸说："算了。睡吧。"

"不，只有半小时了，我怕睡过头。"

"不要紧，到时候我叫醒你。"

"家厚！家厚你真好……"

印家厚含讥带讽地笑了笑，身体平静得像退了潮的沙滩。

老婆忽然眼睛湿润，接着抽泣起来，说："我实在不忍心告诉你，这房子马上就要拆了……通知书已经送来了……"

原来老婆已经知道了。印家厚说："哦。我也早知道了。"他说，"明天我拼命也得想办法！"

"你也别太着急，退路也不是完全没有。我打听了，有私房出租，十五平方每月五十块钱，水电费另交。……西餐是吃不成的了。可笑的是……我们还像小孩子一样，嘴馋……"

印家厚关了台灯，趁黑暗的瞬间抹去了涌出的泪水。他捏了捏老婆的手，说："睡吧。车到山前必有路，船到桥头自会直。"

老婆，我一定要让你吃一次西餐，就在这个星期天，无论如何！——他没有把这话说出口，他还是怕万一做不到，他不可能主宰生活中的一切。 但他将竭尽全力去做!

　　雅丽怎么能够懂得他和老婆是分不开的呢？ 普通人的老婆就得粗粗糙糙、泼泼辣辣，没有半点身份架子，耐受苦难的能力强，尽管做丈夫的不无遗憾，可那又怎么样呢？

　　印家厚摁灭了烟头，溜进被子里。 在睡着的前一刻他脑子里闪现出早晨在渡船上说出的一个字："梦"，接着他看见自己在空中对躺着的自己说："你现在所经历的这一切都是梦，你在做一个很长的梦，醒来之后其实一切都不是这样的。"

　　印家厚非常相信自己的话，于是终于慢慢入睡了。

此格言见于20世纪70年代美国大兵行囊里的火柴盒封面

开篇

卞容大是卞容大的名字。

卞容大的名字是他父亲的得意之作，他父亲是新华书店的售货员，人称卞师傅。卞容大自从进入小学，其姓名就屡屡遭受师生的嘲笑。同学们为他取绰号，"小便"，"大便"，"小辫子（女孩子）"，等等。有三位任课老师，在用花名册点名的时候，把卞容大念成"卞——容大"，或者"卞容——大"，他们拖长嘲弄的声调，脸上浮现着不解的表情。这是三位年轻的贫宣队教师，在学校很红，是从最艰苦最偏僻的农村选拔出来，掺沙子掺到大城市的教育战线，代表贫下中农毛泽东思想宣传队来管理学校的，只要他们的经验认同不了的东西，便都不是什么好东西，便都有资产阶级、小资产阶级、封建主义和修正主义的嫌疑。在史无前例的无产阶级"文化大革命"中，大街小巷、商店招牌、人人物物几乎在一夜之间，兴起了改名狂潮，以表达对于伟大领袖毛泽东的无比崇拜；并且一切的规则与束缚都没有了，改个名字简单到只要自己走出大门，宣布一声就成了。卞容大也曾斗胆对父亲提出过一次要求，希望自己改一个名字，与大多数同学一样，比如：建国，爱国，向东，爱东，文革，革命，强强，钢钢，诸如此类，以适应时代潮流。卞师傅轻蔑地说："放屁！"

卞容大还在嗫嚅，卞师傅一扇巴掌横扫了过来。卞容大猝不及防地被打倒在地，他不敢流泪与忧伤，赶紧爬起来，找到离他最近的墙壁，以背贴墙，立正站好，两眼平视前方，直到父亲认为他受够了惩罚——这是父亲教育儿子的惯常做法。卞容大立刻明白：从此他再也不能就名字的问题给父亲添麻烦。卞容大的母亲早逝，卞师傅又当爹又当妈地拉扯儿了，一切都是异常的艰辛。因此，卞师傅一定要把他的儿子培养成为一个真正的男子汉。真正的男子汉，在卞师傅看来，标准就是：积极向上，建功立业；成绩优异，口才雄辩；站如松，坐如钟，行如风，睡如弓；哪里跌倒哪里爬起来；流血流汗不流泪。卞师傅在新华书店工作一辈子的最大收获，就是从书山书海里摘录了三大本人生警句格言座右铭，他非常敬畏这些智慧的结晶，他才不会肤浅地随波逐流。

卞容大因为自己不合主流的名字，加上他瘦小的身体，在小学阶段就无法振作。

卞容大十三岁那一年，做了这么一件事情：他烫伤了自己的左手掌心。在父亲出差外地的一个深夜里，卞容大躲进集贤巷深处的一座废旧仓库，点燃了一大把蜡烛。他用右手擎着燃烧的蜡烛，摊开左手，将滚烫的烛泪浇在自己掌心里。 卞容大听见自己的牙关锉得咔咔响，剧烈的疼痛使他头昏眼花，心跳紊乱，直至最后双手发抖，蜡烛散落一地。 值得骄傲的是，卞容大没有呻吟，没有叫喊，成功地保持了高贵的沉默。 卞容大学习过一篇描写江姐的课文，他很喜欢。中共党员江姐，是一个高雅体面的少妇，穿一种叫作阴丹士林蓝的旗袍，外罩洁白的绒线外套，脖子上垂挂红色的长围巾。 当江姐沦为国民党的囚徒之后，行刑手把长长的竹签削尖，一支一支钉进她的手指头，用这种酷刑逼迫她屈服招供。 而这位穿旗袍的少妇，没有流泪，没有哀叫，却冷笑着，举起自己血淋淋的双手，主动地把竹签朝墙壁上撞了过去。 瞧瞧，让你们瞧瞧吧，什么是高贵的沉默！ 卞容大在烫伤自己手掌的过程中，领悟了什么叫作高贵的沉默，从此，卞容大找到了武器。 面对所有的嘲笑欺辱包括父亲蛮横的惩罚，卞容大都会凭借自己的左手，用高贵的沉默抵挡一切。 在关键的时刻，卞容大只需将他的左手攥紧成拳，便可以绝对地不吭一声。 藏在他左手掌心里的那块疤痕，会浮现在他眼前，召唤他引领他，给他自信与骄傲。

　　长大之后，卞容大还是名叫卞容大。 他身材单薄，不笑，不爱说话，左手常常握成拳头。

　　在二〇〇一年的七月份之前，卞容大的社会角色是：玻璃吹制协会的秘书长兼办公室主任；十岁男孩卞浩瀚的父亲；他父亲卞师傅的儿子；他那患畸形肥胖症的妹妹的兄长；他妻子黄新蕾的丈夫；他岳母陈阿姨的女婿——这种关系本来可以忽略不计，但是，他岳母陈阿姨在他生活中的非常作用使得他们的关系不可忽略。和许多男人一样，除了自己的表面角色之外，卞容大对于自己还有一种暗暗的判断与把握，那便是：一个智商和情商都还不错的男人，一个不甘平庸且小有成就的男人，一个胸有正气敢于负责的男人，一个颇有写作才气的男人，一个对女性有一定魅力的男人，当然，同时他也是一个运气不太好的男人，一个壮志难酬的男人，一个没有足够经济力量和精神力量来回报红颜知己的男人——生活中的遗憾当然很多，但是整体状况看上去还可以，且算三七开吧。只有身材的瘦小单薄，是卞容大永远无法改变的现状。幸好社会的文明程度在逐渐提高，现在的许多年轻女性，其观点就很鼓舞人心。在办公室的热烈争论中，汪琪扬起她那一波旋动的额发，认真地宣称：男性的身材与男子汉气魄完全是两码事，动物界雄性动物的体格大多比雌性动物矮小，雄性动物相对瘦小的体格会使它们更加精悍，更加灵活机动，以便它们更富于追逐、掠夺、攻击和交配。

追逐！掠夺！攻击和交配！多么直接大胆，多么富有动感的语言。汪琪真是一个可爱的姑娘！

在此之前，卞容大根据自谦的美德原则，对于自己的评价是：他人生的角色都还扮演得不错。他不评价很好，只评价不错。 全家人上上下下老老少少的衣食住行条件，在这个城市的人群中，中等偏上。 从宏观的角度来说，他的这一辈子，要比他父辈好；儿子的这一辈子，一定会比他的好。 而这种"好"的形势，与卞容大个人的勤奋与努力是分不开的。 他勤奋了，他努力了，他问心无愧。 这就是在此之前，卞容大的状态。

卞容大崇尚沉默。 卞容大还不仅仅是沉默寡言，沉默寡言有一点消极，卞容大拥有的是一种积极的沉默。 卞容大胸有成竹地沉默着，其日常表情，看上去有点像战胜了牙痛之后的神态。 卞容大以他特有的沉默神态，专心地搬出自行车，专心地骑上去，专心地绕过路上的小狗和石头子儿，安静地穿行在他居住的生活小区与玻璃吹制协会之间，穿行在他的小家庭与父亲的家庭之间，穿行在他的小家庭与岳母的家庭之间，穿行在他的小家庭与孩子的学校之间，穿行在他的小家庭与朋友、同事、老同学等各种社会关系之间。 卞容大每天早晨都穿戴整齐，按时出门，风雨无阻。 有活动和场合的时候，他穿西装打领带，骑自行车之前把自行车的钢圈擦一遍，将领带仔细掖好。 如果在活动和场合中分发了礼品，无论大小，卞容大一定会把它们带回家。 他进门就把礼品往靠近黄新蕾的地方一扔。 他的动作看起来是那么漫不经心，然而黄新蕾总是及时地得到了提醒。 她瞥他一眼，和颜悦色。 卞容大就可以往沙发上一靠，双腿架上茶几，脸上挂满疲惫。 黄新蕾很快就会给他端过茶杯，或者，让儿子给他端过茶杯。

这就是在此之前，卞容大的状态。所以，在此之前，应该说卞容大的生活还算不错。只是，在有的时候，没有任何预感的，一种莫名的恐慌就阵阵袭来，卞容大会因此突然地心慌意乱。但是，当他认真去琢磨的时候，却又什么都琢磨不到了。

七月底的一天，卞容大下班很晚，天黑的时候，才刚刚到家。他把自行车放进车棚，转身走进林荫小路。就在通向他们那幢楼房的林荫小路上，卞容大被人绊倒了。几个男人迅猛地扑倒卞容大，把他口脸朝地摁在地上，那种粉末状尘土的味道冲进了卞容大的鼻孔，卞容大接连打了几个无法克制的喷嚏。一个男人极不耐烦地咒骂了他的喷嚏，然后附在他的耳边，凶狠而清晰地说："要么还钱阿迪娜，要么卸掉一只胳膊，随便你挑！"

翌日，在玻璃吹制协会的党组书记办公室里，党组书记严名家哈哈大笑了。他首先惊讶地问了一句："是吗？"紧接着，他就哈哈大笑了。笑毕，严名家说："个狗日的！现在还真的有黑社会呢！还真的这么惊险呢！"严名家兴奋起来，说："我他妈的什么都遇到过，还就是没有遇到过黑社会。那好，咱就会会他们吧。"严名家盯了卞容大一刻，抓起了电话，说："报警。"

卞容大扣下了电话叉簧。报警就是激化矛盾。报警的结果很可能导致卞容大的一只胳膊迅速落地。卞容大认为，严名家首先不应该这么大笑，其次不应该说那么多无知小青年似的废话，再次不应该草率地决定报警。作为单位的主要领导干部，严名家的做法实在欠妥，太缺乏领导风范，太不懂得爱护自己的职工，况且卞容大不是一般的职工，是这个单位的秘书长兼办公室主任，是玻璃吹制协会的创始人之一，是阿迪娜公司那笔两万元款子的经手人！严名家应该做的是立刻还钱。严名家又笑了，这次是干笑，并且说："那不可能！我们现在没有这笔钱。"

卞容大说："没有钱也得还！"

严名家说："啊嗨！就凭你今天早上一来就给我编故事？就凭你是我手下的办公室主任？我党组还有没有一个领导权？还要不要一个民主集中制？"

卞容大再崇尚沉默，也有无法沉默的时候。他用他的左手，那只带疤痕的左手掌心，狠狠拍击了严名家的办公桌。卞容大说："听着，今天你要是不把阿迪娜的钱还回去，出了这个办公室的门，我就直接奔纪委！"

严名家用小痞子的无赖口吻说："行啊，去举报吧，我好害怕啊！"

卞容大转身出去了。卞容大当然直接去了本市市委的纪律检查委员会。卞容大绝对不会轻易动怒，可是一旦动怒，他是势不可挡的。卞容大也明白，以举办活动的名义消费两万块钱的款子，与那些贪污挪用成千万上亿的款子相比，的确太算不上事情。可是问题的实质并不在这两万块钱上面，在于我们党的基层干部，现在到底是什么状态，他们在如何敷衍工作，党纪国法，道德良心，对他们还有没有一点约束？卞容大倒是要请教请教纪委：严名家坑蒙拐骗，巧立名目挥霍公款，到述职的时候这些还变成了他的辉煌政绩，对这种现象，对这种干部，纪委到底了解不了解？像严名家这种干部，已经完全丧失了责任感和事业心，纪委到底明白不明白？

试举这一次的例子吧：今年的七一，严名家要求卞容大操办一场隆重的庆祝党的生日的活动。关键的是要按照"隆重"两个字去搞。于是，卞容大动用了他所有的社会关系，做了一系列的工作，在他的一个老同学的配合之下，好不容易说动了法国阿迪娜水晶饰品公司。本来，两家联合举行一个庆祝七一座谈会就行了，阿迪娜提供一个场所，一顿会议午餐，一点纪念品，就行了。严名家说：不成！严名家说：资本家有的是钱，得让他们出血！严名家亲自动手，拟订了座谈会的方案。严名家的方案是这样的：会期两整天。会议内容：市委领导讲话，中法双方领导讲话，党员代表发言，预备党员代表发言，群众代表发言，新党员宣誓。自由座谈。联谊活动。以多样化的形式歌颂党的丰功伟绩。以多样化的形式宣传阿迪娜的企业形象及其产品。玻璃吹制协会承诺：该新闻由市电视台采访和播出，须出现法方主要领导人正面形象，播出时间不短于两分钟。晨报、午报和晚报当日均有滚动新闻，新闻稿由中方撰写，须正面提及法方公司与产品名称，加上溢美之词。 经费预算：五万元整。 玻璃吹制协会承担三万，阿迪娜承担两万。 玻璃吹制协会提供会议形式、会议内容，邀请市委（保证至少有一位市委常委出席）市政府五大班子领导、各界知名人士，接洽与接待新闻媒体；阿迪娜承担由会议所发生的餐饮、娱乐和礼品之经费。

严名家的套路并不新鲜，在中国官场人人皆知，一般稍有社会经验的人都不会上当受骗，但是法国人就不懂了。 法国人一看，如此高档次的阵容，如此宏大的宣传攻势，只需花费两万人民币，心下只是窃喜，立刻同意了这个方案。 卞容大与他的老同学各自代表所在单位签订了合作协议，阿迪娜的两万元人民币，迫不及待就打入了玻璃吹制协会的账户。 卞容大本来是不愿意代表单位签字的，因为他知道他们请不到市委常委，也无法使几家报社有滚动新闻，无奈严名家命令他去签字，并拍胸脯说，请人和疏通媒体，那是他的事情，他是绝对没有问题的。 然而，七一前夕，万事俱备，严名家突然宣布：党组集体研究决定，采纳更有创意的方案，即：玻璃吹制协会要借庆祝七一的东风，重走革命路! 原来，严名家私下又与洪湖"浪打浪"绿色食品公司所属的洪湖度假村签订了共同庆祝七一活动的协议。 七一那天，严名家带了玻璃吹制协会的一干人马，打着党旗，直奔洪湖"浪打浪"度假村。 临行前给阿迪娜公司发出了一个简单的传真，声称由于上级主管部门的统一安排与要求，玻璃吹制协会不得不将座谈会的地点转移到革命老区洪湖，玻璃吹制协会希望阿迪娜公司能够理解中国国情和中国共产党党内铁的纪律并请公司有关人士赶赴洪湖参加会议。阿迪娜公司当然气坏了，当然没有任何人赶赴洪湖乡下。卞容大的老同学在电话里臭骂了卞容大一通，要求卞容大立刻归还阿迪娜的活动经费。严名家不理睬这一切。他在洪湖狂欢。严名家除了在带领新党员举起拳头宣读入党誓言的时候没有花钱，其他的节目，都是花钱如流水。狂欢之夜，篝火晚会，打野鸭，采红菱，全鱼宴，革命老区传统足浴，等等，阿迪娜公司的两万块钱，也就这样被填塞进来消费掉了。事后，阿迪娜公司多次上门索要钱款，严名家不是拖拉搪塞就是拒不接待。结果，经手人卞容大昨天晚上就发生了人身安全险情。事情发展到了这种地步，而严名家居然还是拒绝还钱，并且痞里痞气地说：你去纪委举报吧，我好害怕啊！卞容大没有退路了，他只有去纪委举报了。他还真是不相信严名家不怕纪律检查委员会。

然而，卞容大在纪委并没有受到应有的重视和接待。纪委的工作人员忙碌不堪，案头都是大案要案，举报信都是血书。卞容大是土生土长的武汉人，在武汉工作了近二十年，也调动过几个单位，因此纪委也是有人认识卞容大的。熟人过来，拍拍他的肩头，笑了笑。他们司空见惯不以为然的态度，让卞容大感到了惶悚，他忽然意识到，别人会不会认为他太幼稚和太冲动了？接待他的工作人员公事公办地说：哪里哪里。 话是这么说，可事实上还是晾卞容大。 一会儿，熟人又过来拍拍卞容大的肩，与他闲聊了几句。 熟人问：你去了洪湖吗? 卞容大说：去了。 人问：采红菱了吗? 卞容大说：采了。 打野鸭了? 打了。 吃全鱼宴了? 吃了。 篝火晚会呢? 也在。 卞容大又赶紧补充：但是我没有去泡脚! 也没有打牌! 熟人又笑了，又拍拍他的肩，走开了。熟人的三次拍肩和三次内容不同的笑，一下子就让卞容大感觉到了自己的没趣，好像他的举报，是那么琐碎和无聊，并且，他自己的屁股也不干净，该吃的也吃了，该喝的也喝了，还举报个什么? 卞容大解释说：本来他是不肯去洪湖的，可是严名家不放过他，说他作为办公室主任，必须去会上安排活动。 卞容大不去怎么行? 再说，不去他怎么了解情况? 怎么有证据举报? 人家还是笑笑。 卞容大握了握他的左手，不再说话了。 他低下眼睛，飞快地浏览了举报记录，无可奈何地签上了自己的名字。 现在到底是怎么回事? 还是不是共产党的天下? 严名家怎么可以无法无天?

不过，卞容大并不后悔。 卞容大说到纪委举报，就肯定要去纪委举报。 男人说话要算话，开弓没有回头箭。 吃吃喝喝就不说了，诓骗外资企业的两万块钱，无论如何都是党纪所不容的。 卞容大跑了一趟纪委，还是有用的。 尽管严名家表面不在乎，可他还是很快就把钱还了。 严名家的迅速还钱就是卞容大的初步胜利。 彻底的胜利，当然应该是严名家的下台。 用卞师傅的话说：像严名家这种贪官污吏应该及早下台，像卞容大这种有责任感有事业心的干部，应该及早提拔。卞容大对父亲的说法直皱眉头。卞容大举报严名家，真的没有个人动机。父亲对于他举报行为的简单理解，倒是提醒了卞容大，他着急了，他怕人家误会他有个人目的。那天的举报，是被严名家激出来的，事后想来，卞容大的确是过于简单了。他必须找个机会向纪委方面好好解释一番。现在时间从容了，卞容大对自己要解释的一番话，进行了反复斟酌，打了腹稿，私下还练习了几次。之后，卞容大就开始急切地等待着纪委来人——他们至少得来调查调查吧？

两个月以后的一天，卞容大却等来了另外的一群人。这些人来自市委组织部门、民政局、国有资产管理局、编制办公室、市再就业服务中心、单位所属的街道派出所等五花八门的单位，还有一些企业：某某玻璃制品公司，某某工艺品公司，等等。尽管卞容大不知道来人是干什么的，但还是应党组要求，临时紧急召集玻璃吹制协会的全体职工召开重要会议。会议气氛显得神秘又紧张。各方面来人的讲话，听上去有一点云遮雾罩。总之大体上都是在含糊其词地赞颂改革开放。最后，一位秃顶的温和的苦相的干部，满含歉意地露出了庐山真面目：他宣布了玻璃吹制协会的解散。

严名家以一种毫不知情的懵懂模样坐着，目光淡漠，不看任何人。他的去向是调动，调到科协去了，看来他没有受到什么损害。可爱的汪琪好像也没有受到损害，她被现代玻璃工艺公司接收了。 凡在三十五岁以下，具有大学本科文凭，身体健康，专业工作能力较强，在本市已经拥有住房的职工，都有相关企业接受。 四十岁以上的老弱病残，全部被买断。 卞容大成为被买断的广大职工中的一员。 好在卞容大是正科的级别，买断价格高于普通职工，普通职工每年八百元，正科级每年一千二百元，卞容大工龄十九年，便有一次性买断费二万二千八百元。 与此同时，卞容大的人事档案被放入市再就业服务中心。 从今往后，卞容大再也不用风雨无阻地按时上下班，再也不用与严名家拍桌子打椅子，更无须等待纪委来人了。

玻璃吹制协会解散的时候，离卞容大四十一周岁的生日只差四天。

四天来，卞容大声色不动，依旧穿戴整齐，依旧按时出门，与上班的作息时间一模一样。 头两天，他去了江边，看水。 他去的是长江二桥往下那一段，很遥远的江边，那里是沙场，一堆一堆黄沙，寂寞地等待着运输。 荒草，江鸥，被吹残的蒲公英，断线的风筝酷似失事的飞机，一头扎在荒滩里，令人为之动容。 卞容大没有想什么。 他在沙滩上随意地坐卧，是休闲的姿态。 他是在休息。 索性来了一个大结局，卞容大心里反倒没有恐慌的感觉，只是有一点不习惯，一片空旷。 第三天，卞容大不去江边了。 他买了一顶棒球帽，压低帽檐戴着，悄悄溜进了再就业服务中心和人才市场。 这里的人太多了。 大厅里聚集了一股浓烈的人体臭味。所有的人都不管不顾地说话，闹得谁都不可能听清楚别人在说什么，卞容大转了一圈就退出来了。第四天，卞容大悄无声息地度过了他四十一岁的生日。

就这么笼统地说悄无声息，显然不够严谨。在家里，卞容大本来就不过生日。黄新蕾只记他们儿子的生日。所谓的悄无声息，是相对玻璃吹制协会来说的。作为秘书长兼办公室主任的卞容大，他在玻璃吹制协会创建之初，被首任党组书记那热气腾腾的集体主义精神所感染，灵机一动，开创了一条温暖的规则：工会专人负责将职工们的生日登记注册，然后在某职工生日的这一天，送一盒生日蛋糕和一束鲜花以示祝贺。因为有单位惦记着，你是无法忘记自己生日的。许多忽略了自己生日的人，在这一天上班之后，被单位的祝贺弄得又惊又喜。午休时的办公室，一片欢声笑语，寿星切开蛋糕，大家高唱生日歌，同时纷纷抢着吃，闹得满脸都是奶油。好了，过去的事情就不要再提了。卞容大是一个有能力的男人，就算单位悄无声息了，卞容大还是可以找到自己的庆祝方式。

这一天，卞容大来到了市内最大的家乐福超市。这是法国人在世界各地开的连锁超级市场，这里货架林立，顾客如云，还有各种现场展示和推销活动。卞容大一进大厅，装扮成新疆姑娘的女孩们就朝他载歌载舞，她们推销的是新疆葡萄干、新疆羊肉串等产品，都有小碟样品，敬请大家免费品尝。迎头就很喜气，卞容大便放下矜持，觍着脸皮，笑嘻嘻地抓了一把葡萄干。 卞容大在超市买了一瓶冰冻啤酒、半只电烤鸡。 免费获赠的各种小吃，被卞容大装在一只简易纸碟里，这些小吃用牙签戳着，像儿童过家家的玩具。 卞容大占据了超市为顾客提供休息的一处桌椅，从上午开始就为自己频频举杯。 新疆姑娘的笑靥，不知疲倦地在他眼前一遍又一遍盛开，清洁女工一遍又一遍擦干净他脚下的地面，隔壁的麦当劳快餐店，至少播放了十次生日快乐歌，为不同的小朋友庆祝生日，但是音乐无疆界，卞容大也可以同时享受生日快乐歌。 户外秋阳焦燥，满大街的行人都在躲避明晃晃的光线。 一辆摩托车和人力三轮车撞了，车主互相破口大骂。十字路口的人行指示标志坏了，红色的人形与绿色的人形同时闪亮，行人与汽车顿时踌躇不前，稍后又一拥而上，马路上的混乱局面犹如汤浇蚁穴。 家乐福里头非常凉爽。 没有任何人来打搅卞容大。 是的，没有单位了。 可是，那又有多大关系呢？ 卞容大不是照样可以找到集体主义式的快乐感觉吗？

　　不幸的是，卞容大生日的快乐，最后遭到了清洁女工的破坏。 时间已经是下午了，卞容大都要准备离开了，一个清洁女工过来，停留在卞容大面前。 她弯下身体，肮脏的白色工作服领口里露出部分乳胸。 她悄声地问卞容大："大哥，想不想玩？"

　　卞容大非常意外，一时间没有反应过来，他问："玩？玩什么？"

清洁女工调戏地说："你——"她强调，"想玩什么？"

卞容大忽然明白了自己的艳遇。 他的血液冲上了头面，手脚无处安放。 他飞快地四周看看，简直不敢相信眼前的现实。

清洁女工以为卞容大担心安全问题，她保证道："在我家里，绝对安全。 很便宜的，两块钱一次，就算交个朋友。 要是好，下次再来。"

两块就是二十块，这是武汉人民的货币价值。 二十块钱一次很便宜吗？ 卞容大忽然想起了洪湖，他们单位的男性们在度假村的夜晚胡乱吹牛，说武汉的消费水平真是太低了，火车站广场上的野鸡，五毛钱就能玩一次。 卞容大并不是真的在比较价格，只是一种乱糟糟的触类旁通的联想。 实际上的卞容大，汗毛竖了起来，全身的皮肤一阵紧似一阵，汗珠子从两鬓的太阳穴迸流出来，难以置信地流淌在脸颊两边。

清洁女工却具有非凡的洞察力，捕捉到了卞容大对于价格的比较。 她说："咳，大家都爽快一点好不好？ 一块五，不能再优惠了，真的很便宜了！ 我的大哥呀，玩了你就知道了。"

卞容大害羞了。 他又害羞又悲愤。 难道他像一个色眯眯的嫖客吗？ 像一个可以与这种廉价的毫无廉耻的野鸡苟合的男人吗？ 可是如果他不像，她为什么来勾搭他呢？ 卞容大的心都碎了。

卞容大坚决地闭上了眼睛，把脑袋用力一别，说："请你走开！"

　　然而，清洁女工没有轻易走开，她比卞容大还要屈辱和悲愤。 清洁女工站直了身体，扣紧了领口的纽扣，拿拖把使劲打了几下卞容大的脚，说道："你妈个屄苕，你不想玩，在这里坐一天干什么？ 盯着我看一天干什么？ 一个男将，连玩都不会了？ 真是够鸡巴呛！ 滚吧，少待在这里害我！"

　　卞容大诧异得张口结舌！ 一个野鸡，居然还敢打他和骂他！ 清洁女工见卞容大还待着不走，立刻上来，扫荡了他的桌面，将他吃剩的残渣，一股脑儿扫进了垃圾撮，然后正气凛然地大声说："告诉你啊同志，这里是超市的休息处，是为购物的顾客提供休息的，不是酒吧和茶馆，可以一坐一天。你要知道许多超市是不设休息处的，这是家乐福为中国顾客提供的特别优惠。 请自觉一点，别占这点小便宜。 现在有些中国人，素质真低，真让人替你们害臊。 走吧走吧。"

　　四周顾客的目光，闻声投向卞容大。 身穿制服的年轻保安，也梭巡过来了。 还有什么道理好讲的呢？ 卞容大赶紧起身，落荒而逃。

　　在回家的路上，卞容大耿耿于怀地一再重温自己受辱的过程，慢慢地从打击中清醒过来，他这才发现，清洁女工比他聪明多了。 当她驱逐卞容大的时候，似乎多余地说了一番冠冕堂皇的话。 不，她不多余。 那番话就是她的护身符，她把卞容大报警的机会都消灭了。 假如卞容大真的报警，肯定就会被人当成卞容大对于她恪尽职守的不满和报复。 这是一个清洁女工兼野鸡的生存智慧。 这种生存智慧令卞容大自叹弗如，感慨万千，成了卞容大四十一岁生日这天收到的最好礼物。

第五天，卞容大决定不再装模作样地继续上班。 一个野鸡，面对现实都能够头脑清醒，敢于随机应变，卞容大还不能够吗？ 失业就是失业了。 事情迟早都会败露的。 卞容大应该在事情败露之前，抓紧时间认清现实，认清自己，认清他的整个人生——他到底是一种什么状态？ 他将要做什么？他应该怎么做？ 在此之前，卞容大对于自己的评价和感觉，都显得人云亦云，是一种大众化的思想方式。 现在，卞容大必须重新审视和思考。 其实，一个男人，暂时失去工作没有什么大不了的，但是，男人对于自己应该有一个最起码的要求，这就是：清醒地活着和清醒地死去。 对了！ 这么想就对头了！

第五天的清早，在黄新蕾看来，她的丈夫卞容大生病了。 卞容大脸色蜡黄，头发杂乱，形容憔悴，一手捂着腹部，一手提着裤子，从卫生间出来，跟跟跄跄，好像随时随地都有被自己裤裆绊倒的危险。 宽大的睡衣，不知是因为布料日渐陈旧松垮，还是因为卞容大日渐干瘦，显得是那么飘零和稀疏，卞容大活像一个木制的衣架。

黄新蕾在上班之前问丈夫："要去医院吗？"

卞容大说："不要。"

"要我给你们单位打电话请病假吗？"

"不要。"

"如果你不及时打电话，严名家又要来找你茬子了。"

"笑话。 他还找我茬子做什么？"

"你怎么啦？"

"我肚子吃坏了。"

"我还以为你脑子坏了呢，说话这么冲。 不管有什么特殊情况，总是不可以对单位马马虎虎的吧？"

"谁离开谁地球不照样转啊。"

"卞容大！ 你什么意思？ 哪里来的这么多二百五的话！工作半辈子了，装什么嫩？ 是不是脑子真的坏掉了？"

卞容大不敢再搭腔了。 他的境遇再糟糕，也还是不能够与一个女人发牢骚。 好男不和女斗，这是中国男人一个铁的原则。 他朝黄新蕾举了举双手，表示投降。 黄新蕾的例假快来了，眼睑浮肿着，下巴上爆出一粒红豆豆。 她这几天脾气急躁，粗声大气，不由自主地找人吵架。 这就是女人。可怜的女人，一点幽默感都不懂。 作为不用来例假的男人，卞容大觉得自己怎么忍让女人都不过分。 毕竟，男人受脑子支配，女人受子宫支配。 对不起，卞容大丝毫没有轻视女性的意思，他只是描述他妻子黄新蕾的客观生理现象，同时有一种更加清醒的自责：他是男人啊！ 作为一个男人，以前他以为自己完全懂事了，其实没有；以为自己完全动脑子了，其实也没有。 以前的卞容大，真是很有一点自以为是和荒诞可笑。 一切都不在把握中，却还以为一切都在把握中。 现在的中国，就是一架疯狂的过山车，卞容大身不由己地坐在车上，他能够把握什么呢？ 想到这里，卞容大感到胸脯里头一阵难受，他心跳紊乱了。 卞容大拍着他薄薄的胸壁，镇定自己。 几年来，他其实一直都遭到这种莫名恐慌感的偷袭。可喜的是，现在他知道这恐慌来自哪里了，他至少不再莫名其妙了。 卞容大提着裤子，回到了床上。 他躺下了，像只消瘦的大虾，在不用上班的安宁之中，在凌乱不堪的床上，开始了他人生真正的思考。

一、与父亲和与血缘关系与擦鞋女人

集贤巷是中山大道背后的一条小巷。 说是小巷，其实也不小，它弯曲蜿蜒，一直延伸到了长江边。 有那么一段时间，集贤巷显得是那么永恒。 那是卞容大五岁到二十岁的那段光景，他每天都在这条巷子里进进出出，几个太婆，似乎总是停留在她们的年岁里，不再年轻也不再老去，她们头面整洁地出去买菜，或者，坐在哪家的门口择菜，或者，用竹枝的扫把，在小巷狭窄的街面上，扫出细密而流畅的纹路。青苔，也总是盘踞在某些墙面上，青了又黄，黄了又青。 新春的对联，在每家每户的门框上，被夏日的风雨洗旧，又被新春的白雪刷新。 其实，卞容大从五岁到二十岁，都是厌恶集贤巷的，因为他父亲卞师傅是家里的绝对主宰。 可是，后来，慢慢地，当卞容大不得不一次又一次回到集贤巷的时候，记忆中却一再浮现出集贤巷往日的那种单纯与清丽。 是卞容大的年纪使他变得容易怀旧？ 还是集贤巷现在的破败与堕落的衬托？ 还是两者兼而有之？ 大概是两者兼而有之吧。 卞容大原本以为自己对集贤巷一点好印象都没有的，现在看来，人的感情没有那么简单。 卞容大但愿如此。 卞容大但愿往昔的一切，都会以美丽的面孔浮现于今天，今日的一切，都会以美丽的面孔浮现于将来的岁月；尤其是他的父亲。

因此，今天，当卞容大走进集贤巷的时候，他甚至产生了一种幻觉：父亲能够与他好好谈话了。 父亲与他是平等的了。

远远地，卞容大就认出了父亲。 这是认出，不是明确地看见，是感觉，是儿子对于父亲那种熟悉得不能再熟悉的感觉。 卞师傅在集贤巷深处的一家影碟出租店门口打牌，牌友是一群与他同样的老头。 卞师傅背对集贤巷的巷子口，背驼着，一头白发。 他不停地吐痰，他用力地把痰喷射在地上，然后用脚尖去踹，好像踹灭一只害虫。 走近的时候，卞容大还是紧张了起来。 不要紧张，卞容大提醒自己，不要紧张，不要紧张，卞师傅是他的父亲，他是卞师傅的儿子，是普天之下最为自然和合理的关系，不要紧张！ 卞容大怀里揣了六千块钱。 一次性地揣这么大额的一笔现金，走进集贤巷，在卞容大，还是有生以来第一次。 钱总归是有分量的，这毋庸讳言。 卞容大是一个非常成熟的成年人了，他是来赡养父亲照顾妹妹的。 今天他要让父亲听他说说话，只要听听就成。无论如何，卞容大都要把关系摆正。 他们父子要能够正常对话。 卞容大的单位没有了，工作没有了，他遇上人生的一个大坎坷了。 他得把后顾之忧一一排除，然后轻装简行。 轻装简行去哪里？ 卞容大暂时还不知道，但是他已经知道，像他这种情况，首先心理上就必须轻装简行。

卞师傅出完了手里的牌，才回头看了儿子一眼，说："来了？ 我还没死呢！"

卞师傅的表情寒冷、不满、严峻；而方才，和老头们说话的时候，卞师傅完全是另外一种声调：温暖、随意甚至是热情。 父亲永远是儿子的专制者。

新华书店的宿舍是一幢五层楼的房子，六十年代中期，他们改造了一栋洋行公寓，形成了一种不伦不类的居住格局。 楼梯曲里拐弯，大白天也透不进来光线，楼梯的扶手沾满了油腻的烟尘，无法当扶手来使用。 上楼梯的时候，卞师傅就开始咳嗽和喘息，爬三步，停两步。 卞容大跟在他父亲的身后。 他知道父亲平日上楼不是这样的，他闭着眼睛都可以利索地回家。 父亲才六十六岁。 当卞容大度过了四十一岁生日之后，重新看世界，他认识到，六十六岁的人还算不上衰老的，父亲在装模作样。 卞师傅也知道他的儿子明白他平日上楼并不这么艰难，但是，当儿子在他身后，他自然就感到了由于委屈而产生的艰难。 卞师傅看过了许多老头的人生经历，人家也是养儿养女，没有谁像他这样对儿子倾注全部的心血，又当爹又当妈的，但是，他们的儿子都比自己的儿子孝顺。 在父子俩沉重的脚步之下，楼梯好像比平日陡峭和漫长。 这一次，卞容大心里头晃过了搀扶父亲一把的念头。 不过，只是念头而已，卞容大没有行动，就是这个念头，都令卞容大难为情。 因为卞师傅根本就不睬这一套，端着一副冷冰冰拒人千里之外的架势。

三楼到了。 一条狭窄的走廊，两边是密密麻麻的房门。 婉容的笑声传来，同时，铁栅栏防盗门，被欢快地拍打着。 爸爸。 爸爸。 哥哥。 哥哥。 哥哥来了。 哥哥来了。 从前一个医生说过，卞婉容只是畸形肥胖，智力并不特别低下。 但是婉容就是要智力低下地说话：简单，反复，语无伦次，哭笑随意。 婉容被关傻了。 畸形肥胖的婉容，小娃娃的时候，反而比一般小姑娘要漂亮和有趣得多，活像民间艺人泥捏的那种福娃娃，许多人都疼爱她。 那时候，婉容格外乖巧，见人就知道叫什么，男人叫叔叔，女人叫阿姨，学生娃娃叫哥哥姐姐。 婉容曾经生活得无忧无虑，充满童趣，直到十岁的那年被人诱奸。 那天下午，十岁的婉容下身鲜血淋淋，大哭大叫，却怎么也说不清具体经过，任卞师傅怎么诱导和打骂，都无济于事。 此后，婉容就被关在了家里，再也不让出门了。 婉容今年三十五岁，她被关了二十五年了。 婉容的母亲，卞容大的继母，平日很少与卞容大说话的那位城市妇女，在离开这个家的时候，拉着卞容大的手，哀求了他。 她说："容大，你是一个好孩子。 妹妹命苦，往后就靠你多照顾她了。 这辈子，你就当个牲口养着她吧。"当年，卞容大还不能完全理解继母的话，后来就慢慢理解了，到了现在，可以说完全理解了。 生命重于一切。 婉容当然也是一条命。 这一次，卞容大带来的六千元钱当中，就有四千元是给妹妹的。 卞容大今天之所以再三地下决心要和父亲谈话，其中的原因之一，也是为了妹妹。 卞容大希望父亲用婉容自己的身份证，将哥哥给她的这笔钱存入银行，以备父亲百年之后的不时之需。

卞师傅从裤腰带上取下一大串钥匙，摸索着，念念有词，终于找准了其中一把，打开了铁栅栏门。 婉容吭哧吭哧挪动着身体，为卞容大倒了一杯茶水。 哥哥。 哥哥。 婉容说。 婉容笑眯眯的。 这是一套一室一厅的单元房，过去的那种老式的单元房，厨房和卫生间都非常狭小，墙壁下半截还是用绿色油漆涂的卫生墙，所谓的卫生墙早就斑斑驳驳，非常不卫生了。 家具陈旧，肮脏，残缺不全。 所有纺织品的颜色都互相混杂了，都失去了鲜亮的色泽。 地面上，痰迹覆盖着痰迹。 卫生间的马桶里冲出强烈的尿臊味。 靠近厨房的地方，空气则被泡菜的酸味占领。 卞师傅长年吃泡菜。这个家里非常凌乱与肮脏，可是卞师傅绝对不允许任何人给他的家里做清洁。 黄新蕾与卞容大谈恋爱的时候，曾经讨好地动手做了清洁，结果事后卞师傅大发雷霆：黄新蕾太自以为是了，她嫌卞师傅家里脏吗？ 她知道私人用品的重要吗？

怎么能够随便扔掉她以为废旧的东西呢？ 在这个家里，卞师傅的任何东西，眼镜，痒抓，水杯，烟缸，打火机，报纸，扑克，都有它们固定的地方，卞师傅绝对不允许它们被别人随意挪动。 卞容大到了父亲家里，立刻就感觉到了处处的限制。 他无聊地拿过一张晚报扫了两眼，放下之后，卞师傅很不耐烦地将晚报收拾到了他觉得应该放置的地方。 幸好有婉容在一边盲目乱叫哥哥、哥哥，使这个家里的气氛显得松散随和了一些。 卞容大不时地朝妹妹点点头，以冲淡自己的拘束和尴尬。

卞师傅首先打开了电视机。 然后坐下，捶自己的腰，说："我还没有死，又不逢年过节，你怎么来了？"

这是一种不需要回答的责怪性质问，卞容大自然哑口无言，今天他准备好了要加倍忍耐的。 卞师傅的责怪还要进一步延伸，他说："你这样单独一个人来，不怕你老婆说你偷偷给我们钱了？"

卞容大勉强笑了笑。

卞师傅对儿子的表情嗤之以鼻，说："黄新蕾以为你是富翁吗？ 会拿出成百上千的钞票孝敬父亲吗？ 一个小小的科级干部，在那种没有一点油水的单位，能有几个钱？"

卞容大还是勉强地笑了笑，说出了一句简单的话。 他说："话也不是这么说的。"卞师傅从儿子的态度里嗅到了反抗和自卫的气息，他被激怒了，顿时便火山爆发："怎么样？ 我说得不对？ 你提升了吗？ 你搞赢严名家了吗？ 现在是什么日子什么物价？ 我那点退休工资，要养活我和你妹妹，我容易吗？ 啊？ 我出去连个大牌都不敢打，我有脸面吗？ 现在再穷的老头，没有退休工资的老头，偶尔也敢打个大牌，我敢吗？ 人家都有儿女孝敬，逢年过节，都是成百上千地给钞票，我呢？ 一点小礼物，一个小信封，还是一点小礼物，还是一个小信封。 现在想想啊，人生真是没有意思啊，我从少年时期就拼命努力，就懂得为将来的后代创造良好的生活环境，我生儿育女，呕心沥血，就连为你们取名字，都不肯有半点马虎，不知道翻破了多少本书，结果呢？ 现在我是什么光景？ 我得到了什么？ 你别埋着头死不吭气，看看电视，那里头晃动着多少人，哪一个人不比你父亲衣着体面？ 啊？ 你看李老头，你知道，从前他儿子是你们班成绩最差的，自己半辈子收荒货，现在穿的什么？ 鳄鱼！ 法国名牌服装，他儿子买的。 张老头，昨天打牌的时候，手机响了。他居然有手机了！ 哪来的？ 儿女给的！ 我不知道我这是作了什么孽？ 女儿是个讨债鬼，儿子如此平庸无能！ 而且，都没有半点孝心，一晃两三个月见不到人影，来了就是一副哭丧的脸。 我这辈子究竟还有没有出头之日呢？"

卞师傅一口气倾诉完毕，末后吐出了长长的呻吟。 突然，他的双手垂落下来，就像死去的小鸟一样耷拉在膝盖上。 卞师傅的姿态充满了对儿子的绝望和对自己的怜悯。卞师傅保持着他悲凉的姿态，恨恨地望着空中，许久许久地缄默。 电视机在房间的昏暗角落里发出与此无关的声音。

卞容大再努力，也笑不出来了。 他的胸口郁闷，手足无措，感到窒息和难堪。 几天来的思考，几天来的决心，几天来的设想和演练，刹那间全都泡汤了。 卞容大再三再四地翕动着嘴唇，话却是一句都说不出来，最终，他还是慢慢握起了拳头，他不得不寻求他的左手。 忽然，卞容大想起了怀里的钞票。 他仓促地把它们拿了出来，放在父亲的餐桌上。婉容欢叫：钱！ 钱！ 哥哥！ 哥哥！ 钱！

卞师傅疑惑地看了儿子一眼，赶紧伸手拿过了钞票。 卞师傅只是掂了掂钞票，便立刻做出了判断："六千。"

钱！ 哥哥！ 钱！ 哥哥！

卞师傅怒斥了女儿："住嘴！ 看你敢告诉别人！ 我不打断你的狗腿！"

婉容顿时不出声了，但是她不难堪，因为她不懂自尊，这是弱智者面对世界的最强项。 婉容捂嘴窃笑，对卞容大充满感激。 婉容也知道钱是好东西。

卞师傅关上窗帘，关上房门，打开了电灯，并再次警告了女儿。 卞师傅拉过椅子，端端正正在桌子旁边坐下，将一块湿抹布放在手边，他开始郑重其事地点钞。 卞师傅点钞票的手法比银行职工更加娴熟。 只听得一阵风吹草动，钞票就点好了。

"果然六千！"卞师傅得意地说。

卞容大走不出他的来历之路了。 从父亲到儿子，是一条狭窄的血缘甬道。 在卞师傅看来，他的儿子本来还应该是乡下人的，是他改变了儿子的成分，而儿子，就应该深深懂得继续奋斗和回报父亲。

卞师傅出生在湖北黄陂的一个小乡村，他从小就显露出了一种过人的天分，那就是精于计算。 农闲的时候，卞师傅常常跟着父亲外出卖小鱼小虾，只要他父亲一报出斤两，卞师傅紧接着就可以报出价钱。 由于有这么一个灵敏准确的活算盘，大字不识的父亲便勇敢地走出了乡下，把鱼虾卖到了武汉市。 有一日，卞家父子满满的一担鱼虾，被一家新华书店的采购员全部购买了，因为他们单位过节要加餐。 卞家父子，跟着采购员，将一担鱼虾，直接挑进了新华书店的食堂。 采购员并没有立刻付钱，说是现在太忙了，等会儿给你们钱，放心吧！ 采购员诚恳又和善地要他们爷儿俩去逛逛大街，下午再来取钱就是了。 国家的单位，共产党的天下，不会吃东西不给钱的。 生意做得这么利索爽快，卞家父子都高兴，他们就真的去逛大街了。 结果高兴得过头，逛得晚了，下午回来的时候，书店下班关门了。 第二天早上，采购员没有再来上班，他死了。 据说采购员抢道过铁路，被火车撞了，当场死亡。

由于鱼虾已经被吃掉，没有人相信卞师傅报出的价钱，一个十五岁的乡下孩子，谁肯相信？ 卞师傅的父亲无奈地哭了，拉起儿子，准备回家。 卞师傅甩掉了父亲的手，他告诉父亲，他不走了！ 父亲可以先回家报信，但是卞师傅就决心赖在新华书店不走了！采购员不是信誓旦旦地说：国家的单位，共产党的天下，不会吃东西不给钱的吗？

卞师傅留在了书店里。他不哭，不闹，不搞破坏，就是待在书店里。书店下班关门，他就抱着桌子腿不走。好几个售货员上来，抱的抱，搂的搂，把卞师傅的手掰开，迅速地将他抬出大门。然而第二天一大早，卞师傅还是来到了书店。在许多天里，被饥饿折磨得日渐消瘦的卞师傅只说两个字："给钱！"同时，卞师傅开始小心翼翼地用鸡毛掸子为书店做清洁。有一次，遇上了一笔大量购书的买卖，女售货员的珠算一再出错，忽然，卞师傅报出了准确的价格。卞师傅的神速计算天赋，在新华书店，被售货员们奔走相告，经过一再重复的试验之后，卞师傅获得了售货员们的喜爱。尤其是女售货员，对卞师傅大动恻隐之心，她们把他带到浴池去洗澡、理发，吃牛肉米粉，给他穿上了干净的旧衣服。当卞师傅从女售货员们的母爱之手中挣脱出来的时候，人们发现，卞师傅原来是一个眉清目秀、憨厚老实的少年。卞师傅的父亲，再见儿子的时候，好久都不敢上去相认了。

新华书店始终没有付钱给卞家父子，他们含含糊糊地容留了卞师傅。还是在女售货员们的积极怂恿和张罗之下，卞师傅被书店送到自己系统的技术学校，参加了文化学习。卞师傅抓住了这个机会，以优秀的成绩令人瞩目，毕业之后，新华书店对他张开了欢迎的臂膀。

卞师傅正式参加了工作，成为新华书店一名光荣的营业员。 他戴上了深蓝色的袖套，拿着鸡毛掸子，爬到梯子的顶端，去掸扫书柜顶端的灰尘，同时毫不耽误地为顾客迅速计算出购书的书款。 女营业员们再也不用爬高，再也不用练习珠算了。

但是，卞师傅一直都是郁郁寡欢的。 新华书店是一个堂堂的国家单位，却始终欠着卞家的那担鱼虾钱，多年来，居然没有一任领导和任何有正义感的职工出来打这个抱不平。 他们的态度，在卞师傅看来，显然是城市人所共有的那种对于乡下人的毫不在意和蔑视。 随着卞师傅的城市生活日渐长久，他发现了问题的根本症结所在。 这就是：新华书店一定有人在贪污。 国家头东西，是不会不给钱的。 一定是有人把这笔钱给贪污了。 卞师傅决心不放过这个隐藏很深的贪污犯，他一直暗暗观察着，每逢大小政治运动到来，他都要用匿名大字报和匿名信的形式，揭发他认为的那些可疑分子。 另外，卞师傅永远不能够原谅绝大多数的女营业员。 因为她们做过头了。 她们实际上把卞师傅当作了玩物。 卞师傅是她们廉价的长工。 当卞师傅到了婚龄，她们纷纷替他做媒，可是介绍的全都是乡下姑娘，没有任何人愿意把她们自己或者她们的女儿嫁给他。 因此，卞师傅在替她们到食堂打饭的时候，常常在楼梯拐角处，把唾沫喷到她们的饭碗里。 卞师傅发现了所有城市妇女共同的缺陷：好逸恶劳自以为是爱慕虚荣！ 卞师傅的第一任妻子是这样，第二任妻子也是这样。她们都不让他说黄陂话，一定要他学说难听的武汉话。 她们都是城市妇女，因为卞师傅暗暗发誓非城市女人不娶，卞师傅相信他自己有这个本事！ 然而，她们和新华书店的女售货员们一样，无一例外地有着共同的缺陷。 谢天谢地，卞容大的母亲因病早逝了，婉容的母亲自觉地提出离婚了，她生了一个畸形肥胖儿居然还不知错！ 妻子们的离去，固然免除了卞师傅与她们一辈子的纠葛与烦恼，但是，这些女人，却把幼小的儿女甩给了他！ 女人可以不负责任，男人却不能够。卞师傅是一个男人。 孩子是男人的骨肉、血脉和香火，卞师傅必须养好自己的孩子，他有这个骨气和能力！ 在抚养两个孩子的漫长岁月里，卞师傅常常勒紧裤腰带喝杂粮稀粥，把白花花的米饭都留给他的儿女吃。 就连两个孩子的名字，卞师傅都是不能够让别人随便取的。 尽管他们的母亲都是有文化的城市妇女，她们为孩子取名的水平，卞师傅真是不敢恭维。 卞师傅当然不会采纳她们肤浅的意见。 儿子出世前后，卞师傅正在文史古籍类柜台售书，他在书上翻阅到了林则徐。 清朝的朝廷命官林则徐，自小聪明过人，为官之后，又是与众不同，他意志坚定，清正廉洁，刚直不阿，胸怀广阔。 林则徐有一副著名的自勉联：海纳百川，有容乃大；壁立千仞，无欲则刚。 对于自小聪明过人的人物，卞师傅总觉得自己的性格和命运与他们有共同之处，当然，林则徐的运气要好得多。 由此，卞师傅由林则徐的自勉联取意，为儿子取名为卞容大。 卞师傅深深喜欢这个名字。 卞师傅的女儿是个畸形肥胖儿，不错，但是，无论她多么肥胖，她总归是父亲的心头肉，她总是最高贵的公主。 于是，卞师傅为女儿取名为：卞婉容。 与末代皇帝溥仪的皇后同名。

历史事实证明，卞师傅依靠自己的能力，呕心沥血，含辛茹苦，养大了自己的儿女，并且儿子卞容大，从小作业工整，成绩优秀，人见人夸，之后考上了大学，被新华书店最有身份的女营业员陈阿姨看重，硬是巴结着，把她的女儿嫁给了卞家。

试想，一个十五岁的乡下少年，挑着一担鱼虾进城，最后在大城市扎根开花结果，居住在了中山大道的集贤巷里。要知道，集贤巷巷子口就是大名鼎鼎的南洋烟草大楼，一九二六年，国民政府从南京迁都武汉，这栋楼就是国民政府的中央机关，国母宋庆龄就在这里办公和居住。 而卞家祖宗八代，在卞师傅之前，都是目不识丁土里刨食的农民，哪里能够得到与国母相邻而居的机会啊！

卞容大从来没有对父亲的创业史公开发表过自己的看法。 但是他的心里非常明白：离宋庆龄女士居住过的地方再近，父亲还是一个农民。 父亲对待许多事情的观点、态度与做法，卞容大绝对不能苟同，当然更不会像父亲那样去做了。

那么，卞容大怎么做，才能够算是"深深懂得继续奋斗和回报父亲"呢？ 当然卞容大怎么做都是不行的，卞师傅有他的标准和要求。

看着父亲专注地数钞票，看着父亲将钞票锁进抽屉里，看着父亲用罕见的和蔼，同谋般对儿子说：你把钱放在我这里，就放一百二十个心吧，绝对不会有任何人知道我手里有这笔钱的！ 看着这一切，听着这一切，卞容大和父亲好好谈一谈的幻想彻底粉碎了。 父亲根据社会现状，武断地以为这是一笔横财，实在令卞容大伤心欲绝，无话可说：这可是卞容大的养命钱，他这辈子的最后一次工资。

父子俩这一次的分手很滑稽。 大约因为卞容大一次性给了六千元钱，卞师傅到底有些过意不去了，他想在指责和鄙视之外，再和儿子说点别的什么。 卞师傅选择了他最感兴趣的话题：政治。

卞师傅对儿子说："你知道党中央为什么决定要在明年召开十六大？"

卞容大摇头，他不知道，说实在的，他也不想知道。

卞师傅说："我研究出来了，或者说我破译了。 因为明年是二〇〇二年，二〇〇二，一个非常吉利的数字，具有绝对的平衡感，这样平衡稳定的年份一百年才出现一次。 现在，中国的稳定重于一切。 怎么样？"

卞容大说："哦。"

哥哥。 哥哥。 婉容一如既往笑眯眯地叫唤，叫唤得卞容大心里作疼，他知道他轻易不会再来了。 他已经竭尽全力养活他的妹妹了。 临走，他将了捋妹妹的头发，满目离别的凄凉，感觉自己已然起程远行。

卞容大走到集贤巷的巷子口，天色已暮，他的双腿有点发软。擦皮鞋的女人不失时机地上前招徕生意，先生，擦鞋？一角钱。擦鞋女人只是看了一眼卞容大的神态，就把小板凳送到了卞容大的身后。坐吧，大哥。先坐坐，擦鞋不擦鞋，没有关系。卞容大坐下了，点了一支香烟，伸出了脚，他本来是没有想到要擦鞋的，现在他不好意思不擦鞋了。

在集贤巷的巷子口一坐下，卞容大顿时找到了感觉：他的腿软了。他就是想在集贤巷附近多待一会儿。他愿意他的眼前再一次浮现集贤巷从前的印象。或者，就这么待着，在大街上，合理地待着，什么也不要去想。总之，卞容大不能够马上就回家，和妻子黄新蕾大眼瞪小眼。没有黄新蕾什么事，只是现在的卞容大，处于一种纯粹的个人状态之中。男人是孤独的动物，在许多时候，宁愿独自蹀躞。在大街上也孤独。擦鞋很好。擦鞋就是中年男子在大街上的独自蹀躞。

卞容大对擦鞋的女人说：慢慢擦吧，多擦一会儿，我给你五角钱。

中山大道上的霓虹灯，先先后后地亮了，灯红酒绿歌舞升平的感觉顿时就上来了，灯光这个东西真是奇妙，比什么都具有粉饰功能。集贤巷里头的路灯，好像是特意的昏暗和残缺不全，于是发廊的粉红灯光就非常耀眼了，夹杂在发廊之间的性用品商店，灯光却是幽暗的绿，表达一种暗示与鬼魅。卞容大的身后，是一只大垃圾桶，垃圾桶上方，挂了一只投币的避孕套自动售货箱，箱子上面用醒目的红字写着：为了自己和他人的健康，请用避孕套。有人用彩色油性笔修改了这句话，改成：为了妓女和嫖客的健康，请用避孕套。一个男人，在垃圾桶的掩护下，唰唰地小便，酣畅淋漓。卞容大回头看了一眼，男人背着的身体在微微抖动，他在享受排泄的快感。一个人，只要能够做自己想做的事情，那是会有快感的。悲哀的是，有的人不能做自己想做的事情。还有的人，做了自己想做的事情，却无法获得快感。更为悲哀的是，有的人，有了快感也无法表达。我操！

卞容大把信马由缰的思绪和散漫的目光收了回来，低头一看，发现自己的皮鞋亮得晃眼！卞容大这才注意到，他的一双灰尘满面的旧皮鞋，在擦鞋女人的殷勤抚摸之下，变得光可鉴人了。忽然，卞容大冒出了俏皮话，他说："看看，都被你擦成水晶鞋了！还哪里舍得踩在地上呢，你让我扛着脚走路啊？"

擦鞋女人咧嘴笑了。她说："谢谢先生。先生付的钱多嘛。"

擦鞋女人的牙齿很白，当然也许是由于她的脸黑。这是一个结实的乡下妇女，脸颊上留着两片太阳的灼伤，铁锈一般。女人的笑容朴实好看。她眉眼端正，胸脯饱满，眼睛因为卞容大的慷慨而满是毫无戒备的欢喜。卞容大忽然产生了强烈的交谈愿望。 玻璃吹制协会解散这么多天了，卞容大一直没有一丁点与人交谈的欲望。 今天，现在，他忽然有了说话的冲动。 对象是一个陌生的擦鞋女人。

卞容大说："看样子，以后还要找你擦鞋。"

擦鞋女人嘻地一笑，说："那就托先生的福了，我总是在这一带擦鞋。"

卞容大说："家里的田怎么办？"

擦鞋女人说："抛荒呗。 现在种不得田了。 越种越亏本。 现在种子、化肥、农药都贵得很，还有假的，各种税费也收得狠，傻子才留在乡下种田呢。"

看来擦鞋女人也愿意和卞容大说话，这就很好。

卞容大说："城市里的生活容易一些吗？"

擦鞋女人欢快地说："不容易啊。 常常受欺负啊。 但是，怎么也比种田好。 像我这样，下午才出来干活，又不晒太阳，不管赚多赚少，每赚一个都是自己的，多好！"

卞容大想起了父亲，想起了父亲对于城市妇女的仇恨情结，他探询地问："难道受城里人欺负的滋味好受吗？"

擦鞋女人说："大哥啊！ 赚钱都是要先付本钱的。 哦，照你说的，又赚钱，又还能够不受欺负，那不是成了共产主义呀？"

卞容大情不自禁地大笑起来。 他发现自己大笑了，很好！ 卞容大就在集贤巷的巷子口，就在离他父亲不远的地方，放声大笑了。 而他父亲，压抑了他整整一个下午，不，半辈子！ 卞容大半辈子就没有这么笑过，只要他父亲在他的周围。

擦鞋女人也应和着卞容大，嘻嘻地笑。 一边笑一边不住地拿眼睛扫着从麦当劳进进出出的孩子们，羡慕的表情，一览无余。

卞容大发现了擦鞋女人的向往，就在这一刻，他是那么地想了解她的心思，因为他自己一系列建设性的设想，在今天下午，惨遭父亲的剿灭。 人们为什么不能够为了生活得更美好而进行沟通呢？ 卞容大又主动说话了："你结婚了？"

"结了，大哥。"

"有孩子了？"

"有了，大哥。"

"男孩子还是女孩子？ 几岁了？"

"大哥，老大是丫头，老二是儿子。 儿子今年六岁了。"

"他们想吃麦当劳吗？"

"怎么不想啊，大哥，人都被他们吵死了。 这麦当劳也就是两片面包夹一块肉饼，凭什么害得孩子想得要死啊？"

"那你带孩子们吃过没有？"

擦鞋女人刹那间流露出了她真实的忧伤。 她那闪动在霓虹灯下面的白牙齿不见了。 她卑微地问："大哥，我要是给你叨叨这些事情，你不会烦吧？"

卞容大的怜悯油然而生，他说："不烦不烦！ 我喜欢听。"

女人感激地看了卞容大一眼，扭头盯着麦当劳那个大大的醒目的"M"，说："我真是恨这个招牌！太惹孩子了！大哥，里面的东西那么贵，我们怎么敢吃？来武汉四年了，丫头从来没有吃过。儿子今年过六岁生日，给他买了一个汉堡回来。这孩子倔强，把汉堡扔了，说是不要买回来的，要在麦当劳吃的，还要薯条和可口可乐。大哥，那不就是一杯糖水和土豆吗？价钱那么贵！美国人也真是敢想。我就是不明白你们城市的人，怎么这么傻！其实很简单就可以让麦当劳的生意做不下去，大家都不去吃就行了，想吃就自己去做。我们地里又不是没有小麦和土豆，河里又不是没有水，又不是不会养鸡养牛！恼火人哪，大哥！"

卞容大心里想：是啊，恼火人哪，女人！

卞容大热血一涌，特别想做点好事，用抚慰他人来抚慰自己吧。卞容大掏出了三十五块钱，递给擦鞋女人，他说："这可以买两份套餐，带你的两个孩子来吃一次吧。"

擦鞋女人慌张极了，攥着钞票，想不要又舍不得，她悄声问："先生，你是不是还要其他服务？"

"不！"卞容大磊落地给了她一个答复。卞容大说："就是请你的孩子吃一次麦当劳。我也有孩子。我希望你孩子在他们的童年时光里，能够获得一次他们渴望的快乐。"

擦鞋女人扑通就给卞容大跪下了，再抬起头来，已是泪流满面。

卞容大赶紧制止了擦鞋女人。 擦鞋女人也很明白事理，飞快地恢复了原状。 疑惑不解的行人看了他们一会儿，没见怎么样，便离开了。 擦鞋女人热情慷慨地向卞容大保证：一、一定用他的钱让孩子们吃一顿麦当劳；二、以后再遇上了卞容大，免费为他擦鞋；三、她丈夫是个泥瓦匠，但是现在也做证件的生意，他们愿意以成本价为卞容大提供各种证件。

新的话题顺理成章地冒出来了。

"证件怎么个做法？"卞容大饶有兴致地问，他觉得他跟着这个擦鞋女人，走进了这个城市的小巷深处，那种路灯年久失修的小巷的暗处。 擦鞋女人已经对卞容大推心置腹了。她说："随便你要什么证件，我丈夫都可以给你做出来，绝对和真的一样使用。 大哥啊，现在改革开放，政府号召大家自谋生路，可是又不给人开证件，这是政府太忙了，顾不过来，我们就帮政府一个忙吧。 大哥，你相信不相信？ 做这种生意可是做好事呢，可是积善积德呢，要不我又生了一个儿子？ 比如你，大哥，人太好，在社会上就很容易吃亏，像你就应该暗地里备一些证件，方便的时候好用。"

卞容大说："你认为我需要备哪些证件呢？"

擦鞋女人不好意思地笑了笑，白牙齿又开始闪烁。 转而，她还是认真地回答了卞容大的问题。 女人建议卞容大办一个身份证，办一个学历证明，或者清华，或者北大，至少办成研究生，她丈夫会考虑到卞容大的年纪，把毕业时间写得早早的，电脑资料上都没有，人们没有办法查对。 女人半恭维半开玩笑道："我看你应该办个博士，你说话的水平，做人的教养，一看就像博士。"

"嗬！"卞容大说。 卞容大再次地大笑了。 擦鞋女人也笑。 她笑着说："再就是结婚证和离婚证了，你可以根据自己需要挑选。"

卞容大又忍不住笑了，擦鞋女人的幽默是天然的幽默。

好了，说够了，也说透了。 卞容大站了起来，付擦鞋的钱。 擦鞋女人推了推，还是收了，从腰里摸出一张名片给了卞容大，名片上印着她丈夫的呼机号。 他们点点头，表示了再见。 擦鞋女人就拎起她的擦鞋箱，挨着屋檐，低着眼睛，走开去了。

卞容大很快就登上了公共汽车，回家。 他安静地坐着，神态安详，与所有的乘客和睦相处，大家带着一种陌生的默契，暂时性地休戚与共。 就算这种临时的集体主义精神，也让卞容大感到亲切和安全。 卞容大来到集贤巷之前的焦躁和紧张，已经没有了。 父亲也远离了。 原来，和陌生人相处多好啊，和陌生人说话多好啊！ 别看擦鞋女人是一个乡下女人，没有多少文化，可是她保持了天然的感受能力和表达能力，朴素的真理还保留在她心里。 而且，这是一个真正的女人。 真正的女人天生就懂得她与男人的关系和位置。 什么样的关系是什么样的位置，她靠本能就可以做到，好比巴西球星罗纳尔多，当足球飞过来的时候，他动若脱兔，会恰好出现在最佳的射门位置上，人们常常还来不及明白他要干什么，他就起脚了，因为他不是规范的，不是被教练训练出来的，他的跑位在理论上也许还是空白的一页，一切都是天生的！ 也正如天才球星寥若晨星一样，天生的女人也寥若晨星，绝大多数的女人都是被教育被培养被文化出来的，她们能够懂得大的原则和规范，就算不错了。 天生的女人是妖精，她们隐藏在各种不同的外形和身份之中。 对于她们，男人是可遇不可求的。 能够偶尔遇上一次，也就非常愉快了。 卞容大今天就非常愉快。 这一天以沉重开始，却以轻松愉快结束，当然要感谢擦鞋女人。 卞容大沉默了多久了？ 卞容大多久没有与人轻松愉快地交谈了？ 好像几辈子了！

最后，卞容大还想明白了一个道理：过去他一直非常看重的血缘关系，其实就是一种简单的物种传承关系。 直系的血缘关系，是摆脱不了干系的，是有义务和责任的，然而，他们之间可以是亲人，也可以不是亲人。 卞师傅和卞容大，他们不亲，真的不亲，不要自欺欺人了。 亲人不一定是有血缘关系的人。 亲人应该是那种彼此贴心贴肺十指相连的人，他们不受义务和责任的约束，他们为对方所做的一切，都是基于爱。 卞容大没有亲人。 卞容大亲戚六眷俱全，生活过得不错，但是他举目无亲。 卞容大的儿子还小，才十岁，不知道日后会怎么样。 但是儿子现在的自我中心意识就已经很强烈了。 卞容大不要求儿子成为自己的亲人，要求他人就是给他人累赘，并且要求也是无用的，亲人是天然生成的。

公共汽车就要到站了。卞容大在夜行的公共汽车上，正视了自己从前不敢正视的一个重大问题，心里的一块石头砰然落地，他仿佛听见了石头砰然落地的声音，他觉得自己的身体忽然利索了。车窗开着，尖利的秋风刮着卞容大的脸，他的脸冷冷的，铁青的胡子在暗中生长。卞容大四十一岁了。这个岁数的男人应该果决、冷静和坦然了。卞容大可以回家了，并且还可以在回家以后，正常地与黄新蕾嘘寒问暖，也可以辅导儿子的功课了——该干什么干什么，无论处于什么状态，都应该进得去出得来，这就是男人。

二、与黄新蕾与婚姻与自己

中国文字是象形文字，其中的讲究，非常有意思。卞容大在玻璃吹制协会上班的时候，有不少时间研究汉字。比如"闻"，是听的意思，把耳朵伸进门里头谓之听。这就是说，从造字的那个年代开始，人们就喜欢把耳朵伸进门里头，可见中国人酷爱刺探别人隐私的毛病，是由来已久的了。还有，比如一个人失去了自由，就是被最大限度地限制了活动空间，那就是"囚"。"婚姻"二字，"婚"就是昏头昏脑地和一个女人在一起了。"姻"就是一个大人，被一个女人彻底地限制了自由。"婚姻"一词也可以合解，意思是头脑发昏地不对原因进行深入了解，就和女人在一起了。中国古代的男人，三妻四妾的，按说他们的婚姻生活，应该是够开放和宽松的了，而且男人只要一不高兴，当即就可以写休书，妻妾只要接到休书，就得无条件走人。古人还要怎么着啊？怎么还是这样制造"婚姻"二字呢？那么现在的男人，他们怎么过日子啊？并且，最近出台的新《婚姻法》，为了更严厉地限制个人空间，都顾不上严谨了。法律这么规定：禁止有配偶者与他人同居。在学习贯彻了新《婚姻法》之后，玻璃吹制协会的直接损失是：出差住房费用成倍增加。大家全都享受单间包房了。禁止有配偶者与他人同居嘛！那么，不管公款是否够用，谁都不能够做违法的事情啊！——这真是荒谬了。

平心而论，卞容大对自己的婚姻，没有原则上的不满。他也不能有原则上的不满，是他自己把自己绕进去的。卞容大只是觉得奇怪：他怎么就把自己绕进去了呢？一个大男人，又不是傻子，做任何事情的时候，都觉得自己挺明白的，怎么偏偏就是婚姻这件事情，做下来之后，需要经过几年、十几年乃至几十年的时间，才能够有比较清醒的认识呢？而当认识终于来到的时候，男人的这一辈子，已然接近尾声，没有力气再调整了。可能中国古人借"婚姻"二字道出的，正是这一点苦衷，男人私心里的苦衷。三妻四妾也好，休书随便写也好，清醒的认识总是姗姗来迟，什么都再也换不回生命的时间。

卞容大的婚姻，是由他的门牙带来的。卞容大的一颗门牙，没有按道理与另外一颗门牙并排而立，却是往斜刺里长，企图覆盖别的牙齿。卞容大十二岁，正是由少年过渡到青年的定型时期，卞师傅不允许儿子的门牙长成这个模样。儿子不再是乡下人了，他应该是一个五官端正的城市少年，就像卞师傅贴在家里的那些年画人物一样，如杨子荣、少剑波、郭建光、李玉和，都是革命样板戏里头的英雄人物，个个浓眉大眼，五官端正。卞师傅把儿子带到医院去看五官科，医生却不以为然，医生说在青少年中，牙齿的这种长法，太普遍了，不算什么大问题，等它长长再看看，看看是否能够拔掉哪颗牙，以保持整体牙齿的基本整齐，但是，家长如果一定要求矫正，那医生就有责任提醒家长：第一，费用相当昂贵；第二，武汉还不能够做，要去上海的专科医院做；第三，去上海的来回路费和在上海的住宿费、伙食费、医疗费，也相当昂贵。卞师傅一听，脸就垮了。

卞师傅阴沉着脸，一言不发地带回了儿子。然后，卞师傅自己动手，土法上马，取出半导体电线里头最细的铜丝，为儿子做了门牙矫正手术。卞师傅把儿子捆绑在一只靠背椅子上，因为他没有麻药。卞师傅把铜丝穿进牙缝，套住，用力拉紧，再穿进后面的牙缝，再套住，再拉紧，这样便借助了一排正常牙齿的力量，带动门牙朝正直的方向生长。理论上说起来容易，实践起来异常困难。矫正手术进行了好几个小时。父子俩好像在进行肉搏战。十冬腊月的天气，卞师傅折腾得一身大汗。卞容大的衣服当然也汗湿透了。他嘴角的两侧被撕裂了，鲜血和着涎水，一滴一滴地挂在他的下巴上，三三两两往下滴，卞容大就是在这个时候想起课文中的江姐的，反复想着江姐，他才忍住了流泪和叫喊。

手术基本成功了，因为铜丝终于不再从口腔掉出来。矫正是一个漫长的过程，牙套能够坚持戴多久就戴多久。但是，卞容大就不能吃饭了。卞师傅把儿子带到他们单位的食堂。新华书店的食堂里，有一只极大的砂锅子，长年放在炉子上，一年四季都熬着骨头汤，这汤是炊事员们烹调的原料之一。卞师傅就买这种原汤，一天三餐都让儿子喝汤。三天后，卞容大饿得走路都打晃晃了，卞师傅就在汤里头下了一点面条，把面条煮得稀烂，使儿子仍然可以不使用牙齿就喝下去。卞容大永远不声不响，驯服地按照父亲的要求去做。放学之后，他默默地来到新华书店，拿起食堂的搪瓷碗，在大家的热嘲冷讽中，埋头喝面条汤。喝完面条汤，卞容大默默回到门市部，趴在书架的沿子上面，安静而专注地写作业。卞容大的作业写得工工整整，作文的标题用美术字来突出，每道数学题的后面，都是老师给予的红色对钩。尤其难得的是，卞容大会在无意中替别人着想，他选择的写作业的书架，总是顾客光顾最少的地方，比如出售高级宣纸、高级毛笔和高级研墨的专柜。而其他的一些职工子女，在门市部粗野地乱叫乱窜，随便就趴在当面的柜台上写作业，丝毫不考虑顾客的需要，练习本上肮脏混乱，简直就像鬼画符。 坐在门市部收款台后面的收款员陈阿姨，一位现役团级军官的妻子，人称军官太太，观察了三天，就打心眼里喜欢上了卞容大。 因为陈阿姨有一对与卞容大年纪相当的双胞胎女儿。

陈阿姨几乎是巴结地对卞师傅夸奖了卞容大："你这个孩子非常难得！ 非常！"

"哪里哪里，一个普通孩子而已。"卞师傅谦虚地说，事实上却受宠若惊。 小陈不仅仅是军官太太，还是老红军的女儿，老红军逢年过节都享受着特殊的物资供应。 小陈大大咧咧的傲慢，那是受到了大家的认可的，谁的社会地位都无法与她相比。 早年，在卞师傅殷勤地为女营业员们去食堂打饭的途中，就经常把唾沫偷偷吐到小陈的饭碗里。

一个星期之后，度日如年的卞容大获得了救助。 他的面汤端上之后，总是有人找父亲说话，陈阿姨则飞快地调换了卞容大的搪瓷碗。 在陈阿姨送过来的搪瓷碗里，面条底下压的是鸡蛋羹和汽水肉。 卞容大最早看见的是陈阿姨的手，短短胖胖的手指，扁扁的指甲，指甲缝里有陈旧的污垢，但是，对于他来说，这是世界上最温暖最美丽的手！ 卞容大的眼泪，唰地就冒出来了，他顾不上害羞，惊讶地抬起头来，寻找到了陈阿姨的眼睛。 陈阿姨笑了，示意卞容大赶紧吃饭。 他们仅仅对视了一眼。 从此，卞容大这辈子再也无法忘记他与陈阿姨这高度默契的对视。

不久之后的一天，午后的门市部，一个女孩子出现了。

那天，一切都好像是随意和顺便的。卞师傅在门市部上班，小陈的军官丈夫带着一个女儿来买书籍。他们正好遇上了。小陈向卞师傅淡淡地介绍了自己的丈夫和女儿："这是我爱人和孩子，他们是来买书的。"冬天里，新华书店不太明亮的店堂，被一位高大英武的军官与他活泼秀丽的女儿照亮了。卞师傅紧紧握住了军官的手。女孩子却跑到卞容大写作业的书架那里，挑选毛笔，东挑挑，西挑挑，公然拿过卞容大的练习本看看，然后噘起小嘴，发出一种故意不以为然的声音，给卞容大留下了深刻的印象。这就是陈阿姨的女儿。卞容大只看了她一眼，就眼花缭乱了。女孩子戴着一顶洁白的绒线风雪帽，脸颊通红，眼睛水灵灵，活像个洋娃娃。当天晚上，在卞容大的睡梦里，陈阿姨的女儿小鹿般跳来跳去。醒来之后，卞容大发现自己知道害羞了。

卞师傅的自制牙套，不到半个月就松懈了。卞容大吐出一口铜丝，交给了父亲。而卞师傅这个时候的重点，已经是小陈。在同事了十几年之后，卞师傅忽然发现小陈其实非常平易近人，她穿的固然是毛呢料子裤，戴的固然是瑞士英纳格手表，但是她真的非常平易近人，深谙人情世故，为了答谢小陈对儿子的厚爱和照料，卞师傅不断赠送他的家乡土特产：莲藕、鸡蛋、糯米和鱼虾等等。人家小陈立刻回赠粽子、京果、酥糖什么的。卞师傅和小陈你来我往，心照不宣，竟然来往成亲戚一般了。

事实上，卞容大与黄新蕾的所谓革命友谊，主要是双方的家长在努力维系。 卞师傅与小陈长期保持着他们心照不宣的状态，他们既密切又疏淡，既随和又矜持，既创造孩子们见面的机会，又把这机会限制在非常短暂的时间内，并且还严密地控制在他们的眼皮底下——他们都害怕由于孩子们的年幼无知，过早发生不应该发生的事。 所以从表面上看起来，卞容大与黄新蕾的见面，总是像意外。 门牙事件过后，卞容大就不再每天都来新华书店了。 直到春节前夕，他们才再一次见面。 这是新华书店的春节加餐，许多孩子都来代替家长，在食堂窗口排队。 人很多，家属和孩子们也很多，食堂里一片热闹。 卞容大只敢看了黄新蕾一眼，但是卞容大的这一眼是含着感谢的笑意的，黄新蕾是陈阿姨的女儿嘛。 黄新蕾害臊了，她立刻掉开了眼睛，目光定定地看着别处。 转眼就是春天了，期中考试都过去了，偶然的一天，他们在新华书店碰上了。 他们的父母就在店堂里，不远不近地看着他们。 他们根本就不用目光对视，都像盲人一样，在书柜之间胡乱转圈，但是，他们都能够感觉到对方的存在。 再一次遇见，又是几个月过去了，暑假了，还是在新华书店，还是在他们父母的眼皮底下。 这一次陈阿姨说话了。 她让卞容大把他喜欢的一种词典推荐给她的女儿，同时要她的女儿黄新蕾好好向卞容大学习。 卞容大找到了词典，把它递给了黄新蕾，黄新蕾说了一声"谢谢"。 黄新蕾的个子长得很快，看上去已经是一个高挑的少女。 高挑的少女瘦削瘦削的，身板直直，不说话，冰清玉洁的模样——卞容大偏爱这个成语——但凡身板笔直，不聒噪，干净整洁的女孩子，卞容大一律认为这就是冰清玉洁。 卞容大固然偏爱冰清玉洁，但是他一直忘记不了黄新蕾初次的欢声笑语，蹦蹦跳跳，和一种故意肆无忌惮的态度。 模糊的印象，也能够让卞容大觉出黄新蕾的变化。 但是，卞容大自己不也是极不稳定，变化很大吗？ 他下身长出阴毛来了，多么丑陋的卷曲的毛啊！ 他在变声，他听见自己的声音会突然跑调，就像一匹无法控制的受惊的马。 他长喉结了，胡须开始变得又硬又多，脸颊上出现了青春痘，深夜里发生了丑恶的梦幻并梦遗了！ 没有任何人告诉卞容大这些现象到底是怎么回事，不可告人的龌龊感使得他陷入自卑，他只有更加沉默。 在沉默中，卞容大对黄新蕾深深抱歉。 因为他梦遗的对象，有时候，竟然就是蹦蹦跳跳的黄新蕾，她总是戴着洁白的风雪帽，通红的脸颊，水灵灵的眼睛，活像洋娃娃，而下半身，竟然是裸体！

　　从门牙矫正事件开始的一九七二年到一九八三年，这是整整十一年的时间，卞容大从十二岁长到了二十三岁，从一名小学毕业生成为一位大学毕业生。 然而，他的人生并没有发生任何奇遇。 高考之前，卞容大还野心勃勃，充满了展翅高飞的幻想，北京或者上海的一流大学，天南海北才气横溢的学友，校园里到处都是漂亮多情的女大学生。 结果，卞容大考取的只是荆州师范学院。 在接到录取通知书的当时，卞师傅劈头盖脸给了儿子一顿足以让他懂得羞耻的暴打。 这顿暴打加深了卞容大的自卑和郁闷，直到大学三年级，他才逐渐恢复自信。 恢复和建立自信，几乎占用了卞容大的全部业余时间，他选择了对于文学的进攻来作为自己疗伤的途径。他日夜沉浸在图书馆里，埋头阅读古今中外的文学作品，然后自己开始尝试写作。 四年级上学期，屡遭退稿却锲而不舍的卞容大，终于在《荆州日报》副刊版，发表了第一篇散文《我的母亲》，卞容大散文里头的母亲并不漂亮，是个戴高度近视眼镜的中年妇女，她有着短短胖胖的手指，扁扁的指甲，指甲缝里间或还有陈旧的污垢，但是，对于儿子来说，这就是世界上最温暖最美丽的手！ 卞容大在报纸的副刊上连续发表了几篇散文之后，有一个女同学对卞容大好了，她主动找他说话，抱走他宿舍的脏衣服，晚自习的时候约他在校园散步。 两个星期之后，女同学建议把他们两个人的饭菜票合在一起使用，由她掌握用度，在他们吃饱的前提之下，尽量节约，能够积攒多少就积攒多少。 女同学忧患地说：现实生活是严峻的，他们应该尽早懂得这一点，并尽早开始积蓄，否则，日后的婚礼，连手表和皮鞋都会没有。 女同学如此务实和高效，直奔婚姻主题，丝毫没有浪漫情调，卞容大被吓坏了。 而远在武汉的黄新蕾，反而一直都是以冰清玉洁或者活泼欢快的形象，活跃在与卞容大的通信之中。

卞容大和黄新蕾一直在通信。 黄新蕾的信写得很好。简洁大方，文字流畅，使用的形容词都恰到好处，明显超过卞容大的许多女同学。 尤其是黄新蕾高考失利之后，她似乎突然长大，懂得了人生的艰辛，在信中，坦率地表示了对卞容大的羡慕和敬佩。 卞容大特别喜欢黄新蕾给他的这种感觉。 通信这种文学方式，把他们的革命友谊，推向了一个崭新的阶段。 大学毕业分配在即，卞师傅不断地催促儿子与黄新蕾明确关系，陈阿姨这方面也充满了含蓄的暗示和期待。最后一个寒假，卞容大决心与黄新蕾正式见面，确定关系。于是，大家商定了日期，等候卞容大寒假归来。 卞容大将在父亲的陪同之下，正式去陈阿姨家拜访，陈阿姨也正式通知卞师傅，他们家将聊备薄酒，请他们父子一起吃饭，同时他们还将邀请一位朋友，作为媒人到场。 他们将把见面举办得正正规规，冠冕堂皇，免得日后别人说这对年轻人的闲话。卞容大当然同意父亲与陈阿姨的决定，但是，他还是给自己留了一丝小小的浪漫，他提前回到武汉，直接奔了新华书店。 这个时候，黄新蕾已经顶替母亲的职位，在新华书店当售货员。 这一天，又是漫天的风雪，卞容大进入新华书店之前，眼前再次浮现黄新蕾当年头戴风雪帽的洋娃娃模样。 然而，毫无准备地出现在卞容大面前的黄新蕾，已经是一个有点老相的女青年，她羸弱，萎黄，表情木然，稀薄的头发趴在头皮上，戴一双和卞师傅一模一样的老蓝色袖套。 卞容大哆嗦着，搓着手，一句话都说不出来。 黄新蕾又羞又恼又生气，直挺挺站在那里，好久才阴沉地说："请你离开我的工作场所！"

然而，正式见面还是照常举行了。 卞容大没有勇气抗拒父亲，更不忍心拂逆陈阿姨的好意。 卞容大以为，就算见了面，以后两人谈不来，也还是可以分手的，现在提倡自由恋爱，又不是旧社会。　见面这一天，黄新蕾倒是换了一种新气象，穿着红黑相间图案的毛衣，头发刚刚洗过，蓬松又有光泽，在热气腾腾的饭桌上，黄新蕾的腮边漾着红晕。　这么看上去，黄新蕾倒又成了一个蛮不错的姑娘，但不是从前的她，是另外一个姑娘。　卞容大被姑娘的善变弄得稀里糊涂的，也说不出什么话来。　黄新蕾的手腕上，戴着一块亮闪闪的上海牌女式小手表，非常时髦，是她爸爸送给她参加工作踏上社会的贺礼。　媒人喜欢黄新蕾的手表，黄新蕾立刻就取下来，给媒人戴上过过瘾。　事后，卞师傅据此细节大肆表扬黄新蕾懂得人情世故，卞容大也觉得黄新蕾的为人还不错，只是她不是当年的她了。　这个下午，黄新蕾几乎没有搭理卞容大。　大家都把这种淡漠看作了害羞。　黄新蕾却不是害羞，她是在讨回她的自尊。　这以后，他们的通信停止了。一个星期又一个星期，默默地僵持。　僵持到一定的时候，黄新蕾采取了主动的进攻。　她退还了卞容大写给她的所有信件。　卞容大打开从邮局取回来的挂号包裹，里面是一大沓整整齐齐的信件，用紫色绒线扎成十字，同时附了简单的留言：希望卞容大同志迅速寄还她的所有信件。　这种突然的变故，令卞容大晕头转向。　这是不是在说明一个事实：卞容大失恋了？　或者说黄新蕾认为：如果他们的关系不继续发展的话，应该是卞容大被抛弃？　卞容大没有想到瘦弱的黄新蕾，还挺会抢占有利地形的！

　　最后是卞容大的毕业分配，解决了所有问题。卞容大的毕业分配极不理想，他没有如愿以偿地分回武汉，而是被发配到荆州郊区的一所中学教书。好强的卞师傅，对于命运的戏弄，这一次是鞭长莫及了。陈阿姨义不容辞地承揽了卞容大调回武汉的重任。调动工作，尤其是从地区的郊县调入省城，这是何等艰巨的事情啊。陈阿姨夫妇不惜血本，启动了他们的各种社会关系，用了还不到一年的时间，就把卞容大调回了武汉，单位还很好——湖北省科学技术协作委员会。在调动的过程中，卞容大常常在荆州和武汉之间跑来跑去，向陈阿姨夫妇及时地汇报事态动向。卞容大在陈阿姨家吃晚饭，大家头碰头商量到深更半夜，为波折反复而焦虑，为进展顺利而欢笑，黄新蕾自然就参与其中了。在一个欢笑的夜晚，卞容大走进黄新蕾的房间，把她退还给他的信件又都送给了她，并羞羞涩涩别别扭扭地拥抱了姑娘。

　　这是一九八五年的春节前夕。黄新蕾的姐姐，好不容易获得了一个回家过年的机会。黄新蕾的双胞胎姐姐黄新蓓，十二岁就参军走了，文艺兵，开始跳舞，后来改唱歌，逢年过节永远都有演出活动，永远都在慰问边防哨所。这一次春节，陈阿姨特别想念大女儿，结果大女儿正好可以回家探亲，这真是双喜临门了。陈阿姨说的双喜临门，其中一喜，指的是卞容大的进步。卞容大已经在新的工作单位站稳了脚跟，最近又在省报和市报上频频发表通讯报道。能够把自己的文章变成铅字的人，那当然就会被众人称为才子了。对于卞容大的成就，陈阿姨比谁都高兴。事实终于证明，她没有看错卞容大这个孩子！这一天，陈阿姨夫妇喜气洋洋的，他们把小女儿黄新蕾和她的男朋友留在家里，安排他们收拾打扮房间，准备好晚饭，等候他们接回大女儿。陈阿姨坐上军官丈夫的小车，去武昌火车站接他们的大女儿。正在收拾房间的黄新蕾忽然说：咦，他们怎么提前两个小时就去了？话一出口，黄新蕾就捂住了嘴，她冒失了。这也就是说，陈阿姨夫妇故意给这对年轻人留下了至少两个小时的单独相处的时间，这可是以前从来没有发生过的事情。父母给年轻的未婚夫妇留下时间和空间，意味着什么呢？卞容大的心开始狂跳，黄新蕾也在不停地做着深呼吸。然而，男女之间该发生的事情，还是发生了。事情发生的具体过程极其短暂，因为他们都没有经验，根本把握不了进度，难能可贵的是，他们基本可以算是获得了成功，这让他们两人都比较放下心来，觉得自己还不至于太傻。在接下来的时间里，黄新蕾的态度发生了天翻地覆的变化，她飞快地就完成了自己的角色转换，从过于矜持的黄新蕾变成了卞容大温情的未婚妻。黄新蕾羞人答答地拿出了她在私下里偷偷积攒的嫁妆，让卞容大一一过目：一床软缎被面，一对鲜艳的尼龙绣花枕套和一些零零碎碎、花花绿绿的东西。但是，卞容大对于这些东西一律视而不见，他脑子里一片轰鸣，额头不停地冒汗，好像患了低血糖。这是因为，床单上没有处女之血，一点点都没有！那么，这是怎么回事呢？问题在哪里呢？在卞容大这方面，他肯定是初欢，他与所有的童男子一样，慌张潦草，难以入门。而黄新蕾，似乎比他更加羞涩慌乱，不懂阴阳。况且他们的革命友谊这么多年，黄新蕾的品行一贯端正、严肃和专一，使得卞容大的良心强烈地阻止他去怀疑她的无辜，那么卞容大应该怀疑谁呢？猥亵的民间传说无数次地告诫过男孩子们：初欢必须见血，否则对方就不是处女。当然，除非女方发生过非常特殊的情况。黄新蕾是否发生过非常特殊的情况呢？卞容大不知道。黄新蕾那么敏感好强，这种情况应该怎么去询问才不致使她感到羞辱呢？卞容大觉得自己快要哭了。卞容大是一个流血不流泪的男子汉，但是他怕受委屈。他窝不得，窝了就容易哭。当黄新蕾以罕见的娇俏之态，问卞容大喜欢不喜欢她的这些嫁妆的时候，卞容大的一滴泪水终于忍不住夺眶而出，他心酸地说：喜欢。

紧接着，一个声音在窗外的马路上欢快地高叫：黄新蕾！

这是黄新蕾的姐姐。陈阿姨夫妇把他们的大女儿接回来了。这欢快的叫声，闪电一般击中了卞容大。黄新蕾跑过去开门的时候，卞容大快要虚脱了，他赶紧扶着门框，命令自己握紧左手：要冷静！要微笑！要行若无事！

一个俏丽的女军官冲进了房间，笑嘻嘻的，还是一双水灵灵的眼睛！还是那万变不离其宗的洋娃娃脸蛋！还是灵巧，好动，喜欢�’嘴！还是用不以为然的腔调与她想戏弄的人打招呼："啊，这就是我的妹夫吧？"天哪！原来，人是不可改变的。 越是细小的动作和习惯，越是不可改变，无论历史把它们放大多少倍，它们还是保存着自己固有的特征。她是黄新蓓，不是黄新蕾。 她是黄新蕾的双胞胎姐姐，年长黄新蕾十分钟，穿着绿军装，戴着红领章、红帽徽，俊俏非凡。 她说笑着，扔掉军帽，摇松头发。 她白里透红，阳光一般明亮和健康。 姐妹俩的身段和五官大体都是相似的，但是肤色、神态、性格和后天的职业训练，又使她俩有着天渊之别。 有人把她们姐妹俩弄错了！ 是谁把她们弄错了呢？是卞容大自己吧？ 卞容大不知道。 卞容大最初的喜欢与最初的认识，当然是黄新蓓；后来出现的自然是黄新蕾。 没有任何人在卞容大面前混淆她们姐妹俩，却也没有任何人提醒卞容大辨别清楚她们姐妹俩。 那么到底发生了什么事情呢？卞容大来不及细致地回顾和分析历史，更无法询问。 这顿晚饭，首次与黄新蓓、黄新蕾共同进餐，满屋子的欢声笑语，卞容大却口口食物都噎在喉咙口，实难下咽。 在这短暂的三个小时里，卞容大再一次地感到窝得慌。 世界在破碎，喳喳作响，到处是裂缝，生活真是恐怖！

两个月之后，卞容大和黄新蕾结婚了。

成功的初欢，给卞容大带来的是满腹疑云，给黄新蕾带来的是受孕。 未婚人流，必须首先坦白交代性关系的发生情况，然后接受道德审判和单位的处分，然后任由社会舆论羞辱，档案上还得留下一辈子的污点。 黄新蕾品行的端庄，大家是公认的，她绝对是一个冰清玉洁的好姑娘，因此黄新蕾宁死也不愿意被人发现她的未婚先孕。 迅速结婚的首要目的，就是为了迅速获得合法的已婚妇女身份，以便去做人工流产。 婚后的第一个星期，黄新蕾便带上结婚证和夫妻二人的工作证，在卞容大的陪同下，理直气壮大大方方地去了医院，做人工流产的理由是他们都还年轻，都想先干好事业。

正如黄新蕾在婚后时常挂在嘴边的一句格言说的那样："在我们的人生里，有些错误是能够犯的，有些错误是不能够犯的，一旦犯了就无可挽回，所以你得在事先牢牢地想清楚。"卞容大在等候黄新蕾从人工流产室出来的时候，总算理解了黄新蕾的格言的意义。 他就是没有把事情牢牢地想清楚，稀里糊涂地结了婚，便犯了一个不应该犯的错误：他把新娘弄错了！ 一个男人，不得轻率地与大姑娘发生肉体关系。 发生了，她就算你的人了，你就得负责到底。 即便弄错了人，你也没有反悔的余地了。 卞师傅对于儿子突然要反悔与黄新蕾的关系，给予了严厉的制止。 很简单，如果黄新蕾去派出所报案，告发卞容大强奸，二话不用说，卞容大就得去坐牢；告发到单位，二话也不用说，单位就会处分卞容大，都是身败名裂，一辈子再难抬头。 你怕不怕？ 卞容大怕。 沉默了好多天，卞容大选择了婚姻。 至于到底是谁把黄新蓓变成了黄新蕾，卞师傅认为这是卞容大自己的误会。 黄家的一对双胞胎女儿，卞容大娶谁都一样——直到后来，黄新蕾的体弱多病暴露出来之后，卞师傅这才指认陈阿姨。

他说他老早就明白小陈的阴谋诡计，一方面千方百计笼络卞容大，一方面巧妙地偷天换日移花接木，目的就是把一个病恹恹的女儿塞给他们卞家。 对于父亲的事后诸葛亮，卞容大哑口无言，他太了解他的父亲了，当年面对军官太太小陈的主动，卞师傅受宠若惊，生怕高攀不上，至于小陈想把哪个女儿嫁给卞容大，卞师傅才不计较呢。

由于心里窝得慌，新婚的卞容大表现得并不好。 他沉默得比哑巴还彻底。 每天晚上都熬夜给报社写通讯，早上睡懒觉。 对于新郎应尽的职责，他假装懵懂无知。 对于黄新蕾的怀孕，卞容大显得薄情寡义，新婚之夜的黄新蕾便提出要去做人工流产，卞容大听之任之。 对于卞容大的表现，黄新蕾采取了高度克制和忍让的态度。 他们一起回娘家的时候，黄新蕾还主动往丈夫饭碗里夹菜，使得陈阿姨看在眼里，喜上眉梢。 最后，弄得卞容大都闹不清婚姻生活就是这么清淡平和还是他们又在僵持？ 这次是卞容大无法忍耐了。 毕竟他是一个正常的健康的已婚男青年，毕竟每天晚上身边都睡着一个年轻女人，他无法长时间这么清淡，但是他又实在不甘心让命运摆布。 卞容大找黄新蕾认真地谈了话。 卞容大说：“我国的法律规定婚姻自由，这就是说如果两个人结婚之后，在共同的生活中，发现他们的婚姻并不合适，互相之间其实没什么感情，睡在同一张床上却都无动于衷，那么，我认为，他们就应该离婚。 连恩格斯都说过，没有爱情的婚姻是不道德的婚姻。 你认为呢？”出乎意料地，黄新蕾一点

1974 年高中毕业

1995 年第一套文集出版后为读者签名

2003 年在法国一个书店外与橱窗里自己的作品合影

2010 年夏走访位于南非开普敦半岛东海岸的错误湾西蒙镇

2009 年在香港大学做住校作家

2013 年在杭州做文学讲座

2014 年 11 月在美国爱荷华大学国际写作中心

2016 年 12 月在德国波茨坦腓特烈大帝宫殿

都不动气，她语气和蔼地回答："是的。"卞容大进了一步："假如我们发现自己其实没有感情，你同意离婚吗？"黄新蕾说："当然。"卞容大忽然卡壳了，试想想，一个新婚的女子，几乎没有享受新婚快乐，又刚刚承受了人工流产的痛苦，可她却还是如此的通情达理，卞容大是不是太混账一点了呢？

卞容大接下来说的话不是探讨离婚的可能性了，而是温和的关心："你困了？"

黄新蕾说："不困。"

卞容大说："不困你在想什么？"

黄新蕾说："你在想什么？"

黄新蕾偷偷地笑起来，主动把胳膊搭在了卞容大腰上，还意味深长地用了一点劲。卞容大闭上眼睛，伸手抚摸了妻子的笑容。

结果，卞容大稍一心软，他们的婚姻之箭就飞快地穿越了时光，唰唰地过去了十六年。

当年，未婚的时候，卞容大只是碰了碰黄新蕾，她就怀孕了。可是结婚以后，黄新蕾再一怀孕就习惯性流产。从婚后开始到一九九一年的七年当中，黄新蕾习惯性流产三次。流产一次，就大出血一次，就需要将养一年。再受孕，再习惯性流产，再大出血，再需要将养一年。之后再尝试着受孕。三次习惯性流产之后，医生警告：再不可随意怀孕和流产了，否则就会终身绝育。 黄新蕾严重贫血，骨瘦如柴，全身的皮肤就是一层打皱的薄纸。 一个女人有多少鲜血啊，怎么经得起这年年岁岁的流淌？ 卞容大紧张极了，他再不敢随便碰妻子，夜里经常噩梦缠身。 在这七年里，他们家庭生活的主题，就是保胎。 全家人上下一心，同仇敌忾，与黄新蕾的习惯性流产做绝不妥协的斗争。 这期间，卞师傅与陈阿姨反目。 卞师傅郑重地将陈阿姨约了出去，在某公园的角落，进行了一场事关卞家后代香火的谈话。 陈阿姨气得两眼红赤赤地回来，一整天吃不下饭，从此断绝了与卞师傅的来往。 卞师傅秘密地紧急召回儿子，要求儿子把生活的主题转换成离婚。 卞容大断然拒绝了父亲的要求。 卞容大绝对不能够做这种落井下石的事情。 卞师傅气坏了，因为不是他们落井下石，是陈阿姨事先就埋设了陷阱！ 卞师傅也暂时地断绝与儿子的关系。 陈阿姨拉着女婿的手哭了，感谢他的深明大义，知恩图报。 于是，陈阿姨腾出了他们家朝向最好的房间，接卞容大夫妇回家居住，女儿的起居饮食，一概由她亲手伺候。 陈阿姨发誓要尽最大的努力让女儿成功生育。她到处谋求流传在民间的宫廷保胎养子秘方。 每当弄到一单秘方，她都要与卞容大仔细商议。 对于年轻夫妇的房事，陈阿姨询问辅导之细腻，落实到了每一个细节上，卞容大的窘迫变成了惊恐，他觉得自己都要阳痿了。 同时，家庭的凝聚力又变得空前强大，共同的隐私和坦率的密谋使卞容大和岳母一家人的关系亲密无间。 一九九一年元旦，卞容大被要求节制性欲二十天，吃偏碱性的食物二十天，然后在某一天的午夜，与妻子同房。 妻子的后臀被一只特制的厚枕头高高垫起，卞容大的动作不能对妻子的小腹造成压迫感，但又应该激情充沛地将精液喷射到最深处。 对于任何一个男人，这恐怕都是高难度的动作。 卞容大简直战战兢兢如履薄冰。 临战时刻，卞容大难以勃起，他几乎完全丧失了信心。 黄新蕾握着丈夫的手，微笑着，鼓励他说："这肯定不比发表文章更难。"黄新蕾偶尔的幽默感，对卞容大非常重要。 事情做成了！ 第二天早上，卞容大从房间出来，就发现家里进入了一个新的阶段，大家都轻言细语，屏息静气，王顾左右而言他。 他们开始了虔诚的等待。 谢天谢地，黄新蕾再一次成功受孕了！ 这一次，黄新蕾遵照医嘱，完全卧床，禁绝房事。 卞容大每天下班之后，花两个小时为妻子活动四肢，按摩背部，以免她生出褥疮。 卞容大被客气地要求将他们夫妻的房门敞开，以便陈阿姨随时进出伺候孕妇，严格地监督医嘱的实施。 这一次，黄新蕾没有出现严重的流产征兆。 在全家人小心翼翼地度过了十个月之后，黄新蕾一朝分娩，生了一个瘦弱但是健全的男孩子。 卞容大为自己瘦弱的儿子取名为卞浩瀚，希望来之不易的儿子如长江之水一般，气势磅礴地健康成长，同时预祝儿子成为一个真正的胸怀广阔的男子汉。

　　三十一岁的卞容大终于做了父亲。 卞浩瀚小朋友满月，举家欢庆，大宴宾客，鞭炮齐鸣。 酒席上，卞容大高兴得多喝了几杯，往事历历，令他泣不成声。 他情不自禁地紧紧搂抱了一对活蹦乱跳的孩子——这是黄新蓓的双胞胎儿子，两个小家伙在酒筵上闹得最欢。 黄新蓓是在妹妹结婚的第二年，从部队转业回武汉的。 婚后不久她就挺出了大肚子。黄新蓓挺着大肚子照常每天骑着自行车上班下班，有一次还摔得鼻青脸肿。 怀孕对于黄新蓓，就像好玩似的，她全然没有把它当个什么事情，眨眼间就生了一对白白胖胖的双胞胎男孩。 现在小家伙们四岁多了，正是活泼淘气人见人爱的年纪。 往日，卞容大看见了黄新蓓和她的儿子们，总是尽量找借口躲了开去。 直到卞容大有了自己的儿子，他才敢于正视往日的遗憾与心酸。

在儿子长到三岁，上了幼儿园之后，卞容大才渐渐又有了一些属于自己的业余时间。 这时候，他却发现，报社早就遗忘了他。 卞容大再次煽动起内心的激情，写了许多通讯报道，这些稿件却一一地石沉大海。 某一天，他才偶然得知，剪掉信封一角就可以免费寄稿的方式，早就取消了。 这也就是说，卞容大的所有稿件，可能从来都没有到达过报社，并且，所有的报社、杂志社，也都不再邮寄退稿了。 这也就是说，你的稿件无法与他人建立问答关系了，稿件是否收到？是否被采用？ 它有哪些优缺点？ 都由某个你不知道的人说了算，甚至这个人心情的好坏，都可以决定稿件的命运。 那投稿还有什么意思呢？ 卞容大不知道正常的社会秩序为什么要被毫无道理地打乱。 关乎大众公共习惯的一些规矩，到底由谁说了算？ 真是烦人！ 这个时候，卞容大的工作也出现了挫折。 他受到了排挤，被调动到科协下面一个无所事事的单位闲挂了起来。 卞容大开始心神不宁，焦虑不安，直到他决定重拾集邮的业余爱好，凌乱的心绪才有了一些寄托。 不久，卞容大机会来了。 他受到老干部蒋武汉的赏识和鼓动，便调到了蒋武汉的麾下，帮助他创建玻璃吹制协会。 老干部蒋武汉酷爱玻璃工艺，他一直都在寻找机会从科委分离出来，成立专门的研究玻璃吹制和推广玻璃制品的单位。 专家的研究成果证明，玻璃的品质非常稳定而且造型美观，有着不可替代的审美价值和实用价值。 从环保的角度来看，玻璃制品就相当于器皿业的绿色食品了。 所以说，玻璃吹制事业，是造福于人类的事业。 怀才不遇的卞容大，很快就与老干部蒋武汉一拍即合，他积极地投身于玻璃吹制协会的草创和建设。 由于卞容大的献身精神、工作能力和以往的成就，他很快就被蒋武汉提拔为正科级干部，任协会的秘书长兼办公室主任。 尽管卞容大再三告诫自己做人要谦虚谨慎不骄不躁，可无奈在客观上，卞容大还是比较少年得意。 每当他因为工作回家晚了，黄新蕾没有及时做饭，卞容大还是要挂脸的。

黄新蕾似乎并不懂得丈夫挂脸的含义，她反而会居高临下地瞥丈夫一眼，眼神里含着一种讥讽。 卞容大倒懂得这种讥讽绝对不仅仅因为是他的个子比她矮了两公分。 那么黄新蕾是什么意思呢？ 黄新蕾阴沉地说："我没有什么意思。"

又花了几年的时间，卞容大才慢慢读懂黄新蕾讥讽的眼神：卞容大欢天喜地地创建什么玻璃吹制协会显然属于不识时务，因为与此同时，全中国的人都开始做生意，开公司，炒股票，倒卖各种东西，赚钞票就像好玩似的，弯腰就捡一大把。 中国社会在发生着巨大的躁动和变化，而卞容大这个人呢，却煞有介事地为创建一个群团组织浪费青春。

卞容大的许多个夜晚，还是伏案写写画画，绞尽脑汁，写出一篇篇豆腐块文章，暗自奢望获得报社的重视和发表；星期天去集邮，傻乎乎地排队购买邮票，回家之后对从不集邮的妻子和幼小的儿子津津乐道邮市趣闻；节假日看望父亲和畸形肥胖的妹妹，偷偷塞给他们一点计划之外的钱，还以为黄新蕾不知道；一年四季，春天一定要带儿子去踏青，秋天一定要带儿子去秋游，夏天一定要带儿子去游泳，冬天一定要带儿子去打雪仗——年复一年，年年新瓶装旧水，时间就这么过去了。 卞容大要问了：对于一个儿童身心健康成长所必需的生活情趣，黄新蕾能够持这种无知的态度吗？ 人的时间是用来做什么的呢？ 不过，卞容大没有真的发问，卞容大是一个崇尚沉默的男人，他不会向黄新蕾发出任何具体的诘问。 黄新蕾是一个生性沉闷的女人，她也没有过多的语言。 但是，她用自己的生活态度，表示了对卞容大的不满和不屑。

在儿子出生之后，黄新蕾自己也脱胎换骨了。 大约在生育之后的五年时间里，她的身体状况好了起来，人长胖了许多，月经也通畅了，经前期综合征不治而愈。 黄新蕾能够吃苦耐劳，做事发狠，渐渐学会了在公众场合说话。 他们新华书店效益不好，要分流员工，黄新蕾不等别人分流她，主动请缨承包了一个图书批销中心。 这个图批中心远在市郊，仓库陈旧，压货几百万码洋。 黄新蕾却自信看到了它的美丽前景。 可是，第一年，黄新蕾的经营首战失利。 在梅雨季节里，她坐在发霉的书堆上，一身欠款，两眼发直，四周爬满鼻涕虫。 然而，这个女人硬是挺过来了。 她开动脑筋，到处张罗，又筹措了款项，把仓库改造成了仓储式的图书超市，仓库前面的空地，没有资金做成花园和草坪，她便自己动手，扎起竹篱笆，种上了丝瓜、苦瓜和葫芦，大门上爬满牵牛花和金银花，几条大青石，卧在篱笆边，算是读书和歇息的地方了。 没有想到，这种别致的风味，正好迎合了城市人的乡村梦想和小资情调。 居然开始有人口口相传，大老远特意跑到她的图书超市购书和阅读。 黄新蕾抓住机遇，冒险推出大胆的举措：购买五本书，就可以拿批发；但凡购买书籍，一律给打八折。 在将近一年的时间里，黄新蕾干脆住到了图批中心。 她以惊人的毅力，蚂蚁啃骨头，日夜工作，一点一滴地实现着她那些近乎荒诞的设想。 随着城市的迅速扩大，随着教育消费的迅速攀升，随着宽敞的马路和公共汽车通到图批中心，黄新蕾的图书超市红火起来。 当黄新蕾的经济收入高于卞容大之后，她为自己的母亲重新配了进口的高度近视眼镜；为父亲换了进口的心脏起搏器——他的正师职级别也只够资格安装国产起搏器；黄新蕾将儿子送进了重点学校；为卞师傅家里装上了一台空调——尽管卞师傅不阴不阳地对待她；她的一对双胞胎侄子，还有卞婉容，也都各得其所地收到了礼物。最后，卞容大结婚时候的上海手表也被换成了日本西铁城手表。唯有黄新蕾自己，辛苦几年，一分钱都还不曾用到她自己身上。黄新蕾无私的大家风度，迫使卞容大自惭形秽。说实话，卞容大不喜欢这块日本西铁城手表，他并不认为一个秘书长兼办公室主任，在工作的时候需要经常亮出自己的手腕。学习成绩远远好于黄新蕾的卞容大，学历远远高于黄新蕾的卞容大，事业一直兴旺于黄新蕾的卞容大，遭受了绵里藏针的轻视和打击，终于也就读懂了黄新蕾讥讽的眼神。

卞容大又变懒惰了。新婚阶段的消极怠工在卞容大身上又惊人地重演：他晚上熬夜，早晨睡懒觉，爬起来就蹬自行车去上班，根本不管谁谁谁吃过早餐没有，下班回来就横躺，臭袜子丢在床头，看电视新闻联播节目就开始打很大的呵欠，当别人睡觉的时候他又活跃了起来，故意蹑手蹑脚在房间走来走去，看书，写作，把书页和稿纸翻得哗哗响。要知道，他们居住的是一间半的小房子，卧室里拥挤着大小两张床。黄新蕾也仍然拥有新婚阶段的那种忍耐精神，她装聋作哑视而不见的本领可能是世界第一流的。这个时期，卞容大老是赖在单位加班，他的心灵密友是办公室的文秘汪琪。

卞容大黄新蕾夫妇之间的那种特有的默默僵持再次开场，第一次是在婚前，陈阿姨跑调动的一片苦心感动了卞容大，卞容大首先妥协；第二次是婚后，黄新蕾新婚就做人流还善解人意，卞容大再次妥协；这一次，卞容大坚决不会妥协了。这个社会的本质关系就是交易关系。黄新蕾用金钱与物质替代柔情，交换和阉割他的自尊，这是卞容大不能够答应的。女人首先应该懂得依恋、期盼和柔顺，而不是一有机会就颠覆男女关系，并且还用这种残酷的颠覆表示对男人生活态度的讥讽和否定。

好在谁的生活道路都不是一帆风顺的，黄新蕾也不例外。她的图批中心火爆，必然地遭到了所有新华书店门市部的嫉妒和攻击，匿名举报信雪片一般飞到他们的上级主管部门。为了图书系统的安定团结，根据国家有关规定，上级主管部门收回了黄新蕾的私人承包权。黄新蕾依然还是图批中心的经理，但是派来了新的党委书记，黄新蕾的资金使用和经营管理方式，都受到了极大的限制。黄新蕾的身体，又渐渐地出毛病了。通过生育而开张的经脉，好像又开始堵塞和封闭。经前期综合征再度出现。每个月有半个月的时间，黄新蕾都沦陷在痛经、经血不畅、经血过多和经血淋漓不尽的过程中。黄新蕾面目浮肿，脾气暴戾，捂着小腹在床上打滚。为了阻止疾病的吞噬，黄新蕾大口大口吞吃中草药汤药，每天清晨起床练气功，深夜还辗转在公共汽车上到处求医。至此，他们夫妻之间的僵持却不战而和。卞容大看着妻子憔悴不堪的模样，看着被子宫支配的女人还被残酷的社会游戏规则所支配，他无法不心软。 黄新蕾毕竟是他的妻子，毕竟是他儿子的母亲，毕竟他们共同度过了漫长的艰难岁月。 好强的女人太累了，也太可怜了。 卞容大自然又变得勤快起来。 他每天清早起床，安排一家三口的早点。 回家就进厨房。 臭袜子直接扔进洗衣机。 每天都戴西铁城手表去上班。

生活又被季节刷新了。 当寒冬之后，春日的艳阳给万物带来勃勃生机的时候，卞容大又跃跃欲试地携妻带子，到江边放风筝来了。 背包，食物，口香糖，矿泉水，一家三口悠闲地步行在桃红柳绿的公园里，这就是卞容大的散文：美好的风景，暖暖的亲情，和煦的春风是心情的熨斗。

在沙滩上买好风筝之后，卞容大带儿子直奔趸船。 趸船上的风，正是放风筝的好风。 卞容大手里的风筝，很快就扶摇直上，一路超越，然后遥遥领先。 众多的看客观赏着和夸赞着，卞容大父子不免扬扬得意。 一位少妇，带着女儿和小狗，上到趸船来了。 她们兴奋地鼓捣着线团，可是风筝就是不肯升上天空。 少妇焦焦急急忙忙碌碌的，在卞容大身边钻过来钻过去。 最后，她还是不得不央求卞容大替她放一放风筝。 对于卞容大，这当然不是问题了。 少妇的风筝很快也升上了天空，孩子们高兴地大呼小叫，之后又去逗小狗玩耍。 卞浩瀚已经与小女孩成了好朋友。 有江鸥的滑翔，春风显得更加轻盈和松弛。 有波涛的絮语，长江变得万般温情。 一位姿色明丽的少妇在身边擦来擦去，惊醒了卞容大的许多感觉。 少妇与卞容大并肩放风筝，亲昵地与他说话，老朋友一般熟悉，有一点撒娇，还有一点玩笑。 当少妇圆润的臀部再次触碰到卞容大的时候，他突然向往了，膨胀了，勃起了。 卞容大赶紧坐在了趸船的缆绳系留柱上，不敢动弹。他严密地掩饰着自己，仰着一张冷冷的面孔，专心专意只看天空。 一个中年男人的身体，还能对一个可意的异性做出如此迅捷的自然反应，卞容大是窃喜的。 当然，卞容大同时也明白，以道德的标准衡量，他的身体是可耻的。 但是他并没有做出什么不良举动来，他还是一个理智的男人。 惊醒与感悟，自责与窃喜，放纵与克制，遐想与收敛，这种种感觉，使卞容大涨满了情怀一腔，又痒又疼，百感交集。 他找了一张小纸片，套在风筝上，抖动线索，让小纸片攀升上去，这叫作给风筝打电话。 风筝风筝，卞容大给你打个电话，与你分享一个男人隐秘的快感。

黄新蕾一直没有参与放风筝。 在江滩上买风筝的时候，她就从小摊贩那里获得了一个巨大的启发。 黄新蕾撇下丈夫和儿子，对江滩上的小摊贩展开了调查研究，收获很大。 黄新蕾兴奋地告诉卞容大：风筝可以作为教辅资料与手工劳动课本搭配出售！ 你算算，一只风筝的成本只要五毛钱，而搭配在课本里出售，至少可以定价五块钱。 如果自己组织人工生产，仅仅提供制作风筝的原材料，装配程序留给孩子们自己动手，成本还可以降低。 这是手工劳动，就是应该让孩子们自己动手去做的呀！ 你想想！ 会有家长拒绝多花这五块钱吗？ 绝对不会！ 手工制作原料与手工劳动课本一起买回去，该是多么方便啊，如果分开购买，家长所付出的金钱和精力，肯定超过五块钱！ 这真是一举几得的绝妙创意，可以为他们图批中心带来多少利润啊！ 你再想想，我们有多少学校？ 我们有多少人口？ 我们有多少生源啊！ 黄新蕾说："今天出来果然收获不小！ 孩子他爸，谢谢你！"

卞容大避开了妻子热切的目光，生涩地说："有什么可谢的。"

卞容大应和不了妻子。 一时间他实在转不过这个弯来。是的，今天出来收获很大，非常开心，小小的风筝把他带进了一个沉醉的世界，而这个世界却与利润一点关系都没有。一点都没有，妻子！

黄新蕾被卞容大的神态惹恼了，她说："又怎么哪？ 简直莫名其妙！"

黄新蕾气愤地将下巴颏儿一扬，拽起儿子的手，母子俩快步往前走了。 卞容大独自落在后面，忍气吞声地跟着。童话散文被真实的生活撕得粉碎。 事实上，卞容大很久都没有再写这一类粉饰温情的散文了，他知道这辈子再也写不出什么散文来了。

二〇〇〇年到来的前夕，世界一片混乱。 人类很有趣，总是喜欢把世界搞得一片混乱。 唯恐天下不乱的媒体高兴坏了，它们拿出大幅版面，让一种人欢呼新世纪的到来，又让另一种人严肃地反驳新世纪理论：二〇〇〇年还不是新世纪，二〇〇一年才是新世纪，这不过是一个简单的数学问题啊！ 玻璃吹制协会也乱成了一团，大家在办公室里高声争论，两派都挥舞报纸，声嘶力竭。 因为这牵涉到了玻璃吹制协会是否举行庆祝活动，以及庆祝活动的规模有多大的问题。 办公室主任卞容大很冷静，连数字本身都是人为规定的，新世纪不新世纪有什么太大的意义呢？ 到时候怎么庆祝？ 随着上面的倾向和规模来就是了。

然而，这个冬天的周日，卞容大的心情还是波动了。 一个人为的数字，二〇〇〇，一个被他认为是扯淡的东西，不知怎么搞的，还是悄悄地触动了他。 午饭之后，卞容大坐在阳台上晒太阳，看报纸，满纸的二〇〇〇跳动起来。 我的天哪，纪年真的要开始一种新的写法了？ 卞容大生于二十世纪，长于二十世纪，怎么着？ 写习惯了的"一九几几"真的要过去了？ 卞容大惆怅地放下报纸，随手翻了翻正在进行冬晒的几只箱子，发现了他中学时代收藏起来的一只医药盒子。 这是从五十年代使用到八十年代的那种正方形葡萄糖安瓿药盒，天蓝色的字，白纸已经发黄。 盒子打开，涌出一股陈年往事的味道。 盒子里头有几张老邮票，梅兰芳什么的，但是品相不好。 还有一只铁皮哨子，是学工学农又学军的初中时代留下的，来自军营的一只真正的军队哨子。 一颗他的智齿，上面有牙垢，顽石一样难看。 还有两支炭棒笔，这是从大号的废旧电池里头磨出来的，是他少年顽劣的明证，在电影院的公共厕所里的木板隔断上，胡写乱画，画一个椭圆形的圈，四周再画上黑茸茸的毛，这就是女性生殖器了。 有趣的是，父亲为他制作的牙套，不知怎么也收藏在里头了。牙套已经变成一团满是铜锈的乱麻，看上去细弱无力，腐朽败落，真不知道当年它怎么就能够给卞容大造成那么大的痛苦，它套住的哪里只是卞容大的门牙呢？ 是他的一辈子！

卞容大拿着盒子，看着看着，在温暖的太阳下面打了一个盹。 从一个盹中蓦然醒来，卞容大的头脑格外清醒。 他迅速地把盒子放进了公文包，穿好上班的衣服，以他惯有的冷静，蹬上自行车，来到了单位。 卞容大告诉门房刘老头，他有急事要加班，他让刘老头锁好大门去餐馆喝个小酒。 卞容大用二十块钱，急切地支开了刘老头。 然后，卞容大间谍一样闪进自己的办公室，关好了门窗，放下了窗帘。 在昏暗与隐秘的单独空间里，卞容大重温了他少年时代的胡闹。 他用炭棒笔画了女性的器官，现在的画，就很真实和形象了。他还模仿小说《金瓶梅》，勾勒了一幅春宫图。 春宫图上面的女人，健康，丰腴，脚跷得老高，是一个活泼的女人。 卞容大将自己的双手插进裤口袋，摇晃身子，吹口哨，吹那种没有名堂的小调：大姑娘美呀大姑娘浪，大姑娘走进青纱帐。 这句小调，是他去东北出差，在民间听二人转听来的。此前他还不知道自己已经会哼哼了。 他妈的，正经的东西，想学都学不会；不正经的东西，不学就会了。 人啊人，人这个狗东西！ 最后，卞容大拿起铁皮哨子，吹了一下；再用力吹一下，口腔和喉咙灌满了铁锈味。 少年时候也曾经想当军官，想当交通警察，口里衔着银色的铁皮哨子，冲谁吹谁就得听话。 卞容大有节奏地吹起了哨子，士气随着就上来了，他来回地走着正步，一直走到觉出了自己的荒唐。 突然的寂静到来了，宇宙空旷无垠，星星向各处飞旋而去，眼前只有他再熟悉不过的办公室。 卞容大颓然倒在自己的办公椅里，双手反枕脑后，两腿交叉，架在办公桌上。 直到刘老头试探地敲响办公室的房门：卞主任？ 卞主任？ 时候不早了，你忙完了没有？

知道了！ 卞容大说。 他自然就使用了一种小官僚的腔调。 该死！ 卞容大一边自嘲一边拿下双腿，忽然，他觉得自己脸上有蚁走感，他用力一抹，是泪。 一颗冰冷的泪。

玻璃吹制协会被解散的消息，还是先一步被黄新蕾获知了。 这天早晨，黄新蕾迟迟不肯出门上班。 当卞容大整装待发了，黄新蕾在他身后清醒地发问："你去哪里？"

卞容大顿时被钉在了说谎的耻辱柱上，他索性回答："我去找工作。"

黄新蕾说："这是不是意味着你现在其实没有工作了？"

"可以这么理解。"

"那你现在去哪里找工作？"

"我去新世纪饭店。 那里有一家法国化妆品公司，正在招聘工作人员。"

这个沉着的女人再也无法控制地发出了跑调的尖声："化妆品？ 你？"

卞容大不再说话。 对化妆品从来没有感觉的卞容大与化妆品联系在一起，形象是很滑稽。 可是卞容大不想再说假话了。 但是，他也不想详细解释还没有结果的事情。 这么多日子了！ 卞容大失败地应聘过多种工作了！ 这个男人他不想一一解释他的失败！

黄新蕾抓着胸口，深呼吸，极力控制着自己的情绪。 她尽量平和地说："你今天能不能把实话告诉我？"

卞容大说："不存在实话不实话的问题。 你不是都知道了吗？ 今天我有重要的事情，现在我必须走了。"

黄新蕾说："现在你肯定不能走！"

卞容大说："为什么？ 结婚证上有规定吗？ 新婚姻法有规定吗？ 妻子不让丈夫出家门，丈夫就不能出门？ 去你的！"

黄新蕾忽然雷霆大发了：餐桌上的碗筷茶杯被哗啦推翻，一团油腻的抹布摔到了卞容大的脸上。 黄新蕾火山喷发，两眼炯亮，直直地盯着丈夫，用一种近乎喊叫的声音控诉起来，她声音的高亢，语言节奏的飞快，语句的流畅，是卞容大在他们十六年的婚姻生活中，从来没有发现的。 黄新蕾说："卞容大！ 你太看不起人了！ 发生了这么大的事情，满世界都知道了，大家都在议论纷纷，你却一直瞒着我！你以为我是个什么人？我会唯利是图？我会嫌贫爱富？我会怨天尤人？我会靠你的钱养活自己？卞容大，我为你感到羞耻。说谎是可耻的，这是你教育儿子的话，也是我们做人的准则。你这是羞辱儿子、羞辱我和你自己！现在的社会形势人人都看得明白，单位解散，不是什么稀奇事情。失业下岗，更不是什么稀奇事情。成千上万的人都在经历这样的曲折和艰难，为什么人家都能够坦然处之，而你却偏要瞒天过海呢？你躲过了初一躲得了十五吗？卞容大啊卞容大，我和你夫妻十六年，相识相恋二十多年，为你一而再再而三地怀孕流产，命都差点送掉了，你怎么忍心欺骗我啊？当初我看上你，不就是看上了你的善良和诚实吗？你以为你还有什么值得我看上的？你以为我还指望自己嫁了一个才高八斗、学富五车、家产万贯、英俊潇洒的白马王子？以为我自己从此就锦衣玉食、一步登天了？不！我清醒得很！一直都很清醒！我一直都在依靠自己的努力辛勤劳动——哪怕瘦得只剩下一把骨头了！

"我哪怕瘦得只剩下一把骨头，我还是在拼命工作，为这个家庭创造更好的生活环境。多年来，我关心你，关心大家，远远超过关心我自己，可是你却对我说：'去你的！'好像你下岗了你就受委屈了，你就应该比别人都娇气，你想撒谎就撒谎，想出门就出门，全然不顾别人的感受。卞容大，你怎么是如此没有良心的一个人呢？我当初怎么就没有看透你呢？你的所作所为，还算一个男人吗？如果我说了这么多，你还是不在乎的话，那你就出去吧。"

卞容大出去了。他以一个不变的姿态，僵立在门边，听完了妻子的控诉，然后一言不发地出门了。他是一个男人，他必须遵守约定的时间：今天他要接受欧洲老板的面试。

随着卞容大的出门，黄新蕾把一只热水瓶掼到了房门上，那是一声异常的巨响，宣告着日常生活中的和平结束，烽烟四起。

黄昏时分，大家都回家了。儿子闹着，要求打开电视看动画片，一会儿爸爸，一会儿妈妈。爸爸和妈妈都说同样的话：作业做了吗？先做作业！净看动画片，耽误了学习，将来怎么办？爸爸妈妈都在厨房忙碌。他们互不理睬，但是配合默契。食盐没有了，爸爸赶紧开封一袋新的食盐，妈妈接过去撒在菜肴里。吃饭。爸爸妈妈都与儿子说话，甚至还可以说笑，不影响儿子的心情和学习，是他们夫妻的最高守则。父亲卞容大做得不错，母亲黄新蕾也做得很好，他们都可以深深隐藏自己的痛苦——这也是难得的一种默契。晚饭吃完了，收拾碗筷，拖地做清洁，整理屋子，洗衣机打开了，里面搅动着一家三口的脏衣服，早上沾满火药味的衣服也无奈地在一起旋转。看看儿子的作业。看看电视新闻。看看报纸。接接无关痛痒的电话。儿子该睡觉了。睡觉之前，儿子必须喝一杯鲜牛奶。鲜牛奶的意义是：防止骨骼缺钙。现在他们的儿子个子偏瘦小，将来千万别又长成一副穷苦人模样。 只有一间卧室，买大房的理想刚刚纳入艰苦奋斗的远景规划中。 时间不早了，该睡觉了。 夫妻两人，一人挂在大床的一侧，关灯。 深夜，窗外明月高挑，不谙人间疾苦，圆润华美得没心没肺。 迷迷糊糊的睡梦中，女人转过身来，伸手摸索着，摸索着，也不知道是有意还是无意。 男人还是接住了女人摸索的手。 女人顺势溜进男人的怀抱，男人慢慢抱住了女人。 女人发出低低的啜泣。 男人的小眼睛在月色中慢慢睁开，贼亮，他的确狠不下心来，他无法拒绝女人的寻求和这寻求本身所传达的复杂意义。 卞容大完蛋了！ 他无法拯救自己。 无法反抗与报复。 无法记恨。 无法掌握局面。 多少次的抗争与搏斗，被无数个这样的夜晚所消解。 一切的委屈和难受，都慢慢变成了命中注定之物被接受下来，养成了习惯。

习惯是一种何等强大何等可怕的存在啊！

三、与单位与汪琪与外面的世界

谢天谢地！ 幸亏卞容大占了一个好单位：省科学技术协作委员会。 当年，卞容大到单位报到的第一天，他就领到了紫红色的宽敞的办公桌，墨水瓶，钢笔，材料纸，复写纸，蜡纸，钢板，油印机。 卞容大的人事档案先他而到，科协领导已经再三调查研究过他的档案了，领导们看出了卞容大是一个文才的苗头，为他分配的工作是文化宣传干事。 卞容大非常喜欢他的工作。 这喜欢是多么宝贵啊，因为单位就是一个人终身的依靠。

省科协真是一个美好的单位。 五十年代修建的苏式楼房。 大院子。 院子中间有一棵古老的雪松。 锅炉房凌晨三点就撬开炉火。 清早六点，食堂就开始卖早餐。 二两一个的大馒头大花卷，热气腾腾，每个只要三分钱，稀饭咸菜免费，自己拿碗去粥桶里打。 五一国际劳动节，免费加餐。 七一党的生日，免费加餐。 八一建军节，免费加餐。 十一国庆节，免费加餐。 元旦、春节，皆免费加餐。 三八妇女节，女同志休息，赠送电影票；男同志半天打扫办公室卫生，半天也可以休息了。 六一儿童节，单位派车，送职工的孩子们去动物园游玩；没有孩子的职工，也可以提前下班，回家休息，准备生孩子——这是笑话，是卞容大的同事们在办公室哈哈大笑说的笑话。 卞容大没有参与哈哈大笑，他本来就不爱笑，加上妻子黄新蕾患有习惯性流产，生养孩子是他们最酸楚的话题。 不过，这并不妨碍卞容大在单位里工作得顺心和舒畅。

这是一个令人顺心和舒畅的单位，每天你都知道自己应该做什么事情。 如果出色地完成了工作，就会得到大家的赞赏和领导的表扬。 他们单位的领导非常像领导。 书记和主任，都是德高望重的老同志，既慈祥又威严，衣服式样传统，整洁干净，专注地听你汇报工作和汇报思想，能够解决的问题，他们也不会当面立刻许诺，但是，事后很快就会给予兑现或者答复。 这里头就有一种认真、负责、言必信行必果的精神，体现着党和组织的力量与威信。 所有的事情，一律按部就班，都有组织照顾和管理。 就连手指头破了，医务室也会马上给你涂碘酒。 工会女工委员会经常性地主动询问："你爱人好吗？ 她是吃药还是戴环？ 你需要避孕套吗？"最初，卞容大还脸红，后来就不脸红了，他们单位凡是已婚者，人人都被严肃地询问同样的问题，计划生育是我们的国策，这是单位在监督国策的执行情况。 他们单位，俨然一架巨大的精密仪器，大小齿轮都在强有力地转动，这种转动足以使卞容大这种年轻敏感的小伙子联想到国家机器的正常运转，他的自豪感，他的参与意识，他的献身精神，他建功立业的渴望，便都油然而生了。

个人感情生活里种种难言的委屈和痛苦，成为卞容大工作上的动力。 卞容大狂热地工作着。 他们单位麾下的科协分布全省，大大小小，星罗棋布，有一万多家，每天都涌现出大量的发明创造，每天都发生许多感人的事迹，卞容大在整理材料之外，还以文学的笔法，更加生动地写作了许多小散文。 这些小散文，被富有经验的办公室主任看见了，他立刻判断出它们达到了发表水平，并且主动加盖了单位的公章，把它们送到了报社。 很快，卞容大的散文就被刊登了。卞容大的文章，本来就达到过发表水平，不过那是在地区一级的报纸上，上了省报，那个档次就不一样了！ 报纸，带着油墨的香气，在办公室里被大家争相传阅。 卞容大的名字，迅速地传遍了整个单位。卞容大到食堂排队买饭，总是会有陌生的同事主动过来，开玩笑说要与才子握握手和说说话，沾点灵气。卞容大很快就提升了副科级，并且担任了单位共青团委员会的组织委员。

有了一定级别和相应职务之后，卞容大工作的积极性更加高涨，也更加拥有施展才能的空间了。他组织优秀共青团员们集体上井冈山，重走革命路。他们还参观了毛主席的故居韶山，瞻仰红太阳升起的地方。站在长沙的橘子洲头，卞容大带领青年们举起自己的拳头，面对湘江，集体背诵毛主席的《沁园春·长沙》："……恰同学少年，风华正茂；书生意气，挥斥方遒。指点江山，激扬文字，粪土当年万户侯。曾记否，到中流击水，浪遏飞舟！"

对于卞容大来说，那感情冲动忘乎所以声嘶力竭的背诵，是他这一辈子永远无法忘怀的宣泄。那个时刻，他年轻人生的所有痛楚、委屈、窝囊，还有雄心壮志，统统都被喊叫了出来。湘江那轮又大又圆又红的夕阳做证，在那一刻，卞容大心里，真是充满了对单位的热爱和忠诚。那时候的逻辑就是：单位等于事业，事业等于党的利益，党的利益等于国家、人民和自己的利益。

卞容大带领的共青团支部，被共青团湖北省委树立为全省团支部唯一的标兵单位。卞容大他们的照片，陈列在省委礼堂大厅里，供大家参观和学习。卞容大再接再厉，冒出了许多新的想法，比如建立发明家人才资料库，建立大胆设想征集小组，以便将国家建设所急需的各种科技资料和人才，发掘、整理和培养起来。 他的想法，引起了北京中国科学院有关专家的高度关注，专家居然直接给卞容大打来了电话。卞容大是多么荣耀啊。 他们科协书记去北京中科院出差就带上了他。 男人需要什么？ 就是需要这个！ 需要把事情做得很漂亮！ 需要因为你的漂亮引起领导的重视、社会的关注和著名人物的认可，于是，你也就日渐重要起来，这就是所谓的事业！ 在黄新蕾连续流产的七年里，卞容大如果没有事业上的蒸蒸日上，恐怕早就彻底垮掉了。

　　更有意义的是，事业的兴旺，必然会带来丰富多彩的生活。 市科协的姑娘小柯，大家亲昵地称她为小鸽子，有一段时间，为筹备某个活动，专门跑省科协。 她每次来了，首先就会跑到卞容大的办公室。 小鸽子是那种生动顽皮的姑娘，爱说爱笑，笑声香甜。 就是诉说倒霉的事情，语调也无比快乐。 说实话，在卞容大的内心深处，他总是喜欢这一类的女孩子，她们春天一般健康、蓬勃和明丽，身上都有黄新蕾的影子。 直到有一天，小鸽子为卞容大织了一件毛衣，不由分说地强迫卞容大穿上试试。 卞容大这才觉出大事不好。 一般说来，姑娘们是不会随便给男同志织毛衣的。 卞容大脱下毛衣，还给了小鸽子，他不得不告诉姑娘：他结婚了。 豆大的泪珠，就那么活生生地，从小鸽子明亮的眼睛里，一珠一珠地滚落出来。 卞容大慌神啊。 他手足无措，给姑娘擦眼

爱恨情仇

146

泪不是，不擦眼泪也不是。 这甜蜜的尴尬与甜蜜的痛苦啊，实在是好感觉。 卞容大开始认识到，作为男人，他并不瘦小；或者说，作为男人，他的瘦小并不能遮挡他的魅力，对吗？ 对的！

城市变得是如此熟悉和亲切。 卞容大在这个城市的大江南北跑来跑去，精力充沛，不知疲倦，常常在最繁华的大街上和公共汽车里遇上熟人，他们大声地向他打招呼，以认识他为荣耀，而卞容大，还是不爱说话的性格，显得很有内涵。 他向他们点头致意，握手的时候用用力以答谢熟人对他的热情。 卞容大尤其喜欢报社召集社外通讯员会议。 他喜欢把通讯员的证件举起来，向报社大门口的岗哨示意一下，脚步都不用停留，就那么大模大样地进去了。 报社，是党的喉舌，是这个城市意识形态的关口，是文化系统所有单位唯一拥有武装警察站岗放哨的地方，卞容大就可以这样大模大样地进去，感觉是多么好啊！ 通讯员们来自全市的各行各业，都是才子或者才女。 他们坐在一起，穿着打扮与言谈举止，就是与众不同，男人留披肩长发，女子公开抽香烟，实在是时尚与个性。 卞容大在这里交结了许多朋友。 他们一起抽烟喝茶，谈论国家大事、社会新闻、文学创作和名人逸事。 一个总是身着长裙的女子——对于长裙的穿着者，卞容大觉得只能冠以"女子"这个名词才相配——文静，幽怨，回眸留给卞容大一抹特别的眼神。 卞容大首先注意到了她健康的肤色和丰满的体魄，她的眼睛明亮，发言的时候，中气十足。 有一天，卞容大在自己的笔记本里发现了一张字条，上面写道：莫愁前路无知己，天下谁人不识君。 卞容大立刻就感觉到了长裙的飘拂。 副刊部的编辑大姐与卞容大开玩笑了："容大啊，有人找我打听你啊，你到底结婚了没有啊。"

卞容大赶紧装出憨厚的样子，说："结了结了。 大姐啊，你是看见过我爱人的。"

黄新蕾常常复述的人生格言是：在我们的人生里，有些错误是能够犯的，有些错误是不能够犯的，一旦犯了就无可挽回，所以你得在事先牢牢地想清楚。 卞容大当然非常明白生活作风错误是不能够犯的。 但是，你不想犯错误，并不等于不能有犯错误的幻想；你不想犯错误，也并不等于错误它不来犯你；你不想犯错误，更不等于错误本身不动人和美好。 事业兴旺的男人好比跻身于原始森林的一棵大树。 在这棵大树上，该隐藏了多少动人而美好的错误啊！ 并且这棵大树越是枝繁叶茂，隐藏的错误就愈多。 只要最终不结出错误的果实，那就不就行了吗？

熙熙攘攘的大街上，如果有一条长裙为你飘过，男人，那终究是你的自豪。

卞容大的工作干劲是越来越大了。 随着他经验的丰富，随着他的成熟，随着他的成就，他内心开始膨胀起一种渴望，那就是他想获得更有挑战性的工作，他想长成好大一棵树！ 在这种迫切的心情促使之下，平日少言寡语的卞容大，终于下决心找科协的领导谈心了。 卞容大谈的都是真心话，他希望组织在他的肩头压上更重的担子，希望在工作中获得更多的锻炼机会。 果然，组织上并没有让卞容大等待很久的时间，忽然他就接到了调令。 卞容大被调动到市里的科普协会。 卞容大去了以后，才发现是一个闲散的小单位，只是向老百姓做做推广普及的教育工作，宣传那些最普通的科学知识。 比如，电的故事；比如，遇上闪电你应该躲在什么地方。 显然，卞容大被下放了。 卞容大苦闷不堪，只好用集邮来排遣自己的烦恼。 通讯员朋友中的几个好友，约了卞容大喝酒聊天，给他开窍，说：卞容大啊卞容大，你这是在要官做啊！ 你现在成绩显赫，大有功高盖主的势头，应该采取后退的姿态，夹起尾巴做人，到处装孙子，使你们领导都放松警惕，这样才能够升官。 有你这么咄咄逼人的吗？

卞容大咄咄逼人了吗？ 卞容大真的是想多做一点事情啊！ 卞容大的话说得非常明确：他不是要提拔，也不是要担任什么职务，只是要更适合他的岗位。

幼稚啊，幼稚啊，政治上的幼稚！ 卞容大，请你记住，世界上有两种人，绝对是说反话的：一种是政客，他们说"不要"那正是要；一种是妓女，她们说"要"，那正是不要。

可是，卞容大想：如果一个人真心实意地只是想要合适他的岗位呢？ 难道他应该告诉别人说他不想要合适他的岗位？ 不行！ 卞容大得回到原单位，再次与领导们谈心，他可以夹尾巴，他可以装孙子，只是他必须再次强调他的真心话。

等卞容大的灰心丧气慢慢变成勇气之后，他真的来到了省科协。 他做好了让同事们嘲笑的心理准备，踏破铁鞋也要找到老领导。 可是，省科协改制了。 国家正在进行经济体制改革，许多重复的机构都在精简和改组。 卞容大回来的那一天，锅炉停了，烟囱没有冒烟，院子的地上，材料纸到处飞舞。 几辆造纸厂的大卡车，正在装运资料、报刊和书籍。 然后，这些资料、报刊和书籍，将化成纸浆，再生产出崭新的白纸。 造纸厂的纸浆池里，将翻滚着卞容大的亲笔字迹，无数次的激情、冲动、奇思异想，刻钢板磨出的血泡，食指上的老茧和白衬衣上永远洗不掉的油墨。

卞容大只得承认：他这个人的运气，不是太好。

再一次鼓起勇气，再一次干出漂亮的成绩，是在老干部蒋武汉的煽动、怂恿和大力支持之下。 蒋武汉本来是市科协的副主任，一九四九年以前就参加了革命，也是杀过人的，也算得上德高望重。 他人很好，有事业心，信奉宁做鸡头、不做牛尾的人生信条。 老干部蒋武汉紧紧握着卞容大的手不放，语重心长地说："是金子，到哪里都会发光！ 你的大名，我早就久仰。 你遭受的嫉妒和排挤，我也早有耳闻。 我就是欣赏你的才华和说老实话做老实事的作风。 小伙子啊！ 我们就把玻璃吹制协会干起来吧！ 我老了，你就重整旗鼓，再创辉煌吧！"

如此热情豪迈胸襟宽阔的领导，在官场上，是可遇不可求的。 卞容大是有一点经历的人了，懂得机遇的重要性了。于是，卞容大接受了老干部蒋武汉的邀约，甩开膀子大干起来。 他又开始早出晚归，通宵熬夜写报告写材料，替老干部蒋武汉同志拎着公文包，跑北京，跑省里，跑市里，跑各种重要领导同志的家。 最后，他们终于获得了成功，玻璃吹制协会诞生了！ 一栋小楼的半边是他们的单位所在地，头两年财政局全额财政拨款，编制办公室下达正规编制名额。 蒋武汉成为玻璃吹制协会的书记兼主任，党政一肩挑，卞容大担任了秘书长兼办公室主任，也是两个重要职务一肩挑，由副科级提升为正科级。 虽然说，卞容大的级别并没有破格提升，相对蒋武汉对卞容大的频繁使用，相对卞容大所付出的劳动，卞师傅、陈阿姨和黄新蕾都不太满意，可是卞容大满意了。 卞容大真的并不在乎级别是否可以获得破格提升，他更在乎是否给他提供了展现工作能力的岗位。 他也学会了蒋武汉的人生哲学：宁做鸡头，不做牛尾。 卞容大成为办公室的总管家和协会的总管家，这是实质性的权力拥有。 卞容大在回请他的通讯员朋友吃饭的时候，就可以带上会计，用支票付款了。 这些朋友在卞容大跑事情的过程中，提供了许多关键性的帮助，如果卞容大连请他们吃顿饭的权力都没有，那就很窝囊；有，心情就很舒畅。 时代在变化，工作得是否心情舒畅，是一个人事业好坏的重要标志了。

可惜的是，蒋武汉同志因病去世了，接任的党组书记就是严名家。 严名家接任的那年，年纪还不到五十岁，染一头黑发，使用发胶，西装，花哨的领带。 严名家刚来的时候，把卞容大唬住了。 他热情，豪迈，侃侃而谈：门前"三包"，"五讲四美"，"四项基本原则"，"三个代表"，"白猫黑猫"，"发展才是硬道理"，关于增强本单位竞争实力以及如何代表先进文化的构想……其讲话事先打印成册，开会时人手一份，会后报送省市有关领导、办公厅、人大、政协、有关兄弟部门以及主流新闻媒体——电视台和日报社。 严名家也拍卞容大的肩，称兄道弟，十分的亲切与信赖。 从此，卞容大便开始为严名家整理讲话材料，打印成册，分发到各科室，封装，送公文转换站。 卞容大不断地在筹备各种活动，广泛获取企业赞助，各种活动的开幕式一定要冠冕堂皇，力争省市有关领导出席，请主流媒体记者吃饭，邀约电视采访，催促新闻见报。 开幕以后，就可以轻松潇洒了。卞容大总是以为，当会议与活动结束之后，他们就可以实施一些建设性的具体设想了。 然而，严名家的会议与活动，永远都没有间断的时候，永远都没有实施具体的建设性设想的时候。 有的会议与活动，都举行到俄罗斯去了。 如此几年之后，卞容大恍然大悟：严名家的工作就是会议与活动。 会议与活动的实质内容就是游山与玩水。 会议与活动的表面效果就是空泛的鼓噪与喧哗。 卞容大勤奋地工作，就是为严名家的游山玩水跑腿和擦屁股。

汪琪告诉卞容大：社会上有人把他们单位称为玻璃吹牛

协会。

汪琪的肚子大起来的时候，把卞容大吓了一大跳，这个年轻文秘的肚子怎么像怀孕一样鼓起来了？ 原来，汪琪正是怀孕了。 汪琪不声不响地结婚了。 单位的人没有吃喜酒，没有凑份子送礼物，没有人去闹洞房。 作为办公室主任的卞容大十分抱歉，这是组织对个人的严重忽略和失礼。 汪琪说："我结婚你道什么歉？"汪琪说："严书记一天到晚在外面出差开会，你们几个干部一天到晚在参加活动或者举办活动，神仙都不在庙里，和尚们还念经？ 谁还关心你结婚不结婚？ 我又不是傻子，还劳心费神地去告诉每一个人：我要结婚了。"

卞容大说："再怎么说，结婚是大喜事啊！ 记得我结婚的那年，我们单位的同事从武昌赶到汉口来，公共汽车坏在六渡桥了，大家一直走到我们家，步行了一个多小时，我们也一直等着，大家来了我们才举行典礼。 那个热闹啊！ 那是终生难忘的啊！"

汪琪说："卞主任啊，醒醒吧。 集体主义的时代，早过去了！ 像这种干耗国家财政的单位，不是我乌鸦嘴，说话晦气——迟早要散伙的！"

汪琪只有对卞容大说话，才这么犀利，这么刻薄，这么直接，这么恶毒和这么客观。 也正是因为汪琪能够对卞容大这么信任与坦率，卞容大才把她引为心灵密友的。 他们说这番话的那天，是下班的时候，窗外大雨滂沱。 汪琪站在卞容大身边，背着手，随意地睎着她微微凸起的小腹，悠闲地等待大雨变小。 当大雨迟迟不肯变小的时候，汪琪就回到她的办公桌前玩电脑去了。 只有卞容大依然站立在窗前，看着大雨。 汪琪嗒嗒嗒的打字声仿佛是雨的节奏，这节奏很快就把汪琪带进了网络交流，把卞容大带进的却是比表面现象更为幽深的过去、现在和未来。 卞容大一下子看不见他的事业了。 蒋武汉那"再度辉煌"的激励声言犹在耳，卞容大却无法感知何谓辉煌了！ 是的，卞容大只得承认，现在的玻璃吹制协会只是一个消耗国家财政的空皮囊。 会议与活动只是严名家个人的享乐与政绩。 群众的人心散了，近年来，这个单位没有婚礼了，没有新生儿的哭啼了，没有大家一起去替哪位职工搬家了，没有聚集在东北老同志家里包饺子了，没有谁记得分发避孕套了。 如今，这个城市的街道变得如此陌生。 在大街上和公共汽车里，再也难得遇见熟人。 一天跑出去两趟，人就会倍感疲劳。 当年的通讯员朋友们，早已风流云散。 多情的长裙，不知何时凝固了它的飘拂。

　　生命在照常行进，儿子每天都在长高，卞容大会在忽然之间，一阵头重脚轻，或者，会忽然一阵阵地焦虑和恐慌。不，不仅仅是怀旧或者失意，不仅仅是报纸上每天都有杀人越货和高官腐败的故事发生，不仅仅是物质生活在发生巨大的变化，卞容大是一个坚强的男人，从他祖父挑着一担鱼虾进城到现在，他们卞家男人最大的优点就是富于现实感。 如果不是特别富于现实感，卞容大不可能老老实实地在科协系统工作这么多年，也不可能踏踏实实地守候七年，战胜黄新蕾的习惯性流产，生育他们的儿子。 现在是怎么啦？ 似乎是花开花落春种秋收的秩序被打乱了。 似乎是一个不可以遗忘的约会被遗忘了。 出发预知不了抵达。 抚慰关怀不到痛痒。 卞容大正是年富力强的人生阶段，他怎么就没有把握了？ 他的左手，会突然变得软绵绵，怎么用力也握不紧拳头。 卞容大要怎么做，才能够与预期的感觉会合？ 才能够每一天都结结实实地入梦，松弛安详地醒来？

卞容大不知道。 汪琪肯定也不知道。 汪琪还太年轻了。 年轻的汪琪心情烦躁了，就会去网络上遨游。 汪琪认为只要你进入了网络，全世界的人都能够安慰你。 而卞容大的认识恰恰相反：全世界的人都能够安慰你，那就等于没有任何人可以安慰你。 手指，脑袋，文字，打字时刻的内外环境，都能够一致吗？ 朋友，你那边也正好是滂沱大雨吗？ 当文字到达的时候，意义已经转变。 只有面对面是最真实的。 只有人与人面对面，热气，呼吸，眼睛，睫毛，它们才会流露出真实的情绪。 不用说话，不需要语言，需要安慰恰好遇上了需要给予安慰，只有这样的安慰，天然渠成，才能够真正驱除焦虑与恐慌。 汪琪在打字，朝屏幕滥施微笑。她的这种微笑就安慰不了卞容大。 所以，他们始终都无法成为情人，关系怎么好都只是停留在好友的程度上。 黄新蕾用不着胡乱猜疑，更不用老是拎着她的那段人生格言对卞容大进行旁敲侧击。 她以为男人骨子里头都是流氓，见了年轻漂

155

亮的女人就爱之入骨，错了！ 大错特错了！ 男人的骨子里头还是男人！

对于健康女性的欣赏，是卞容大此生无法改变的情结。汪琪首先就是以她的健康姿容，引起卞容大的注意和惊喜的。 汪琪到玻璃吹制协会上班的第一天，卞容大看着她从走廊的那端走过来。 汪琪完全是一头结实的小野兽，走在杂技团那种有弹性的垫子上，她的脚步被轻盈地弹起，脚腕，小腿，屁股，胸部，肩膀，处处有劲。 她的头发浓密乌黑，额头正中有一个发旋，翻起一股油亮的发浪。 对于这股发浪，汪琪自己非常恼火，不停地用手去压迫它。 而卞容大实在喜欢这股发浪，它自然、柔韧，随时随地张扬着青春与健康，对于男性尤其具有警示作用：女人还是健康的好！

"卞容大，好名字！" 汪琪说，"海纳百川，有容乃大；壁立千仞，无欲则刚。"

这是卞容大有生以来的第一次，他的名字没有被对方忽略或者不解，而是得到了直接的理解和赞赏。 卞容大已经是一个成熟男人了，他倒没有被这种理解和赞赏感动得怎么样，让卞容大感动的是：汪琪具备这种理解与赞赏的能力。

汪琪是玻璃吹制协会带给卞容大的唯一礼物，也是玻璃吹制协会带给卞容大最后的遗憾和惆怅。 女人可以是你的母亲、妻子、女儿和情人，最难得的是你的密友。 密友是一点麻烦都没有的朋友。 玻璃吹制协会解散之后，卞容大的手机就关闭了。 卞容大一直没有给汪琪打电话，汪琪也就一直没有给卞容大打电话。 他们在互相等待。 他们在等待最难受的时刻过去。 等待那个他们能够面对面进行安慰的时候的到来。

直到卞容大去欧佳宝化妆品公司做了面试之后，他才给汪琪打了电话。 对未来的新工作，卞容大有了一定的把握。他想他可能要远离武汉了。 他想他和汪琪见面聊聊的时刻到了。 卞容大去的电话，显然正是汪琪的期待。 她的喜出望外，从简单的一个"喂"字里，就完全听得出来。 在彼此问安之后，卞容大邀请汪琪晚上出来喝杯咖啡。 汪琪说："好啊。"卞容大说："皇家百慕大。"汪琪沉吟了一刻，还是说："好啊。"汪琪一定想说"不用去那么昂贵的咖啡馆吧"，但是她一定害怕自己的话刺伤了一个失业者的自尊。人的处境一旦不同，就要注意分寸了。 汪琪也在长大，单纯在渐渐消失。 卞容大觉得这也算是一件好事。

皇家百慕大，无论作为咖啡馆或者别的什么店铺的名字，都是很奇怪的。 卞容大不知道皇家百慕大是什么意思，但是知道它是本市最时尚最潮流最昂贵的咖啡馆，卞容大选择它的意义就在这里。 有时候，环境逼得人只有屈服于庸俗的选择：价格代表我的心。 卞容大想：能够昂贵到哪里去？不就是一杯咖啡吗？

卞容大与汪琪，不是第一次在一起喝咖啡了。 他们在同一个单位，许多次会议和活动，晚上都是要去喝喝咖啡的。

但是，以往都是公款，以往都还有别的人在座。 对他们两人来说，完全彻底地单独两个人出来喝咖啡，这还是第一次。世界的大小是不一样的，多一个人，少一个人，那都是新的世界。 卞容大和汪琪，的确进入了一个新世界。 他们对坐着。 笑笑，又不笑了。 深绿色的格子桌布，燃烧的红烛，鲜艳的玫瑰，还有一架作为艺术品的古老座钟，座钟还在正常走动，发条的声音像音乐。 这架古旧发黄的座钟，倒是非常能够宽慰人：不要怕老，也不要怕旧，只要熬到一定的时间，仅仅因为古旧便又会身价百倍。 咖啡很香。 主要是从他人杯子里飘过来的味道香。 卞容大为汪琪点了几碟干果小吃。 汪琪变得客气起来，说："不要了，不要了。"关于从前的单位，他们提了提，又欲说还休了。 确实，关于玻璃吹制协会，再也无话可说了。 说起严名家，两人都难免生气。可是，这个人还值得他们花这么贵的钱，来生他的气吗？ 你的家庭怎么样？ 我的家庭怎么样？ 这是最俗气的话题了，家家都有一本难念的经，没法和别人谈的。 家庭这个东西，最不适合朋友之间谈论，谈不到实质上去，只能隔着实质去感慨，而感慨又有什么用呢？ 他们对坐，忽然无话，都惶然起来。 咖啡喝了一杯又一杯。 汪琪拼命去压她的发旋。 她紧张。 她用没有感情色彩的声音回答说，她的新工作还可以。 她怕卞容大难过。 她以为卞容大这种年纪不太好找合适的工作。 卞容大赶紧告诉汪琪，说他大概可以算是找到工作了。 汪琪赶紧问："什么工作？"卞容大刚要说出口：欧佳宝化妆品公司。 他又把话吞回去了。 本来，卞容大想逗汪琪开开心。 如果他告诉她欧佳宝化妆品公司，汪琪一定忍俊不禁，因为汪琪不知道欧佳宝公司的意图是什么，而从来不使用和关心化妆品的卞容大又能够做什么工作。 话到嘴边，卞容大还是决定不说了。 他忽然又觉得一阵恐慌袭来，很有把握的事情，变得又没有把握了。 欧佳宝，东方青苔，西藏，八千元的月工资，另加一千元高原补贴。 真实吗? 不真实。 无论咫尺还是天涯，都很虚幻。 如果一个男人无法胸有成竹，那么最好还是闭嘴! 汪琪没有追问卞容大。汪琪用一种虚无的态度观赏了一下座钟，然后说:"我们唱歌吧。"

卞容大说:"你知道我不会唱歌。"

汪琪沮丧地说:"我也不会。 我五音不全。"又说,"可我想试试自己的勇气，看看我能不能把做不到的事情也当礼物送给你。"可爱的汪琪，总是可以偶然蹦出非常可爱的话来。

卞容大笑笑说:"那就去吧。"

汪琪又压了压额头的发旋，腾地站起来，走上了歌台，拿起了麦克风。 汪琪拿起麦克风，放在唇边，又像要吃它又像要亲它，良久，汪琪叹了一口气，放下麦克风，跑下来了。"对不起，"汪琪说，"我还是做不到。"

凡事都有一个时间限度，他们该离开咖啡馆了。"还是我来埋单吧。"汪琪说，"你是老大哥，平日给我的照顾多了，今天很高兴，我们就不讲谁请谁了。"

卞容大生气地横了汪琪一眼，难道卞容大就真的这么寒酸，真的这么需要同情吗？

汪琪连忙说："好吧好吧，你埋单。你这个人就是这个样子。"

可是，卞容大出丑了，他掏尽了口袋里所有的钱，还是差那么一点点。卞容大以为，不就是喝个咖啡吗？他真是没有想到，一小碟瓜子，就是五十元。一般咖啡店，也就是五元了。面对皇家百慕大的账单，卞容大完全没有谱了。物价局是怎么批准一小碟瓜子卖五十元的呢？卞容大想不通。现在的消费完全没有谱了。现在的什么都没有谱了。你无法安心，无法享受，无法获得依据。瓜子就是瓜子啊，总还不是金子吧？

汪琪却不想与账单较劲。她说："没事没事！他们就是这么贵的。"汪琪若无其事地帮上了缺额。两人出来，卞容大这才发现汪琪有车。她是自己驾车来的。真是士别三日，当刮目相看，不过两个来月，汪琪就学会开车并且拥有私人小车了。这是一辆崭新的银色富康。汪琪低调地说是她先生送给她的生日礼物，其实用的是银行的钱，分期付款，现在每月都得供车，其实受累得很。汪琪要把卞容大送回家。卞容大执意不允。卞容大心里认为还是男人送女人比较合适，比较安全，比较放心，也比较有美感。但是此时此刻此时代，卞容大送不了女朋友了，卞容大别扭着，没有一个好脸色。 汪琪了解卞容大，她只好先走了。 是卞容大为汪琪拉开的车门和关上的车门。 在关上车门之前，卞容大还是告诉了汪琪一句他早几年就想说的话："汪琪呀，你知道你最出彩的地方在哪里吗？ 在额头——你的发旋，漂亮极了！"

汪琪的回答张口就来："谢谢！"

卞容大失望极了。 这是一般女人回答一般男人的一般性恭维的。 卞容大不是一般的恭维，是按捺了几年的心窝子里的话，汪琪不可以这么冒失，不可以这么流俗。

汪琪不可以这么冒失。 瓜子也不能够这么昂贵。 聊天也不能够这么敏感和拘谨。 卞容大口袋里也不能够只带三百块钱。 今天晚上有多少暗暗的失望啊，生活怎么就悄悄地偷换了约会的主题呢？

卞容大站在公共汽车站，急促地抽了几口香烟，又把它踩灭了。 他刚刚登上公共汽车，就发现自己其实没有车钱了。 他立刻装出忘记了包包的样子，说：对不起对不起，我把包包丢在皇家百慕大了。 可是包包分明就被卞容大夹在胳膊弯里。 还好，司机懒得奚落他。 卞容大步行回家，走了一个多小时，到家的时间已经是凌晨一点多了。

黄新蕾没有睡着，也不问什么，只是拿眼睛斜看着卞容大，意思分明是请他自己说话。 卞容大气呼呼地说："怎么哪？ 一个男人，偶尔和朋友玩得晚一点，不行吗？ 现在有多少男人，玩得彻夜不回家？ 我还要怎么的？ 啊？ 今天晚上，心情不好，和几个朋友泡咖啡馆了。 瞎聊了一番。 就这样。 你认为我交代清楚了吗？ 我可以上床睡觉了吗？"

黄新蕾冷冷地说："怎么火气这么大呢？ 又没有人说你什么，你还强词夺理？"

黄新蕾说完，紧闭眼睛和嘴巴，身体窝成一团，表示她的厌战。 卞容大提着睡裤——睡裤的皮筋断了，为自己的虚张声势感到了羞愧。 几个朋友。 几个。 你怎么不敢说一个。 一个，年轻女性，汪琪。 他和汪琪什么都没有，为什么就不敢坦率地说呢？

不过，算了，好在今天真的过去了，明天的太阳肯定是新的！ 这句话看起来好像是格言，其实不是，它就是一个简单的客观事实。 关键时刻，还是要靠简单的客观事实来支撑在梦幻中的失意之人。

结语

很简单，卞容大找到了工作。 欧佳宝化妆品公司聘用了他。 得知这个消息的人，全都会把眼睛大大地睁一下。 卞容大不想解释。 这只能说明人们思想的僵化和认识的局限。 化妆品就一定只能与油头粉面的俊男靓女有关系吗？

"很简单"是卞容大应付大家好奇追问的最简略的答词。 事情当然不那么简单，不过肯定也算不上复杂，是另外的一种方式。 对于卞容大来说，好像做了一次游戏。 游戏，这个词找得准确，就是游戏。 通过这次见工，卞容大对游戏已经有了崭新的看法。 游戏的骨子里头其实是非常严肃的。玩得好的人需要高智商，幽默感，真正的超然精神和义无反顾的勇气。

现在可以承认了，玻璃吹制协会解散的那一天，卞容大被一闷棍打蒙了。 他行若无事地离开办公室，那是装出来的。 接下来三天，他行若无事地去江边看水，也是装出来的。 卞容大不是故意地装，是本能地装。 男人嘛，被打倒之后的第一个本能反应就是要装出自己没有被打倒。 应该说，要谢谢那位清洁女工，是家乐福超市的遭遇及时地提醒了卞容大：生存的重要性超过一切！ 因为，卞容大不仅是为自己的生存而生存，他更要为他的血缘至亲们而生存。 经过了几天的痛苦思索，卞容大放下了自己的身份和面子，放下了与严名家的过节，出去寻找工作了。 在出门之前，卞容大做了认真细致的准备，他用上好的电脑打印纸，不褪色的蓝黑墨水，亲手书写了自己的简历。 现在人们都使用打印的材料，用人单位无法从打印件上看出更多的个性与才气来。 卞容大的钢笔字是相当漂亮的，小时候他在父亲的严格监督之下，苦练了一手正宗的行书。 可是，卞容大那帖一般漂亮的简历，出门之后，竟然屡次受到漠视。 有的招聘人员接过卞容大的简历，心不在焉地扫了一眼，就把简历还给他。 有的招聘人员，根本就不伸手去接卞容大郑重其事递上去的表格，只是示意他自己取表格去填写。 对于卞容大递上简历时候的暗示表情，有的招聘人员木然地回避开去；有的招聘人员，尤其是女人，还会受了侮辱一般反击说："你有毛病啊！"遇上卞容大情绪好的时候，他会对忽略他简历的人进行富有暗示意义的解释，他说："这是我的简历。"对方却警惕地后退几步，说："知道了。放下吧。"卞容大当然不愿意把他认认真真亲笔手写的简历放在那些简陋肮脏的临时围栏上。无论是在人山人海、彩旗飘飘的再就业赶集大会，还是在挂满红色横幅标语，号称自己求贤若渴的人才超市，卞容大都没有获得应有的重视和尊重。这种场合，经历了几次以后，卞容大才明白，所有这些单位和企业，并不是真正在招聘可用人才，是在借举办这种大型活动的机会，展览、表现和广告自己的产品，因此他们不会认真接待卞容大，他们净凑着电视采访镜头，追着视察的省市领导握手，虚假热情地敷衍大家。卞容大是干什么出身的？他还不懂这一套吗？他妈的，什么都搞活动，什么都来虚假的，这不是害人吗？卞容大只好彻底地抹下面子，去朋友那儿找出路。本来，卞容大是特别不愿意让朋友知道他混得这么栽的，但是，看来只有朋友才了解卞容大的人品、才气和工作能力。朋友相见，那自然是不同，高兴啊！握手，欢笑，请坐，沏茶。可是，当卞容大吞吞吐吐地说明来意之后，朋友的神情黯淡了。

朋友说："容大，我们去吃饭，好吧？我请，好吧？咱们哥俩痛痛快快喝一次，好吧？别的就不说了，好吧？你有才气，我知道，你有经验，我知道，你会写文章，我也知道。哥们儿只是推心置腹告诉你一句话，你四十一岁了，在适合你的工作岗位上，现在都是二三十岁的年轻人了，所以说：不管白猫黑猫，过了四十就是老猫。现在什么是硬道理？年轻就是硬道理。残酷吧？可这就是现实！"

去新世纪饭店，是卞容大最后一次见朋友。还是因为朋友首先打来了电话，很客气地请卞容大去坐坐，想让卞容大帮他策划一下他们企业报的栏目。是不是机会来了呢？新世纪饭店四星级，豪华气派，是一家集饭店、旅游、餐饮、娱乐于一体的集团公司，卞容大的朋友在这个公司主编一份企业报。说实在的，这个朋友当年的情书，都请卞容大帮忙代写，就他的文才，能够办出什么好报纸来？如果卞容大加盟了，那不是吹牛，这份报纸的文学品位立刻会大大提高。

不难想见的是，卞容大的幻想再次受挫。朋友自己都是泥菩萨过江了，公司董事会对这份报纸的存在产生了重大分歧，朋友希望竭尽全力，隆重推出精彩一版，竭力歌颂各位董事，以求打动董事会某些只看见金钱、看不见文化的经济动物。朋友诉说的时候，急得快要哭了。如果朋友失去工作，他那患肾炎的女儿的医疗费怎么办？卞容大见状，差点晕过去，但是他还是硬撑着，闭口不谈自己的困境，尽力替朋友出谋划策了一番。朋友请卞容大吃的是公司免费供应的盒饭，朋友自己买了几瓶啤酒，哥俩就着盒饭喝了一通啤酒，卞容大没有再说一句话，只是频频地上厕所。上厕所的自由总归还是可以享受的吧？

　　就是在卞容大跟跟跄跄推开大堂的旋转门，准备离开新世纪饭店的时候，偶然看见了欧佳宝化妆品公司竖立在大堂的招聘启事。启事写得简单务实：法国欧佳宝公司，现在正在本饭店二楼举办最新系列化妆品展示会并招聘东方青苔系列化妆品开发与研究的工作人员，敬请光临！忽然，卞容大被推到一边，旋转门里拥出一群年轻人，男男女女，他们穿着牛仔裤黑夹克名牌旅游鞋，身挎时尚背包，头发在风中劲舞，一片黑色与黄色，他们指点着招聘启事，说说笑笑奔二楼而去。卞容大借着酒劲，想：世界是你们的吗？世界是你们的，也是我们的！卞容大一生气，也就奔上了二楼。

　　二楼香氛弥漫。接待小姐西装革履，轻言细语，礼貌周全。偶尔有拿着资料的法国人进进出出。应聘的年轻人自觉地排着长队领取表格。沿着墙壁的地毯上，坐满了正在填写表格的年轻人。都是年轻人！年轻人表格上写的字，却都比他们漂亮的相貌要丑陋得多。卞容大想给自己寻一点开心了。他想：我很老，但是我的字很年轻漂亮。卞容大有一点为老不尊地与接待小姐开玩笑，说："我可以为我的儿子领一张表格吗？"这是一位富有幽默感的女孩子，她说："当然，您还可以为您自己领一张表格。在我们欧佳宝公司，机会朝所有愿意竞争的人才敞开。"两个月来，备遭拒绝、戏弄和冷淡的卞容大，恨不能跑上去亲吻一下这个女孩子的额头，但是，中国的礼节是不允许这样的。卞容大便把他的感激之情，表达在了女孩子递给他的表格上。他格外来劲地填写了简单的表格。他把钢笔字写得十分十分工整漂亮。卞容大将表格递过去的时候，继续调侃说："我主要是想展示一下我的字。"女孩子端详着卞容大的表格，惊呆了，说："哇！"

卞容大今天就是想开开心了。他除了字是认真写的之外，其他的都是即兴发挥。出生地：西藏拉萨。年龄：三十八岁。专长：策划，规划，组织，书写，书法，文学，运动，思想，鉴赏。已有业绩：发表文学作品若干。创建玻璃吹制协会七年。成功策划与组织研究玻璃艺术会议以及鉴赏玻璃艺术品活动上千次。工作获得上级主管部门奖励上千次。是武汉市劳动模范以及团省委号召青年人学习的标兵。

卞容大为什么要让自己出生在西藏呢？很简单，现在他厌恶武汉。因为在可爱的女孩子桌面上，一根点燃的线香下面有注明：东方青苔之香。东方青苔：来自于西藏寺庙的青苔。卞容大喜欢"来自于西藏的青苔"这句话。卞容大真真假假，假假真真，把自己变成了另外一个小自己三岁的卞容大。因为他希望自己小三岁。开个玩笑嘛，何必当真。

女孩子说了"哇"之后，并没有一笑了之。她请卞容大稍等，自己拿起卞容大的表格，去找一个法国老头了。卞容大的心，突然地，开始怦怦怦地跳动起来，他发现自己正在应聘呢！他预感自己大概是他们的合适人选！就在一瞬间，卞容大完全清醒了，一点酒意都没有了。他严肃地伫立着，希望有机会向如此和蔼可亲的认真办事的女孩子道歉和说明原委。 一会儿，法国老头随着女孩子过来了。 法国老头比卞容大更加严肃，他问卞容大："你能够为你表格上所填写的一切提供证明吗？"法国老头身后的女孩子，满眼期待地盯着卞容大，一心要证实她的工作能力：她为公司找到了宝贝。 卞容大无法道歉和说明原委了，他只得背水一战。卞容大反问："如果我能够呢？"

法国老头简单地说："那就请你带着证明材料来参加面试。"

卞容大果敢地回答："OK（好的）！"

卞容大忽然发现自己还会洋腔洋调地说什么"OK"，这是他从来也不曾想到的。

女孩子笑了，笑得像太阳，笑得卞容大心里暖洋洋。

卞容大给擦鞋女人的丈夫打了个呼机。 三天之内，卞容大的新证件一应俱全，天衣无缝。 同时卞容大还借朋友的一个公司，调出了自己存放在再就业中心的个人档案，也重新制造了一份。 对于有十几年办公室行政工作经验的卞容大，这一切都不难办。 中国人别的不会，造假还不会吗？ 中国人死都不怕，还怕造假吗？ 平日卞容大在办公室听到的社会流行民谣，现在居然被他一一实践着。

法国欧佳宝化妆品公司，进入中国市场已经十余年了。在中国市场，他们发现了巨大的消费潜力。 于是，欧佳宝公司根据中国消费者的特点，不断推出新的化妆品系列。 这一次，欧佳宝将要推出的是"东方青苔"系列。"东方青苔"系列，品质格外细腻，为皮肤细腻的东方女性和渴望皮肤变得细腻的全球女性特意研制生产。 清雅幽深的香型，采集于西藏寺庙的青苔，为优雅高贵、超脱淡远的女性所特意研制。现在，欧佳宝公司需要一位能够适应西藏气候的职员，去西藏专门从事寺庙青苔的采集和研究。 该职员在西藏采集寺庙青苔的工作状态，会被真实地摄像和拍照，因此这位男子除了富有工作经验之外，最好还有一张典型的中国男人的脸：轮廓模糊，皮肤黢黑，小眼睛，神态漠然，目光里时时闪现狡黠的智慧光芒。 照片将使用在"东方青苔"的产品推荐书和说明书中，专用于公司的全球市场开拓部。 公司给予的条件是：公司提供该职员在西藏的住宿、工作服装以及工作午餐，月薪八千元，高原补贴一千元，每年休假两次。

卞容大正是轮廓模糊，皮肤黢黑，小眼睛，神态漠然，目光里时时闪现狡黠的智慧光芒。 并且人还没有去西藏，额头就已经皱纹累累，饱经风霜。

OK（好吗）？ 法国老头问。

卞容大说："OK。"

法国老头说：你被录用了。

卞容大的最初动机就是游戏一番，可是游戏就这样证明了它的真实性和严肃性。

很简单。 卞容大下岗了，又找到工作了。 他要上班去了。 卞容大与欧佳宝公司正式签订合同之后，黄新蕾哭了。她说："你哪里是什么西藏人！ 你怎么就知道你的身体适应高原气候？ 那么远，那么苦，我们不要挣这个钱了！"卞容大没有说话，只是拍拍她的手。 卞容大知道黄新蕾也只是这样说说的，表示心疼自己的男人。 一年就可以挣十来万，多好的机会，谁愿意真的放弃？ 黄新蕾一边说一边还是积极地为卞容大准备着行装。

卞容大临行的前夜，黄新蕾变得惴惴不安，这里坐坐，那里站站，说是去拿毛巾，结果拎出了抹布。 儿子得知爸爸要远行，去西藏工作挣钱，忽然就懂事了，他晚上没有提出看电视的要求，与卞容大打闹说笑了一阵之后，就去写作业了。 黄新蕾再次清点了卞容大的行装。 卞容大也围着自己的行囊转了几个圈，又想起了一些遗漏的小东西，比如指甲钳子、挖耳勺之类的。 之后，夫妻俩坐在沙发上，目中无物地看着电视，商量了一些家常的事情。 无非是马桶坏了，冰箱好像不制冷了，楼上人家的卫生间又在往他们家漏水了，这个月的电话费发生了奇怪的国际长途，得去电信局交涉了，儿子卞浩瀚的疝气该动手术了，据说现在一住院就是几千块钱，卞婉容也生病住院了，卞师傅来电话借钱了，还是得给儿子请一个家教了，等等。 黄新蕾唉声叹气，说：如今条条蛇都咬人啊。 卞容大苦涩着脸，但他还是温和地拍了拍妻子的手。 夜也深了。 儿子却还在写作业。 夫妻俩无法单独相处，无法有亲密动作；按说应该有，不然彼此都觉得对不起对方，都觉得不太符合人情。卞容大过去，摸了摸儿子的头，说："卞浩瀚同学，该睡觉了。"可是，儿子坚决地说："我不困，我还可以学习。"夫妻俩闻声，互相对了一个眼神，又很快把目光飘走了，两个人都觉得还是应该表扬和鼓励儿子这种罕见的学习精神。儿子获得了表扬和鼓励，更加憋足劲头，要表现给爸爸看一看。夫妻俩无奈地又呆看了一会儿电视。好不容易，他们才等到了儿子上床睡觉。卞容大先去洗澡。等他洗澡出来，黄新蕾已经在打瞌睡。她歉意地揉揉眼睛，赶紧起身，说："我去洗澡。洗了澡就好了。"

在黄新蕾洗澡的时候，卞容大看起了影碟，他酷爱战争片和灾难片。卞容大选择了一部美国电影，片名《黑鹰计划》，是根据真实事件改编拍摄的。这是一九九三年的索马里，联合国维和部队的特种兵遭遇了一场艰苦卓绝狼狈不堪的地面战。影片的许多镜头，是按新闻纪录片的方式拍摄的，且不说战争是多么可怕和残忍，单看索马里人的饥饿与贫穷，就足以使卞容大毛骨悚然。饿死的黑人一排一排的，他们的脚杆子，枯瘦如柴，苍蝇在他们无法瞑目的眼珠上嗡嗡嘤嘤，母亲的奶头干瘪地吊在胸前，婴儿因为吸不出奶水而绝望地哭泣。联合国的飞机空投着食品，地面的黑人奔跑抢夺，互相厮杀，命若草芥。

"太可怕了！"卞容大嗫嚅。黄新蕾从卫生间出来，注视着丈夫。卞容大却入神了，他直直地盯着电影，对妻子说："快来看，真是太可怕了！"

黄新蕾没有过来，她说："你说什么呢？"

"索马里！"卞容大说，"索马里人民过的是什么生活啊！"

黄新蕾还是没有过来，她继续注视着为索马里人民犯愁的丈夫，丈夫明天清早就要远行，今天的深夜却被美国好莱坞的一部战争片迷住了。

卞容大忘情了。他被索马里吓住了。索马里人民的苦难真是触目惊心！战争与饥饿真是残忍可怕！人类的生命居然可以是如此的卑贱和肮脏！怎么会是这样的呢？人类之中的有一些人，难道是没有理智的疯子？

卞容大陷入深深的迷惑，他几乎是自言自语地说："来看，来，快看看！"

黄新蕾停顿了半晌，才说出一句话来："看看你自己吧！"

卞容大没有理会妻子的话，或者说没有听见妻子的话，因为黑鹰被击中了！正冒着黑烟往下栽，所有仪表盘的红色警示灯纷纷闪烁，呜呜叫唤，飞机剧烈颤抖，东倒西歪，时间像闪电一样飞掠而过，世界末日逼近飞行员，一个具有血肉之躯的男人被恐惧撕裂着，这是何等的恐怖啊！这种恐怖的观赏性是何等强烈抓人啊！卞容大情不自禁地握紧双拳，叫道："我的天啊！我的天啊！"

黄新蕾始终没有理会电视，她靠在卧室的房门边，一直注视和等待着丈夫。 一个耐心的等待阶段悄然过去了。 黄新蕾尽到了她的职责，她可以问心无愧地上床睡觉了。 一个男人，作为丈夫，总不能让女人跑过来强行拉他吧？ 作为妻子的女人，那是应该有妻子的自尊的。 何况黄新蕾最近一段时间根本没有情绪，她丝毫不觉得自己有性的需要；她是在尽妻子的义务，纯粹是奉献，她是一个通情达理的女人。 人人都认为黄新蕾通情达理，善于隐忍，卞容大应该了解自己的妻子。 今天夜晚，卞容大更应该尊重和体贴自己的妻子，把眼睛从血肉横飞的战争场面上转过来！ 卞容大无法转动他的眼睛了，电视屏幕上枪炮齐鸣，血肉横飞；密密麻麻的索马里人欢呼着，举着刀枪和木棍，拥向黑鹰的残骸。 美国飞行员，在冒烟的机舱里，拖着断腿，露出极端恐惧与绝望的神色。黄新蕾同样眼露绝望，独自退进卧室，轻轻关上了房门。

电影结束了。 卞容大再去看他的妻子，黄新蕾不见了。卞容大很遗憾。 他一直都以为黄新蕾会过来，坐在他身边，与他一同观看电影，这哪里是电影，简直就是苦难和战争的真实展现！ 然后他们议论电影，大发感慨，怀着感恩之心，感谢造物主没有把他们造成索马里人，作为中国人，已经多年没有饥饿与战争了，这就是天大的幸福啊！ 于是，他们拥抱在一起，共同感受和平与温饱的幸福。 宏观的幸福在他们的互相抚摩之下，渐渐渗透到两个人的具体幸福之中来，离别之苦，将变得轻描淡写，到远方去工作，那是天经地义的事情。 远行的前夜，将给卞容大留下长久的留恋和回味。

但是，黄新蕾独自去睡觉了。

卞容大心潮难平。他靠在沙发上，吸上烟，让自己慢慢平静下来。卞容大平静下来之后，听到了从里间传来的轻微鼾声和磨牙声。儿子在磨牙。鼾声是黄新蕾的。她睡着了。卞容大明天要远行，今夜，他的妻子居然睡着了。不过无论如何，比起索马里人民来，卞容大认为自己应该有满足感。黄新蕾的健康状况太差了，能够这么安然地入睡是很好的事情。大家不都是说男靠吃女靠睡吗？让她睡吧。女人还是健康的好。黄新蕾健康一些，卞容大在西藏就少一些牵挂和担心。很好！卞容大吸完了一支香烟之后，进了卫生间。他轻轻地插紧卫生间的房门，坐在马桶盖上，开始摩挲自己。他在卫生间扭动和痉挛着，跳着男人最隐秘的舞蹈。最后一刻，当他控制不住，要发出叫唤的时候，他握紧了左手，死死握紧。卞容大还是成功地保持了高贵的沉默。可也就是在这一刻，他厌恶了自己所谓高贵的沉默。明天他不想再这样了。明天他也不会再这样了。前路是莫测的，他也不知道自己去西藏会怎么样。但他知道，那并不重要。卞容大变了。卞容大已经暗暗地转换成另外的状态了。卞容大将留下从前的卞容大，一个脱胎换骨的卞容大即将远行。远行是男人永远的诱惑，没有什么能够拴住他们的心。从前的卞容大，恐怕再也回不来了。

卞容大在心里问自己："肯定回不来了吗？"

卞容大听见自己坚定地回答了一个字："嗯。"

开篇

　　一般说来，中国人的生活就是吃喝拉撒。 日复一日，吃喝拉撒。 爱恨情仇的事，即便有，也总是藏得深深的，要叫别人看不出来。 顾命大在武汉经济开发区隐居十二年了，十二年如一日，都只吃喝拉撒，她好生喜欢。

1

　　武汉市经开区的最边缘，有一大片湖区，尚未开发过。湖区深处有一个小村庄，当地人管它叫作无浪村，是经开区收购了土地之后，被原住渔民放弃的村子。 村子四周都是垃圾，村前村后河塘干涸，地坎土坡到处散落着死鱼、臭螺蛳、烂河蚌，却有一种被荒废的安静和被遗忘的安全。 顾命大好生喜欢这里，这里生活很安逸。 在顾命大嫁给河南老九之前，她养过猪，最多长到一百来斤。 顾命大进了河南老九家门以后，她养的猪，能够长到三百多斤，这就充分说明了顾命大喜欢这种生活的程度。

　　无浪村近二十户人家，都是河南籍外来户，都是近十几年逐渐聚集过来的，都沾亲带故，都没有本市户口，平时都互相掩护互相帮衬，打鱼的打鱼，打工的打工，日子过得比在河南好。 就像刘粉娥，今年辞了市内的工，躲回村里来，想要生男孩，第二胎，明摆着是犯法，村里也绝对不可能有人往外说的。 河南老九是最早扎根无浪村的河南人之一，辈分高，人缘好，有点威信，十二年前那个炎热的夏季，河南老九把骨瘦如柴的顾命大带回家，也没人多问。 过了些日子，河南老九把喜糖一撒，喜酒一摆，全村老少围桌一顿豪吃，收了喜礼，放了鞭炮，这桩婚事就成了。

　　待到顾命大收拾了头面、换上新衣服、挨在河南老九身边给大家敬酒，大家突然发现这个女人竟是个漂亮的，与河南老九病死的河南婆子一比，不知好看多少倍，一下子，喜酒吃得更加活跃，男人们借酒盖脸，没大没小，纷纷扯着顾命大敬酒。 也都明里暗里开河南老九玩笑，个个羡慕河南老九有艳福。 最好的是，顾命大又随和又自律，婚宴的敬酒是尽着与大家碰杯，婚后却不再与大家多话，在村里走路实在碰见了，颔首过。 作为全村公认了的河南老九的老婆，顾命大在无浪村有了家。 接下来的日子，就是吃喝拉撒。 一晃十二年。

　　十二年的时间，可不算太短。 时间一长，对于顾命大的来历不明，那些来历清晰的人心里就犯嘀咕了。 嘀咕归嘀咕，表面也还是无人议论，又看河南老九面子，都假装心里没有嘀咕。 好在顾命大十二年如一日地人好，老实又勤快，会做家还肯帮人，那些心里头犯嘀咕的人，顶多也只能说顾命大是个怪脾气。

顾命大的怪脾气，主要表现在两个方面。 一是她坚决不肯出门。 特别是不肯出去逛商店逛市场。 最多只是偶尔救急，比如逢年过节家里做菜，临时短了油盐，河南老九又不在家，顾命大才不得不出门一下，跑一趟最近的烂泥湖村，也只是跑到村口通顺大超，买了油盐就回家，多一眼也不看，多一句招呼也不打。 就算与烂泥湖村人脸碰脸了，顾命大也是低头过，不打招呼的。 除了通顺大超的老板王旺发，烂泥湖村几乎就没人与顾命大打过照面。 当然了，一个河南打鱼佬的老婆，也没有人在意是否与她照面。 二是顾命大的话，也是死活不肯出口的。 平时男人们都出去打工做活，无浪村里就那么几个妇女婆婆，彼此关系也就格外密切，常常一起打麻将、拉闲话。 顾命大不会搓麻，她居然不会搓麻？！ 那么会说话不？ 说闲话拉家常，谁都会的，顾命大也不会。 她总是千方百计不参与妇女的扯闲。 有时候实在走不脱了，顾命大就只听，从不开口。 问她经历，她一脸茫然，一问三不知，统统不记得了。 连她究竟哪一年生人，顾命大也摇头，忘记了。 连别人暗示她性格有点怪，她也不能够理会，且还是一副压根儿就不去理会的模样，看上去有点傻，有点呆，生生硬硬的，油盐不进。

河南老九的老婆顾命大，漂亮是还漂亮，就是古怪，无趣。 只河南老九喜欢他老婆，拿她当个宝。

十二年来，顾命大坚定不移地活在她自己的每天里。 现在顾命大有一头猪，一群鸡，一只猫，房前屋后种了菜，河南老九打鱼。 前几年河南老九就在附近湖里打，附近的汤湖、万家湖、珠山湖、竹林湖、烂泥湖，都打，每天回家，晒网补网，顾命大煮饭，炒两个菜，打一个汤，河南老九是打心眼里说好吃。 后来湖水污染越来越重，有鱼腥气土腥气，难吃，卖不出好价，河南老九就还是去长江打鱼。 早先他就是在长江打鱼起家的。 赚了钱，盖了房子。 有了老婆顾命大，河南老九有两年就不去长江打鱼了。 长江打鱼有点远，要走武监高速公路，七八天往返一次。 不过每次回家，都能够拍出几张红票子，长江鱼就是好赚钱。 夜里灯下，把赚得来的红票子，拿在手里细摸，反复数来数去，夫妻两个心里都很喜悦，再抬起床板，藏进一只废旧高压锅里，夫妻两个心里都很安稳，就要相对看一眼，感觉彼此亲。 一年年地过，骨瘦如柴的顾命大，逐渐养胖了。 她慢慢地吃饭香了，睡觉噩梦少了，不再肚子疼了，不再呕酸水了，不再骨头关节痛了，头顶头发原本掉得只剩几根稀毛，又慢慢长出来，还是茂密乌黑的。

这个世界上，只有顾命大知道自己怎么熬过来的。 现在顾命大心里蛮有把握，认定自己就是要现在这个生活，也就是要继续这样过下去。 每天，吃喝拉撒。 每天，都把吃喝拉撒整好，其余都不管，其余都不想管，其余她管不了。

　　但是，意外发生了。　这一天，午饭过后，顾命大正在喂她的猫咪。　刘粉娥跑过来，一脚跨进门槛，后背"咚"地往门框重重一靠，手机从耳朵边拿掉，突兀地对顾命大说："亲，我爱你。"

　　顾命大吓一大跳，脑袋里轰轰作响。　她不敢看刘粉娥，只当没听见，依然低头喂猫咪。　顾命大自己吃饭，最后留了一口，再拌上一点煮熟的臭鱼烂虾，喂她的猫咪。

　　见顾命大无动于衷，刘粉娥急了，说："喂喂，九嫂啊，听见没有啊？　我爱你啊亲啊！"

　　刘粉娥疯了。　青天白日喊些胡话。　顾命大不睬刘粉娥，继续喂猫咪。　猫咪挑食，从米饭里专拣鱼虾吃，顾命大使劲搅拌，企图使米饭与鱼虾混为一体。

　　刘粉娥自己明白了：呵呵。　原本顾命大不用手机，是一个完全不懂网络的，所以被网络热词吓坏了。　其实刘粉娥只是与顾命大套近乎。　只是刘粉娥一激动，找错了对象。　这个破无浪村，说是在武汉市，其实根本比乡下还偏僻。　刘粉娥躲乡下几个月，胎还没有怀上，人倒是憋闷死了。

　　"额滴个亲娘啊，九嫂！"刘粉娥赶紧打消顾命大的顾虑。　她用极富优越感的口吻，把网络上最近流行的热词，给顾命大滔滔不绝来了一番大启蒙。　与顾命大打交道，是极其简单的事，顾命大明白了就明白了，不惊不诧，不埋怨不责怪，顾命大无所谓。

刘粉娥倒是有所谓。她来与顾命大套近乎，除了情不自禁要展示展示自己紧跟时代潮流，还要拉顾命大陪她去逛集市。刘粉娥年轻，不知轻重，对别人是不管不顾的，一味要求顾命大和她一起去集市。刘粉娥已经打过手机了，知道烂泥湖村今天有集市，那个地摊要来。"那个地摊"是从市区过来的一个商贩，总是贩卖城市最流行的小商品，那个地摊一摆开，满铺都是世界顶级名牌，琳琅满目，流光溢彩，每件只要五块钱。刘粉娥完全受不了这个诱惑。那个地摊在烂泥湖村摆摊有大半年了，隔三岔五来。每一次，刘粉娥都要跑去，不买也要看个饱。最重要的是，这是她的生活。刘粉娥很小就离开河南来到武汉，在市中心打工，二十几年身处繁华闹市，习惯了热闹，当怀男胎没有提上议事日程的时候，刘粉娥只每周或每十天才回村一次。无浪村对于刘粉娥来说，等同于空气稀薄的信息封闭的土气落后的监狱。今天烂泥湖村集市上，有市内来的那个地摊，想要刘粉娥不去逛，简直不可能。问题是今天刘粉娥没有找到别的伴。一般刘粉娥都能够找到结伴的女人。今天刘粉娥没有找到别的伴，就赖上顾命大了。刘粉娥从来不兴独自逛街，独自逛街买个装饰品都没有人帮忙说好看还是不好看，况且砍价还没有人在身边助威，那绝对是不行的。刘粉娥还喜好显摆，"那个地摊"是一个城市帅哥，与刘粉娥关系不错哟，彼此都给了手机号码哟。这种很有面子的社会交际，刘粉娥极其需要有人分享，没有分享就没有价值。 顾命大又没有什么事。
顾命大仅仅只是懒得出门性格孤僻一点。 刘粉娥还是不放过
顾命大，刘粉娥认为自己的需要就是最重要的事情。 刘粉娥
的老公是河南老九的堂弟，现在正跟着河南老九打鱼。 顾命
大是刘粉娥正正经经的九嫂。 自家嫂嫂，还不肯与妹子结伴
去逛逛集市，怎么可以。 刘粉娥是一个不管三七二十一的女
人，赶时尚不怕丑：挤乳沟、穿低领、染彩发、文眉毛、打
手机，喜上网，很自信，个性强，想怎样就怎样，嘴唇总是
涂得红红的像鸡屁眼。 今天刘粉娥嘴唇已经涂好，特意穿着
打扮一番，如果不去逛集市，那不是太亏了。 刘粉娥就是要
个人陪自己，别的，她不管。

顾命大不去。 凭刘粉娥"亲"呀、"亲爱的"乱叫，顾
命大只是摇头。 顾命大也无话解释自己为什么不去。 顾命
大就是一心一意喂她的猫咪。 刘粉娥恼了。 刘粉娥偏要。
刘粉娥不依不饶，把脚尖伸过来，挑衅地一挑，猫咪的碗，
被踢翻了。

今天的刘粉娥，就成了顾命大十二年隐居生活中的一个
意外：死缠着顾命大陪她逛街，还大大发恼，竟然踢翻了猫
食碗。

就在顾命大抗拒刘粉娥的时候，下一个意外紧接着发
生：顾命大眼睛直直地盯着倒扣在地上的猫咪饭碗，半晌就
那么盯着。 刘粉娥以为顾命大也要发恼，忙不迭赶紧叫嫂

嫂，东扯西拉的，说什么猫咪还是吃猫粮比较好，城里养猫都买超市的猫粮，什么那个地摊真的很会做生意什么东西都有，她们一起去了，就可以问他有没有猫粮，说不定就有呢。猫粮对猫咪更好，又免得跟人抢粮食吃，多省事啊。而且除了世界顶级名牌，针对今年夏季太热，人家地摊又备货了时令急需品，有风油精、清凉油、人丹、十滴水、菊花泡饮，一律每件只卖三元，比号称"通顺大超"的烂泥湖村小卖部，货品要齐备多了，高级多了，这种城乡接合部的通顺大超，专门赚黑心钱，要不通顺大超老板王旺发，你看他手上戴多大的金戒指，都是卖"帅师傅""娃恰恰"赚来的——刘粉娥还在喋喋不休，顾命大抬起头，打断了刘粉娥的话，说："我去。"

这个意外，就是风油精。

风油精正是这段时间顾命大特别想要的东西。河南老九浑身长满痱子。顾命大心疼自己男人。每天夜晚看电视，电视上总有广告在说说说：风油精洗澡止痒治痱子有奇效哦。风油精洗澡止痒治痱子有奇效哦。这句话不知不觉就灌输到顾命大脑子里面去了，她心里就一直想要风油精。现在一听刘粉娥说集市地摊有风油精，顾命大就心动了。

刘粉娥直接惊呆。

没错，顾命大的确是答应了刘粉娥。顾命大明确地说了两个字："我去。"刘粉娥一阵阵胜利的狂喜，她意识到自己太厉害了，自己本事太大了，顾命大太给她面子了。 刘粉娥喜不自禁，手舞足蹈，恨不能在村里奔走相告。 她把顾命大奉承了又奉承，恭维了又恭维，说九嫂生得好年轻哦，我今天一定要好好打扮你哦，然后兴高采烈挽起顾命大的胳膊，拉拉拽拽，两人出门。

顾命大踏上了去烂泥湖村的小路。 一场爱恨情仇的事，就此悄然开场。

2

顾命大日常生活里发生了两个小小的意外，它们却将命运的车轮硌了一下，车轮一不当心，掉进陷阱，顾命大还一无所知。 一个人面对纷繁复杂诡异的世界，还真的就是防不胜防。

在踏上小路之前，顾命大还在畏首畏尾，犹犹豫豫，本能惊惧，差点退缩回家。 无奈刘粉娥嘻嘻哈哈，连推带拉。更加上远处是蓝天白云，近处是花红柳绿，美景当前，又叫顾命大的心，狠狠动了一下。 似这样一个白亮明艳的夏季，一条静静的漫长的湖边小路，浓荫遮蔽，虫叫鸟鸣，又四下无人，远近只有湖水与荒地，勾起了顾命大深藏在心的美好回忆。 那时她在大队小学读书，语文老师是城里下放的一个知识青年，知识青年对文学的热爱，发掘出了顾命大的文学感觉，顾命大突然就强烈喜欢语文课，突然就强烈喜欢写作文，突然就强烈喜欢上了上学的那一条湖边小路。 那也是一个白亮明艳的夏季，顾命大与知青老师在湖边小路相遇，一起走向学校，知青老师吟诗一般赞美那些闲花野草，顾命大的心，甜得都要融化，文学与乡村情景交融，在顾命大身上产生了神奇的魔力，令她感受到非凡的空灵和愉悦。 当然，文学的魔力终究敌不过俗世的强大，它没能提升顾命大的人生，她家太穷了，她得尽早下学回家干农活，就连在后来的许多年里，懵懂又孱弱的顾命大，都不曾得以在白亮明艳的夏季，再一次，寻找一个艳阳天，悠闲地走一走她少女时期走过的那条诗情画意的小路。 这许多年过去，忽然，今天，这一条小路，恰如当年梦幻，出现了，在武汉市经开区的湖区最深处，蜿蜒伸展，花枝招展，迎接顾命大。 文学的魔力，悄然再现，顾命大心中一热，惊惧无形消散。 就这样，顾命大不知不觉，脚步越来越轻快，紧紧跟随刘粉娥，来到了烂泥湖村。 多年来一直小心谨慎深藏不露的顾命大，在烂泥湖村露面了，慢慢逛起街来了。

烂泥湖村今天很热闹。 村口通顺大超的场子上，百货小商品、便宜衣服鞋帽、儿童玩具、化肥农药、菜籽菜苗、做米酒的酒曲子……都撑开了摊子在叫卖。 从前的通顺小卖部，现在就叫"通顺大超"，招牌做得巨大，挂在几次扩建、扩建得不再像一个房屋的屋顶上。 通顺大超老板王旺发，穿亮闪闪的仿丝质 T 恤衫，黝黑粗糙的劳动人民手指间，戴了一枚又大又方又厚的金戒指，叼着香烟，一手叉腰，站在柜台前，面对着眼前繁荣景象，一副非常满足的表情。 因为所有摊子，都会给他交一笔场租费。 王旺发是烂泥湖村的地头蛇，水泥场子是他花钱浇成的，自然要收场租费。 还有，商贩们约定俗成的规矩是，所有人，都不得贩卖吃喝拉撒之类的东西。 吃喝拉撒的东西只能由王旺发的通顺大超出售，包括商贩们自己吃喝拉撒的。 王旺发出售的肯定是"帅师傅"和"娃恰恰"之类仿冒食品，这个也是众所周知的，大家也都默认。 人人都要赚钱，人人都要让别人赚钱，这没什么好说的。

刘粉娥一出现，王旺发的眼睛就迎过来了。 对于王旺发的眼睛一亮，刘粉娥假装没看到。 王旺发又朝刘粉娥摆了摆手，刘粉娥不便继续假装，也就简单地把手摆了摆，给了一个敷衍的笑，然后一头扑向那个地摊。 刘粉娥与时俱进了，她已经瞧不上王旺发了，太土气了，如今还戴大板子金戒指，现在有钱有品的男人，时兴戴手表了，戴世界名表。

那个地摊已经开市，被一大群妇女婆婆打了围，水泄不通，生意红火。 地摊摊主陈富强，市内来的年轻人，眼睛在四处逡巡，人缝里看见了刘粉娥，就用眼睛招呼她，两人眼神放了一个电。 顾命大被挤在外围，大热天，人们汗气蒸腾，推推搡搡，风油精在哪里，顾命大啥也看不见，站也站不稳。 顾命大的确太久与世隔绝了，的确没有能力逛街了，刘粉娥见状就让顾命大一边乘凉去，去大槐树底下歇一会儿，先适应一下集市的热闹，风油精由她来帮顾命大买。 顾命大就退出人群，往大槐树树荫里去了。 刘粉娥倒也说话算话，朝陈富强大声嚷嚷先给我两瓶风油精！ 先给我两瓶风油精！ 我嫂子特别需要风油精！ 陈富强很给刘粉娥面子，别人的生意都后一步，先把两瓶风油精给了刘粉娥。 刘粉娥拿到风油精就扒开人群跑出去，在大槐树底下，把风油精交给了顾命大，夸耀说："你看，我说到做到吧？ 抢先买到你要的东西了吧？ 我对你好吧？ 你得耐心等我啊，我还要买东西呢。"顾命大接过风油精，不得不点了个头，就埋脸坐下了。 恐惧又来袭，顾命大实在不喜欢这么多人这么热闹的地方，她总感觉怕怕的，她再不去逛了，啥都不买了，就在树底下埋脸乘凉、打盹儿、看地上的蚂蚁，单等刘粉娥买好了东西就回家。"那个地摊"摊主陈富强，踮起脚，紧紧追随刘粉娥的身影，这就看到了顾命大。 一下子，陈富强脑海里疑云顿生。 他赶紧朝刘粉娥招手。 刘粉娥一看陈富强对自己招手，顿时喜出望外，眼睛亮晶晶，拔腿就往陈富强地摊跑。 你看看人家城里来的地摊，尽管生意并不大，陈富强却说一口武汉话，大夏天也穿耐克旅行鞋、戴太阳镜、戴棒球帽，手上是腕表，货品用登山双肩挎背来，又帅气又精明。通顺大超的王旺发，也一直注意着刘粉娥和那个地摊，他真的很是不爽，就胡乱逮住谁都大声呵斥。 刘粉娥觉察得到王旺发的强烈醋意，心里倒是有点偷着乐。 陈富强也察觉得到，但他觉得自己很冤，他是醉翁之意不在酒呢。 烂泥湖村村口的场地上，风云在暗中涌动。 陈富强告诉刘粉娥，他还有痱子花露水，六神牌子今年出的新款，再给你那个——刘粉娥说："我嫂子。"陈富强立刻花言巧语说："哦，你嫂子呀，那我更要特别照顾了。 今天带货不多，就剩下两瓶了，这一瓶送给你，这一瓶送给你嫂子，给给给，莫被别人抢走了，先给你嫂子递过去再说。"

烂泥湖村的村口，有一个水塘，水塘边有棵老槐树。 塘水发臭，树下是垃圾堆，大热天毒太阳的，臭气熏天，人都不愿意过去，只有顾命大一个人待在那里等刘粉娥。

不过等的时间不长，刘粉娥就过来了，举着一瓶痱子花露水，脸盘笑成一朵大花，那个地摊帅哥简直太给面子了！

刘粉娥报喜似的说："嫂子哎，我又给你拿来了好东西哎，要不要？ 要就要好生谢谢我！"

顾命大看都没有看，急忙说："不要不要，我随么东西都不要，我只要赶快回克！"——顾命大的声音，正是陈富强所要的，人什么都会变，只有声音和乡音是变不了的。 追随刘粉娥过来的陈富强，一下子就听出了顾命大的声音和乡音——地地道道的周陈湾土话。 陈富强激动万分，急眉煞眼，跑步超越了刘粉娥，冲到顾命大面前，叫了一声："妈——"随后，扑通，在顾命大面前跪下了。

陈富强这声呼喊，是晴天霹雳，直叫顾命大魂飞魄散。

顾命大忽然把眼睛睁得老大老大，直直瞪着陈富强，无数记忆，整个人生半辈子，顾命大要拼命忘掉的许许多多记忆，顿时，纷纷涌现，密密麻麻，挤满眼前世界，刺得她眼睛生疼，泪水哗哗流出来。

顾命大是三十三岁那年投河自杀的，没有死成，东躲西藏了二十年。最后机缘巧合，完全是托菩萨的福，神奇地再次遇到河南老九，河南老九把她带到无浪村，他们摆了喜酒成了婚，十二年的日子平安和顺，顾命大基本都是大门不出二门不迈的。不料，今天，顾命大第一次来到集市上，就被陈富强，她的大儿子，找到了。哪有这么巧的事情啊！陈富强，这个坏种，从小就又奸猾又霸道，从小就欺负他的亲娘。怎么老天不睁眼呢？

刹那间，顾命大面无人色，身子打飘，伸手去抓刘粉娥，手到半空，折断了一样，垂直掉落下来，双膝一软，人就倒了下去。

风云突变，刘粉娥惊呆了，王旺发惊呆了，烂泥湖村一场子的人，都惊呆了。而且所有人，都面面相觑，都糊涂了，因为谁都没有注意到发生了什么情况。就是刘粉娥，也只是看见陈富强冲过去，冲过去说了一句什么，她也没有听清。一切都发生得太快了。

3

这一刻，唯一明白的人是陈富强。 唯一狂喜的人，也是陈富强。 苍天有眼! 陈富强终于找到了他们的母亲! 尽管母亲还没有来得及与儿子相认就晕倒过去，也丝毫减损不了陈富强的狂喜。 他认为，这并不奇怪。 一个做妈的，二十年都没有看见的大儿子突然出现在面前，她感情上受到强烈刺激，这是自然的。 第一时间，陈富强实在是为自己自豪：他的寻母，创造了一个奇迹!

顾命大跑掉那一年，陈富强才十四岁。 十四岁的少年，已经懂得家里发生了塌天大祸。 家里一下子没有妈妈了，一天三餐的烧火煮饭断了，家里鸡鸭猪鹅也没人喂食照料了，屋子里乱七八糟，衣服鞋袜锅碗瓢盆连同书包铅笔，要用啥找不到啥了。 这且不说，更可怕更可恨的是，几乎全村的人，都看他们家笑话，这种羞辱，当过大队干部的爷爷陈有锅，实在咽不下。 陈有锅恨得发脾气骂娘、拍桌子打椅子、不吃饭只吸烟。 陈富强的爸爸陈金泉实际人人都叫他歪毛，歪毛是最窝囊的，就只会躲在家里哭喊叫骂，鼻涕眼泪一把把地往四壁甩，往自己三个孩子身上撒气，逮住哪个都死揍。 村里假装同情他们家的那些人，在路上见到陈富强、陈富凤、陈富有三个孩子，就要主动过来问："你妈回家了吗？"个个都是阴阳怪气，笑里藏刀。 十四岁的陈富强，都看在眼里，都懂。

当年流行一首煽情歌曲，叫作《世上只有妈妈好》。 被中央电视台反复演播，搞得全国人民都喜欢唱。 那首歌是陈富强最早接受的关于母爱的表达，母亲这一跑掉，这首歌就让陈富强特别敏感和反感了。 陈富强拉扯着十一岁的妹妹、九岁的弟弟去上学，同学们追在他们后面唱歌，故意地反复唱一句："世上只有妈妈好，没妈的孩子像根草。 世上只有妈妈好，没妈的孩子像根草。"这不是骂人吗？ 陈富强兄妹三人，在母亲跑掉以后，的确是衣不遮体、蓬头垢面、鼻涕拉忽的，连草都比他们干净和精神。 陈富强听着听着就受不了了，转身冲过去，跟同学打架。 一次次，打得鼻青脸肿，打得头破血流，打得不可开交。

陈富强表面上说他也喜欢唱"世上只有妈妈好，有妈的孩子是个宝"，他经常用歌唱来表达对妈妈的热爱、歌颂和想念，这是陈富强写的作文，曾获得语文老师给的高分，在全班当作范文朗诵。 但事实上，十四岁的陈富强，心里非常痛恨妈妈。 他痛恨她不负责任，随便离家跑掉抛弃自己的儿女。 痛恨她不顾家人脸面，致使他们全家遭人背后戳脊梁骨。 痛恨她一点都不考虑大儿子陈富强正要初中毕业准备考重点高中，把这样一个学习成绩很不错的学生娃，一夜之间变成了妈妈——顾命大自己的角色，烧火煮饭打草喂猪，上要照顾爷爷爸爸，下要照顾妹妹弟弟，还有地里庄稼又长草了又要上肥了！ 陈富强也才十四岁啊！ 陈富强痛恨他的家乡。 他的家乡是农村。 痛恨地里的庄稼，农活太苦太累！陈富强也痛恨专横跋扈的爷爷陈有锅，为了他自己的脸面，心狠手辣，每次都逼陈富强考试拿高分，拿不到高分就吊起来打，尽管陈有锅口口声声说陈富强是他的心头肉。 陈富强痛恨他爸爸歪毛，一个油瓶子倒了都不扶的二流子，好吃懒做，就会闲逛、混光棍、惹女人，在村里人人不齿。 陈富强痛恨周陈湾所有姓周的，专门欺负他们姓陈的，搞阴谋诡计，整垮了曾经当过大队长的他爷爷。 陈富强痛恨女同学周稳霞，是她自己主动回头朝陈富强笑的，笑了三次，但却把陈富强写给她的信交给了老师，害得陈富强被全校点名批评，变成了女同学见面就尖叫躲开的小流氓。

母亲的突然跑掉，引起一场剧烈震荡，把陈富强震醒了。 这是陈富强最初的人生觉醒，来得十分猛烈、激愤和莽撞。

陈富强噩梦醒来是清晨，小小少年清楚地发现自己是这样痛恨眼前的一切。 一切一切，他都不可以再忍受一天。一个远大的人生理想，如旭日东升，照亮了少年的心：陈富强得离开家乡，进城打工，赚钱致富，出人头地，讨城市老婆，把户口弄到城市去，彻底做一个城市人，这辈子绝不，再做面朝黄土背朝天的农民，这辈子绝不，回到农村生活！

初中毕业的陈富强，决定放弃报考长淌口公社重点高中，并反复动脑筋想说辞，很有心计地设计好了对爷爷的说法。 陈富强很了解陈有锅。 陈有锅是陈家的当家人、主心骨，家里大小事情都是他说了算。 陈有锅有一双鹰隼般的眼睛，能够穿透人心，如果让他看穿了孙子的心思，他肯定不同意放孙子远走高飞。 陈家老老少少、面子里子、家里地里，都非常需要和依赖陈富强，而陈富强，根本不需要他们，没有他们这些累赘，陈富强才会有希望。

选择了一个凄风苦雨的深夜，光线昏黄暗淡，陈富强面对爷爷，低垂眼睛，严密掩饰自己的心思，首先提起妈妈来。 一提起妈妈顾命大，陈富强未成句，先流泪，然后紧握小拳头，强忍抽泣，勇敢地说：他得放弃中考，放弃念书，进城打工，主要是想一边打工一边寻找母亲。 陈富强冲动又动情，发誓道："爷，我要妈妈！ 家里没有妈妈不成！ 你让我出去，我一定要把妈妈找回来！"

陈有锅一听，震撼了，大巴掌拍在桌子上，喝道："好！ 我孙有志气！"

陈有锅多日的郁闷颓废终于被长孙陈富强的志气驱散，"好！ 好好！"陈有锅激动得再三拍桌子。 他不仅同意陈富强进城打工并且还表示了强烈的支持，掏出了家里仅有的几块钱积蓄，拿出一半来，交给陈富强做路费，悲壮地说："我就知道你！ 我的长孙，是个人物！ 你要给我记住：你，是个人物！ 天生就是！ 你出生的时候紫气东来！ 这是几百年才出一次的吉兆，往上听说那还是陈友谅出生才有过。"

称过皇帝的陈友谅，出生在江汉平原农家，一直是世世代代江汉平原农民的自豪。 陈有锅咬牙切齿地说:"富强啊富强,你一定要把你妈找回来啊!"

"富强啊,你妈丢尽了我们陈家祖宗八百代的脸,你一定要报仇雪恨啊!"

"你,一定要给我把她找回来! 顾命大,她生是我陈家人,死是我陈家鬼! 我活要见人、死要见尸啊!"

陈富强狠狠点头。 陈有锅也狠狠点头。 爷孙俩都有烈火在心里头熊熊燃烧。

翌日,陈富强就离开了家乡。

陈富强健步如飞,一走上318国道,他展望无穷无尽伸向远方的公路,感觉有无限的可能性等待着他,十四岁的少年,发出一声长长的嘶喊,如释重负。

最初,陈富强并没有真的以寻找母亲为己任。 他还是一个十四岁的少年,严格地说他还是一个小孩子,就只是比较有鬼心眼,找到了这么一个足以打动爷爷的理由。 出门一天,肚子就饿得慌,又身无分文,赚口饭吃比什么都重要。一天后,陈富强就在318国道旁边的一家小餐馆洗碗打杂了。 没日没夜地洗碗打杂,做不完的琐碎事,任凭小餐馆夫妇驱使打骂,累到深更半夜倒在床上就睡着,哪里可能有什么寻母的壮举?

至少在进城务工的头十年,陈富强完全无力兑现自己寻母的承诺。 陈富强首先要活下去。 他直接进入的,是他自己的民工生活：陌生、胆怯、羞涩、艰难、辛苦，极度劳累，受尽剥削和冷落，熟悉城市并习惯城市生活，比想象的更加不易。 为了挣到更高的工钱，陈富强连高楼外墙扎钢筋的活，都做过好几次。 那是最危险的工种，要登到几十层的高楼，站在边沿，为固定玻璃幕墙扎钢筋，日晒雨淋，大风摧残，眼看同伴一脚踏空掉下去，当场摔死，还不止一次。 当银行终于有了一点存款以后，陈富强还是离开了危险工种，选择了相对安全的行业：酒店餐饮。 在武汉市待的时间越是长，越是让陈富强意识到武汉市是多么大，周围的陌生人多得超过他的想象力，终于陈富强认识到：他的"寻母"，就是大海捞针。

但是在老家，在村里，在爷爷和爸爸的认知里，他们根本认识不到大城市有多大，大家都眼巴巴等着，坚信陈富强一定会在不久的将来的某一天，突然就把他妈带回家了。 陈富强这个陈家的头男长子，那是很有志气的，很有名堂的。陈富强很满意并陶醉于自己在老家的光辉形象，他当然会努力维护这种形象。 每当逢年过节，陈富强回乡团聚，他总是要在火车上或长途公共汽车上，就编好"寻母"故事的进展情况，基本都是情节曲折，过程复杂，最后是遗憾地尚未成功，不过只差一点点了。 陈富强从小就比较会忽悠人，经过在武汉市做酒店或餐饮，从服务员逐渐升级，做到领班、主管、运营部主任等职，陈富强锻炼得更会说话了。 他见人说人话，见鬼说鬼话，眼耳鼻舌身意所在之处，都可以信手拈来编故事。 陈富强在城市打工练就的这一套看家本领，用来应付在乡下老家日益老去的爷爷陈有锅和爸爸歪毛，应该够用。

之所以说应该够用，而不是完全够用，主要陈富强还不是他爷爷陈有锅的对手。 爸爸歪毛很好对付，大儿子说啥他都信，都听得津津有味，每年春节团聚的目的，主要是想方设法找大儿子要几个钱。 歪毛对其他两个孩子，也一视同仁，或者说一律漠不关心，任其自然生长，对大儿子出生时候"紫气东来"的传说，显然不以为意。 爷爷陈有锅却是不动声色的神情，这情景很冷，很逼人，会让陈富强对自己编的故事露出不自信来。 但又的确，陈有锅特别偏爱陈富强，固执地相信陈富强"紫气东来"，将来一定是个大人物。 每年春节陈富强都要私下给爷爷钱，每次陈有锅都不要，他硬说自己有钱，够花。 他说陈富强挣的都是血汗钱，不容易，又要寻母，路费多，电话多，花销大，钱你自己用，你对陈家是有责任的，是有承诺的，希望就寄托在你身上了。 面对爷爷陈有锅的冷静和话里有话，陈富强很有畏惧感。 陈富强承认爷爷最宠自己，但陈富强同时也认为爷爷陈有锅很自私，很讨人嫌，一直在暗暗给他压力，随着时间一年年过去，似乎在怀疑他没有全力以赴地寻母，神情里头就有些看不起他——陈富强最受不了的就是这个！

是的。 不错。 陈富强心底里也开始恨爷爷陈有锅了。这个老不死的！ 一辈子没有走出乡下老家的死老头子，还敢看不起已经在大城市做过领班、主管、运营部主任的孙子陈富强！ 老不死的！ 走着瞧吧！

当然，陈富强还是最恨母亲顾命大。 都是她害的！ 传说一会儿是她自杀了，一会儿是她被人贩子卖到河南了——她又不是不识字的——为什么宁愿被人贩子卖都不回家呢？！ 真不要脸！ 不管怎样，活要见人死要见尸，陈富强不会放过害他们全家的贱女人！ 不是不报，时候未到！

4

不过的确，爷爷陈有锅看人看事都非常眼毒。 有几年，陈富强是有点走神。 问题是这个死老头子是过来人，他应该明白自己的孙子在青春期的正常生理要求啊，陈富强难道不需要花时间花精力先去解决自己的个人问题吗？ 爷爷陈有锅难道不应该首先关心孙子男大当婚的人生大事吗？ 死老头子！ 眼看他一年年衰老，眼看他啥都不顾了，眼看他慢慢就剩下一个心思：活着看到陈富强替他把顾命大带回家！ 活着把这张老脸的脸面给争回来！ 可是，陈富强有自己的人生要建设，因为这个穷得叮当响的家里，没有任何人可以帮陈富强，一切全靠他自己。 不过陈富强也从来没有忘记过寻母这件天大的事。 毕竟，话说回来，这个穷得叮当响的家里，就这个满腹深仇大恨的死老头子，从来，坚决，不要陈富强的钱，总是叮嘱陈富强把钱攒起来，这也算是天大的支持了。

陈富强对爷爷陈有锅的感情复杂，一会儿阴一会儿阳的。 陈富强认为：这也都是他母亲顾命大造成的。

　　陈富强在二十岁之后有那么三四年，男性荷尔蒙汹涌澎湃，导致他的主要经历，集中在了性的需求和探索上。 这期间，陈富强嫖过妓，主要在发廊和休闲屋。 嫖妓感觉很不好，不是匆忙潦草，就是虚情假意，再就是遇到警察扫黄，狼狈逃窜，吓得要死。 陈富强就想找个对象谈恋爱。 民工在城里找对象谈恋爱，太难了太苦了。 比如陈富强爱看书，偶尔会去图书城或者图书馆，在这些地方，陈富强也遇到过合意的女孩。 双方一约会，女孩子发现他是民工，约会就不再有第二次了。 痛苦！ 这种痛苦都不能叫作痛苦，那叫锥心刺骨，痛不欲生！ 后来有一次，陈富强跟着朋友去某个工地上玩，遇到大篷车商演。 演出队最年轻漂亮的演员嘉玲，正在纯情而忧伤地演唱《心雨》，这是陈富强最最最喜欢的一首抒情歌曲。 陈富强一听就听到了心坎上，腿就走不动了，眼睛直直地盯住嘉玲。 嘉玲也一眼看上了陈富强。 每首情歌，都看着他的眼睛唱。 陈富强也从来没有这么激动过，想都不想地，举起一张百元红钞，摇啊摇地递了上去，全场哄笑鼓掌，大篷车团长不失时机地喜气洋洋地替陈富强下了一场钱雨，在他头顶上撒了一大把一元钱的钞票。 演出结束，陈富强就带嘉玲去吃消夜，两人当夜就好了。 马上陈富强忙着搬出集体宿舍，忙着单独租房子，一日不见如隔三秋的这对男女青年，很快同居了。 一同居，话说多了，才发现，两人的武汉口音里都露出了乡音：原来嘉玲的本名叫周春枝，老家就在周帮。 周帮就是陈富强十四岁出来，最初混过的地方。 甚至，嘉玲也知道那几家小餐馆，专门收罗死鸡死鸭，冒充活鲜家禽，重味烧卤好了，高价卖给国道上的大卡车司机们吃，赚了很多钱。 嘉玲家里还有亲戚嫁到周陈湾呢。 嘉玲很热情很巴结地说我们哪天回周陈湾看望你爷爷和爸爸吧。 那么，嘉玲问，你妈呢？ 陈富强摇头。 嘉玲不悦。 你妈呢？ 死了！ 怎么死的？ 陈富强摇头。 怎么死的？ 陈富强还是摇头。 么样死的沙？ 嘉玲的同乡口音就出来了，颇具威胁性："你不告诉我，未必我就不晓得打听？ 周陈湾未必我就找不到地方？ 两人都在一起了还兴藏着掖着？ 又不是有什么见不得人的事。"陈富强听到这里，心头火起，抢起巴掌，扇了嘉玲一个嘴巴子，嘉玲反应也快，反手甩过去也扇了陈富强一个嘴巴子。 一场在陈富强看来轰轰烈烈的爱情，就这样结束了。 事后陈富强又把这一笔账，记到了他母亲顾命大头上。 陈富强有强烈的心结，就是不想要自己喜欢的女生，了解他们陈家的根底，知道他母亲的丑闻。 再说，说穿了，女人仅有漂亮是不够的。 男女双方都是乡巴佬，将来后代还不是乡巴佬，户口还不是进不了城。

陈富强有了一些恋爱经验以后，冷静下来，认为自己应该找一个武汉本市姑娘。 一般这种姑娘对乡下不感兴趣，不会多嘴多舌，对他们家事情刨根问底。 更重要的还有，按规定孩子的户口随母亲，那么将来陈富强的后代，自然就是武汉市户口，自然就是城市人了。 不过，嘉玲的确漂亮，眼睛亮闪闪的像星星，脸蛋光润润的像丝绸，陈富强真心舍不得。 但是舍不得也要舍。 这场爱情结束以后，陈富强大病了一场。 后来，陈富强相中了李莲莲。 那时候，陈富强从"俏江南"出来，被"俏红南"挖去做台面主管，李莲莲正好辞工离开"俏红南"。 李莲莲是收银员，很受老板信任的职位，主管陈富强找她谈，说这么好的职位放弃太可惜，李莲莲低眉顺眼，语言简短，只说没有什么好谈，不想做就不做了呗。 几个月之后，陈富强又被更高的薪水挖到"湘鄂情"，李莲莲就在隔壁的"阿二靓汤"做收银。 陈富强观察到，李莲莲总是正襟危坐，收银认真，聚精会神，不苟言笑，与其他迎宾小姐，也没有过多的聊天玩耍。 一回生二回熟，他们也算是熟人了。"阿二靓汤"生意没有"湘鄂情"好，李莲莲想跳槽到"湘鄂情"，找陈富强打听。 陈富强就请李莲莲喝咖啡。 在喝咖啡之前，陈富强已经摸底了。 李莲莲是武汉市人，早年发生车祸，父母双亡，她在叔叔婶婶家长大，与他们没有多少感情，她读了财会学校的专业，靠打工养活自己。 李莲莲最大的缺点就是长相，她个矮、人胖、两只眼睛明显不对称。 但是长相的缺点对陈富强来说不是缺点，是与他匹配的一个条件。 如果李莲莲是一个漂亮的城市姑娘，她还会要民工出身的陈富强？ 就算陈富强堪称帅哥，那又怎么样？

陈富强是民工出身，但是陈富强并不想永远都是一个民工。 在十多年里，陈富强经历了五花八门的大小餐馆，他完全了解了这个行当暴利的秘密：进货。 假烟，假酒，假冒伪劣原材料，以次充好的鱼翅燕窝等高级食材。 陈富强已经起心自己单门独户做餐馆，怎么黑，他都会。 就是千方百计低成本、高利润，只要心狠，不难。 差就差个搞财务的，会做账的，会应付税收、收银不搞鬼的，这个合作者，要想和你完全一条心，那就只能是你的老婆。 李莲莲正好合适。

两人一起把咖啡一喝，陈富强的老婆就是李莲莲了。 决定了李莲莲，陈富强又想起了嘉玲。 把两个女生的长相一比，陈富强不免抹了一大把眼泪。 但是做老婆，绝对李莲莲合适，陈富强的后代立刻翻身做了城市人，他又不免美滋滋地哈哈大笑一通。 李莲莲到底是城市女生，不漂亮身价也还是在那里，也是有底线的，就是不肯轻易与陈富强上床，就是要考验陈富强，要看看他究竟是否诚心实意有爱情。 陈富强是精明人，立刻明白，便立刻拿出爱情来，竭力模仿轰轰烈烈的感觉，玫瑰巧克力星巴克咖啡烛光晚餐生日快乐，一样都不少。 大半年过去，陈富强表现不错，他俩这才搬到一起，正式开始恋爱走向婚姻。 就算长相平庸如李莲莲的女生，也总还是遗憾陈富强的乡下出身，总还是嫌陈富强的武汉话不够标准，乡下口音。 这当然让陈富强很讨厌，但是人不可能十全十美。 嫌弃乡下口音的问题，陈富强忍了。问世间情为何物，陈富强认定还是利弊权衡得当就好。

在爱情婚姻问题上，陈富强再一次表现了他过人的聪明。 十四岁的农村少年在外出打工十多年以后，成功地带回了城市出身城市户口的老婆，在周陈湾，这可是一项丰功伟绩了。 陈富强把李莲莲带回家乡周陈湾，举行了隆重的婚礼，尽管是黄泥巴地，李莲莲还是穿着洁白的曳地婚纱，陈富强是西装革履鲜艳红领带。 这场喜事轰动了四里八乡，乡人们看热闹是人山人海，陈富强全家人，对着人山人海一大把一大把撒喜糖，那个群情沸腾啊。 就这场婚礼，明显让爷爷陈有锅年轻了好几岁，也让陈富强的歪毛爸爸好好地享受了一番得意忘形。 这番衣锦还乡，光宗耀祖，使得爷爷陈有锅感激涕零无比沉醉，破天荒自觉没提陈富强的寻母之事。

然而，陈富强自己，在婚后，倒是把寻母之事，郑重地，提上了议事日程。

5

仇恨是逻辑的基础。 就算没有逻辑的事情，仇恨也可以踏出一条逻辑的小路。 婚后，陈富强总不能永远对老婆不提自己的母亲吧？ 永远不提就是有意隐瞒什么，日子长了老婆会因此瞧不起你。 陈富强绝对不可以被老婆瞧不起！ 告诉老婆说母亲死了，万一以后出现了呢？ 顾命大，你这个该死的下贱的女人！ 太害人了！

再一晃，陈富强的儿子出生了。儿子成长得很快，转眼就牙牙学语了。儿子就问奶奶呢？因为别的小朋友都有奶奶呀。告诉儿子奶奶死了，万一以后出现了呢？而且陈富强的儿子，最好是爷爷奶奶双全，这才是正常家庭，不然村里人还是会在背后讥讽嘲笑。陈有锅在荣升太爷爷之后当然万分高兴，自然也更加万分地依赖陈富强了，他抓住陈富强的手不放，悄悄地反复地恳求：赶紧为你儿子找到奶奶吧！你总要给你儿子一个交代的啊！还有你爸，他病成这样了，他需要老婆伺候啊！爷爷我做不动了啊！爷爷陈有锅日渐老朽，仇恨的怒火却更加炽烈，似乎他那一把老骨头，就是为报仇雪耻在强力支撑着：你不给我把她抓回家，我死不瞑目！爷爷陈有锅已经七老八十了，爸爸歪毛也已经五六十岁了，已经两次中风，半瘫痪了。都是爷爷陈有锅每天为儿子歪毛烧火做饭，端屎端尿。这应该都是母亲顾命大的事情啊！陈富强看得心酸，曾经威风凛凛的大队干部陈有锅，这个一辈子挺直腰杆绝对不肯输人的男子汉，硬是打掉了牙往肚里吞，一直死撑着不肯倒下，家里家外风里雨里，都是他一个人，对外还总要装出笑呵呵，对孙子也开始卑躬屈膝地恳求了。都是顾命大害的！这个该死的下贱的女人！陈富强看他爸爸歪毛也可怜，吃喝拉撒自己都搞不定，蓬头垢面，胡子拉碴，满脸鼻涕眼屎，这都是顾命大害的！这个该死的下贱的女人！人家都说伟大的母亲，文学也都歌颂母亲的伟大，为什么偏偏陈富强的母亲顾命大这么下贱？！

乡村就是这样，家家户户，日子都是比着过，比着过是他们生活的动力。针尖对麦芒，你家比别人好你就脸面光彩，你才有资格笑话别人。就算你家得了重孙子，你家女人跑掉了一直不回家，据说还被人贩子卖，这就还是一个笑柄。你家男人过得叫花子不如，这就是一个笑话。而陈富强兄妹三人，都在外面打工，肯定是不可能待在村里照顾老人病人的，年轻一辈人都有自己的生活，那是绝对不可能返回乡村，照顾老弱病残、刨土种地的，现在是母亲顾命大照顾老小的时候了。所以，寻母就是一个硬道理了，陈富强必须得抓紧寻母了。

怎么寻母？怎样下手？事情就是这样巧妙：人生可以谋篇布局，寻母也可以构思策划。

三岁的儿子上了幼儿园，有一天陈富强骑自行车来接儿子，儿子却问："爸爸你什么时候开小车来接我？就像我们班上小朋友的爸爸一样。"陈富强心头就被狠狠一撞：买车！好吧，咬牙买车吧，不能让儿子输在起跑线上，别人有的，陈富强的儿子也一定要有。娶妻买房，要还房贷。生子买车，要还车贷。怎样才能赚更多的钱？这是一个异常严峻的问题。

陈富强冥思苦想。冥思苦想。陈富强已经在开自己的新农牛肉店，生意还不错，武汉经开区有一家，他还想在十里铺再开一家连锁，财务有老婆李莲莲。妹妹陈富凤也来了，管大堂。 弟弟陈富有也入股了，管进货送货之类业务。陈富强做董事长总经理。 问题是现在的餐饮行业，生意已经做穿了，都用最低廉的化学原料了，利润已经高得像神话了。 但是，食材原料水涨船高，一直在涨价，就这赚钱，钱也还是不够多。 生意不错是不够的，生意要火爆才行，要顾客盲目到不管三七二十一，都想买你家牛肉，都想吃你家牛肉面，都想喝你家牛肉汤。 如何才能够做到让顾客盲目热情？ 陈富强冥思苦想。 冥思苦想。 有了：出名！ 只有你出名了，社会热情才会盲目高涨。 看看那些娱乐明星，看看那些广告，看看那些广场上和写字楼里举办的讲座活动，不就是千方百计想出名吗？ 冥思苦想的陈富强，有一段时间天天看报纸，做剪报，将社会轰动事件剪辑成册，再仔细研究。 突然，陈富强笑出声：自己不是正有一桩事情可以轰动社会吗？ 寻母——孝子寻母！

关键是"孝子"！ 社会吃这个！ 孝子陈富强跋山涉水备尝艰辛坚忍不拔持之以恒寻母二十年！ 只要媒体一报，陈富强绝对出名，就再也不愁顾客盈门、商超找他进货，共和国脊梁之类的奖，都有可能评选到他。

构思出来了。 办法找到了。 一举两得。 一箭双雕。陈富强挠挠自己脑袋，感觉自己怎么就这么聪明啊！

就这样，陈富强咕咚一下子，茅塞顿开，迷上了孝子寻母这个构思。 原本陈富强就是有创造奇迹的梦想和渴望的。

内心深处一直觉得自己是一个非同凡响的人物。 老婆李莲莲再不漂亮，在陈富强面前，也还是有城里人的优越感，等到陈富强做出惊天动地的事情来了，李莲莲那还不是彻底折服。 说不定嘉玲也会慕名而来，他俩旧情复燃，陈富强就可以来一段婚外情了。 嘉玲漂亮陈富强帅，一个情字怎了得。那么陈富强的人生就丰富多彩了。

说做就做。 行动起来。 行动是需要投入成本的，他启用了自己的私人小金库。

陈富强暗暗地，悄悄地，开始了真正的寻母行动。 他隐瞒了家里所有人。 陈富强不傻，所谓"寻母"项目有一举几得的好处，那都是虚拟。 成则有，败则无。 失败了等于他所有的投入血本无归。 成功了才是惊喜。 等到成功了再让大家惊喜不迟。 接下来，陈富强都是只身一人，以考察连锁店、学习参观、开拓原料生产基地、听大师讲座、与投资人见面谈合作意向等理由和借口，到处"出差"，不断外访，四方打听，河南湖北两地跑来跑去，郑州、信阳、襄樊、孝感、老河口，陈富强都跑遍了，折腾了几年，最后锁定了河南人这个群体。 因为在陈富强获得的情报里，他的母亲顾命大，最后应该是被河南人贩卖了。 人口贩卖这一条线，多年来，湖北河南是熟门熟路了。

于是，大半年前的一天，天气不错，有太阳，武汉市经开区烂泥湖村通顺大超的老板王旺发，与长年在通顺大超门口玩麻将的三个老头子，远远看着一辆路过的长途公共汽车，在通顺河的青石桥那边停了一下，放下了一个人。 这个背着巨大的登山包的陌生人，径直朝烂泥湖村走过来。 这就是陈富强。 几年来到处捕风捉影屡遭失败的陈富强。 这一次他又顽强地振作精神，以小商贩的身份，以摆地摊的形式，进驻经开区的烂泥湖村集市。 因为据说武汉市的河南人，主要聚居在这一片偏远又荒芜的湖区。

在几双警惕、沉默且淡漠的眼睛注视下，陈富强一直走到场地上，卸下背包，跑到王旺发等人面前，敬奉了香烟，送上了两瓶黄鹤楼酒，作为门槛礼，放在了通顺大超柜台上，请王旺发收了。 王旺发点了点头，陈富强就摆开地摊做生意了。

陈富强地摊的货品，明显是针对妇女婆婆这个人群的。他隔三岔五来一趟，十分热情地接待所有妇女婆婆，也很有兴趣与她们聊天攀谈，推荐价廉物美的商品，接受她们的讨价还价。 陈富强地摊的好口碑很快传开，湖区各乡村的妇女婆婆们奔走相告，陈富强的生意越来越好。 但是大半年过去了，陈富强几乎认识了湖区所有的妇女婆婆，就是没有母亲顾命大的蛛丝马迹。 刘粉娥很快就引起了陈富强的注意，她年轻好时尚，热情又活跃，有明显的河南口音，还口无遮拦喜欢说话，虚荣心强很容易上钩，陈富强给她丢几个眼神，买东西给更大优惠，刘粉娥就喜欢上了他。 为了接近刘粉娥，陈富强特意进了许多时髦的世界顶级名牌小商品，当然是极其便宜的假冒仿制品。 刘粉娥发觉陈富强在曲意奉承她，也就积极地投桃报李。 陈富强每次出摊，刘粉娥都会过来热情捧场。 一来二去，两人就熟了。 陈富强借着忙生意，将刘粉娥希望的热聊，控制在一定的温度之下，是有一搭无一搭的节奏，也将与刘粉娥的对话，控制在两个话题上，一是"河南人聚居在附近哪些村庄"，二是"你能不能帮我带过来更多顾客"。 陈富强太聪明了。 首先他对刘粉娥没有个人兴趣，丰满微胖浓妆艳抹热情夸张型并不是陈富强的菜。 其次他这是在深入虎穴暗中寻母，必须小心翼翼，河南人又不是好惹的。 再说陈富强也觉察到了王旺发与刘粉娥的微妙关系，他也不想得罪王旺发。 问题是王旺发似乎对刘粉娥非常有意思，所以尽管陈富强觉得自己拿捏得当，王旺发还是强烈吃醋了。 陈富强生意太好了，王旺发不高兴，其他小商贩也不高兴，感觉上陈富强树敌不少。 陈富强实在冤枉，他真的不是为了赚钱啊，他有他的目的啊，这话不能说，也说不清。 唉，社会上，人群中，条条蛇都咬人。 烂泥湖村表面上就是一个普通村子，看上去人们都只为吃喝拉撒。 但是陈富强一旦置身其中，复杂的利益纠葛与情感纠葛都开始发生，与所有人之间的分寸，他都必须小心把握。 陈富强的寻母，真他妈的太不易了！

后院也起火了，老婆李莲莲的吵闹正在逐步升级。 发现陈富强频繁出差，鬼鬼祟祟，谎话连篇，李莲莲就认定陈富强外面有人，陈富强赌咒发誓，断然否定。 过几天，李莲莲又发作了。李莲莲的直感告诉她，男人在家心不在焉，谎话连篇，肯定就是在外面有事。陈富强被吵得烦死了，动手打了老婆。李莲莲不和他对打，直接110，报警家暴。

吵闹是吵闹，否定是否定，陈富强的寻母项目还是在继续，他是一个开弓没有回头箭的男人。以后给惊喜的时候，李莲莲感谢他都来不及。陈富强还是在继续躲躲闪闪、频频外出、托朋友做笼子、撒谎编故事，还加上摆脱老婆李莲莲的跟踪吊线，真是很费力伤神啊。看来中国实在是太大了。找一个人太难了。要是一个普通人，早就放弃寻母了，都二十年无影踪了啊！陈富强告诉自己：他不是普通人，他必须盯住目标，排除万难，坚忍不拔。

只不过烂泥湖村太复杂了，人头也都摸排过了，完全没有有效信息，陈富强真是有点顶不住了。这个地方不知道为什么，有时候蓦然一阵阵地，让他后背发凉。今年这个夏天又特别溽热，陈富强进货背货，大老远转乘几次公共汽车，跑到烂泥湖村来摆地摊，也实在累坏了。看来烂泥湖村是又一次失败。这是最后一次了。然后，陈富强准备撤了。

然而，今天到了。今天！

这是陈富强一个无比幸运的日子！

到底还是刘粉娥，陈富强预感没有错，陈富强没有白下功夫，没有白聊，没有白丢暧昧眼神。刘粉娥终于把他母亲顾命大，给带出来了，不知从哪一个人鬼不知的角落。远远看模样，陈富强还拿不准。一听到说话，陈富强就拿准了。

这就是母亲顾命大的口音和嗓音。 母亲顾命大的嗓音和口音，都没有变化，与二十年前一模一样。 天哪！ 功夫不负有心人啊！ 陈富强的心狂跳起来，其实他并不想跪下的，不知道怎么双膝一软，扑通一声跪下了。 跪就跪了，不丢人。 这场戏，只会演得更真。 在母亲顾命大面前，他是孝子啊！ 陈富强是天大的孝子啊！ 他被自己感动了，他涕泪横流，他跪拜苍穹，双手合十，谢天谢地，陈富强果真创造了一个奇迹。

6

大儿子陈富强的突然出现，把顾命大吓坏了。 往事随之出现，汹涌澎湃，势不可挡，一下子冲毁了顾命大花了二十年时间筑建的记忆堤坝，硬是把顾命大，活生生拽回了她的人生起点。

死亡在人生起点那里，就一直觊觎着顾命大。

一般说来，人人出生，都是以存活为目的的。 至少人人的父母，肯定是想要一个活婴的。 可惜顾命大不是。 顾命大投错了胎，她父母不想要她活。 她父母已经生了两个女孩子，这一胎只要男孩。 乡村贫苦农家，溺死女婴的理由太多了。 无论是传宗接代、劳动力抑或赔钱货，任一理由，溺死女婴，众人都会表现得善解人意，这是因为，众人的每一个自己，随时随地都有可能面临这种艰难抉择。 自古以来，要生儿子，本身就是一个天大的理由。 不能够生出儿子，往往被认为没本事；生了儿子，往往被夸赞有本事。"那男人不行！"这是男人一辈子最大的没脸。 邻里之间，鸡毛蒜皮的争嘴，只要有人公然以没有本事生儿子来羞辱对方，很容易结下血海深仇。 顾命大的父母，当然也不例外，最害怕一辈子人前抬不起头，在村里没脸做人，因此这第三胎，溺死女婴的打算，早就做好了。

何况顾命大来得真不是时候，那是 1961 年。 1961 年冬季的中国，大饥荒已经持续了一年多。 湖北紧邻的河南乃至更西边的甘肃，不断传来饿死人的消息。 这种年景，谁愿意多一张要吃粮食的嘴？ 偏是顾命大的父母想儿子想得发疯，趁年轻力壮勤耕苦作，在饥荒年也侥幸坐了胎。 大约这也是他们家住在潮恩村的缘故。 潮恩村位于湖北省沔阳县长淌口公社潮恩大队，是江汉平原上的一个小村庄，这一带被老百姓称作沙湖沔阳州。 正如民谣说的，"沙湖沔阳州，十年九不收，只要一年有的收，狗都不吃锅巴粥"，丰收一年，够吃十年，土地的确是无比丰饶。 潮恩村就算年年发洪水，村前村后的田野上，无数大湖小泊，总有野莲藕野菱角生长。就算地里颗粒无收，人家房前屋后，也是前有水塘后有小河，水里头总有小鱼小虾以及各种生物很快冒出来。 1960年大饥荒，地里庄稼颗粒无收，潮恩村除了几个老弱病残死掉，倒也没有更多的人饿死。 主要是男人们饿得浮肿、黄疮、手无缚鸡之力，妇女们饿得皮包骨头、月经停止、无法坐胎。 顾命大的父母为了坐个男胎，想了千方，设了百计，不怕恶心，不要脸了，也不顾中毒丢性命，吃蚯蚓、蟋蟀、壁虎、癞蛤蟆，吃野外桑树林子的蚕茧，吃厨房水缸旁边的鼻涕虫，吃河沟的蚂蟥。 顾命大的母亲，吃得恶心，哇哇地呕吐，又闭眼睛咬牙齿地把呕吐物吞下肚，他们吃下去的活物，那是肯定比草根树皮观音土顶事的。 果然，顾命大的母亲成功怀孕。

顾命大的父母不顾一切吃虫子的行为，遭到乡亲们的严重鄙视。 乡人尽管都饿得有气无力，还是在背后戳他们脊梁骨，说："他妈屄像一对河南佬！"顾命大的父母忍气吞声，装聋作哑，只为忍得一时之气，免去百日之忧，只要生了儿子，就一俊遮百丑了。 在江汉平原，河南佬是低等人的代名词。 由于河南的贫瘠与湖北的富庶形成鲜明差别，祖祖辈辈都有河南人逃荒到湖北，形成了一条几乎固定的乞讨之路。每年青黄不接时候，河南人就背一只肮脏的包袱，成群结队，拖家带口，沿路要饭，来到江汉平原，寄居破庙、破败的祠堂、废弃的牛栏猪圈或者干脆就睡在铺子或人家的屋檐下。 他们没法梳洗，胡子邋遢，浑身跳蚤虱子，偷鸡摸狗，满嘴谎话，好吃懒做，死皮赖脸，怎么赶也赶不走。 久而久之，在江汉平原老百姓的词汇里，生成了"河南佬"一词，是极具歧视性的蔑称，算是最瞧不起人的狠话了。 顾命大的父母，在怀胎十月里，默默承受着乡人的蔑视和詈骂，满怀仇恨，只要生出了男孩，就是替他们报仇雪恨了。于是乎，顾命大必死的因素，又多了一种。

那是1961年隆冬时节，顾命大的母亲临产了。从河坝村请过来的接生婆鬼爪子，踩着雨水泥泞，在最后一刻赶到潮愿村。顾命大的爹，当鬼爪子的面，提进一只粪桶，放床头，又倒进了半桶水，盖上盖。这个举动，鬼爪子完全明白，那就是说，如果是女婴，直接丢粪桶淹死。所以当鬼爪子接出婴儿之后，第一时间，就是扒开婴儿的大腿根，让婴儿父母过目。现实很残酷：新生婴儿没有父母朝思暮想的小鸡鸡！产妇顿时苦泪横流。顾命大的爹，接过女婴，看都不再看一眼，顺手丢进了粪桶。

奇迹发生了：就在鬼爪子喝完了东家犒劳的一碗炒米茶，正要告辞时，粪桶里传出清晰的婴儿啼哭声。顾命大还活着。没有死掉。粪桶漏水。这只粪桶干裂了，箍松了，水早就漏掉了。

顾命大的奇迹，并没有止于此。后来震惊潮愿村，并且让四里八乡人人称奇的，是后面还有奇迹发生。女婴没能溺死，还鲜活地哇哇啼哭，雪白的胳膊腿很有力气地动弹，顾命大的父母，就再没有勇气亲自下手弄死自己的孩子。他们拜托了接生婆鬼爪子。接生婆鬼爪子面前出现了一份重礼：一坨红糖加一包京果麻枣！这在吃草根啃树皮的日子里，简直金贵到就是性命本身。这金贵的性命般的高级食品，原本是为生了儿子的产妇坐月子准备的。鬼爪子迟疑了片刻。

但她终于无法抗拒。 为了不让女婴多受罪，接生婆鬼爪子默认了女婴父母的决定：让这个女胎早死早托生。 鬼爪子把女婴揣进自己怀里，连夜跑到人烟稀少的荒野，丢进了树丛。这天北风呼啸，冷气刺骨，空中开始飘雪。 这一夜过去，女婴肯定冻死。

第二次奇迹发生了：翌日上午，大雪初霁，阳光普照，黑白大花喜鹊，在接生婆鬼爪子屋外枝头上，雀跃欢叫。 鬼爪子大门一开，迎来了几个巡逻队员，带着高大凶猛的四眼，怀抱女婴，威风凛凛的。 巡逻队员们连调查和询问都免了，十分肯定地冲鬼爪子大吼大骂：鬼爪子你妈个老屄！ 巡逻队员们说：你吃了豹子胆啊？ 不睁眼看看泄洪道是什么地方啊？ 在这里乱丢死伢子给共产党抹黑啊？ 你个日姐姐的谁不晓得重男轻女是犯法啊！ 这新社会了你还敢重男轻女？你心里放清白一点，赶紧把女婴还回人家去！ 你们莫瞎搞搞啊，瞎搞搞是要坐牢的杀头的啊！ 妈个老屄你们这些乡巴佬，怎么连狗都不如啊？ 这大雪下得呜呜的，四眼都一定要奔出去，直接就奔去救了这女婴的命哩！ 你们这些日姐姐的，真是连狗都不如。 你个鬼爪子接生婆，谁家有生养，你还敢说不晓得。 给老子们送回去！ 巡逻队员把女婴塞给鬼爪子，逼她发誓，说：我要是不送回去天打五雷轰。

一个乡下接生婆，对高高在上、雷霆万钧的公家人，丝毫没有反抗能力，只能抖抖地照说一遍："我要是不送回去天打五雷轰。"不过鬼爪子又很相信发誓，一旦发了誓，绝对不可违背，这一下把鬼爪子愁得要死，她不知道为什么这个女婴的命这么大？原来，作为农妇的鬼爪子，从来就没有搞明白：她们河坝村坝外的荒野，并不是荒野，是泄洪道。这里是湖北省沔阳县杜家台分洪闸。这座分洪闸是30孔巨型闸门的钢铁大闸，国家级水利工程，1955年开工兴建，工程指挥长直接就是湖北省省长张体学。建成后设立的分洪闸管理所，所长直接就是县长的级别。这座大闸是直接保卫大武汉和调节长江全流域洪水的，管理完全是军事化。为防止阶级敌人搞破坏，日夜都有闸管所专职的巡逻队。四眼可不是什么土狗子，是闸管所公家养的狼狗，在警犬基地出生的德国杜宾犬的杂种后代，厉害极了。

由于乡村老妇的稀里糊涂，对国家重点工程的毫无认识，又由于一条嗅觉特别灵敏且来自德国的狼狗，作为顾命大的新生女婴，也就再次发出了清晰的啼哭。

巡逻队员离开后，愁眉不展的鬼爪子在大门口扫雪，偶然发现隔壁新河村的别春芳路过。鬼爪子灵机一动，叫住了她。别春芳是一个灵姑。

又一个奇迹发生了：鬼神出面救命。

自古以来，江汉平原盛产灵姑，昌盛时期，凡有人群的地方，都会有灵姑。灵姑不是巫婆，不是法师，她不作法的，无须借用任何形式装神弄鬼，她就是一个邻家妇女，平时也从事劳动生产，也正常嫁人生子烧火煮饭。灵姑的特殊技能是会腹语。 鬼神通过她的腹语，与人类通话。 如果谁家需要和自家过世的鬼魂说话，那就得请灵姑。 或者从技术上解释：灵姑是鬼神的翻译，是阴间和阳世的桥梁。 由于有灵姑的沟通，无数乡人，才得以突破凡夫俗子的局限，与家族故人倾诉愁苦，很多难以解决的矛盾，也就在商议中，得以化解。 请灵姑的效果非常显著：一般人家请过灵姑之后，感觉祖先亲人并没有走远，还在冥冥之中保佑家人，因此心情好多了，脾气也好多了。 自古以来，作为江汉平原芸芸众生的精神导师，灵姑深受大众敬畏。 自然，请灵姑是要付费的。 价格也还不便宜。 不过，特殊情况可以赊账。 偶尔也有免费，那是因为阴德厚积的人家，用前世的善举，冲抵了现世的费用。 据灵姑别春芳说：顾命大这个女婴，就属于前世积德很厚的。

先，是鬼爪子怀揣女婴，送还顾命大家。 顾命大的父母黑脸冷面，拒收女婴。 后，是偶然路过潮愿村的别春芳，由于雨雪泥泞，不慎滑倒在顾命大家门口。 别春芳发出一声呼救，竟是不由自主的腹语，声调却是初生婴儿，连别春芳自己都大感不解，更令顾命大的父母惊恐万状。 别春芳就主动去请了他们家故人的阴魂，阴魂去阴曹地府查看了阎王的生死簿，原来是这个女婴前世积有厚德，命不该绝，且大难不死必有后福，莫看自己是女儿身，身后带的却是弟弟，这女婴若是走了，弟弟也从此没了。

奇迹般的场面出现：顾命大的父母，鬼使神差一般，自愿从鬼爪子怀里，接过了他们的女婴。 在一片化险为夷的和谐气氛中，鬼爪子自告奋勇为女婴取了个名字，叫作：顾命大。 顾命大是学名。 小名叫引弟。

别春芳在被她救命的女婴额头，亲了一口，女婴顾命大，竟然对她有笑意。 别春芳心一暖，就想为这个可怜的女婴，把好事做到底，送佛到西天。 别春芳叫过顾命大的母亲，窃窃私语咬耳朵一番，私授了神意。 大意是叮嘱她不得夜夜勤耕苦作！ 不可紧接着再怀胎！ 至少得隔个两三年！ 先是夫妻俩能够吃饱养好！ 后是行房之前男人必须禁欲禁泄至少一个月！ 还有女人届时用什么水洗身子之类，等等，诸如此类，真真假假，玄玄乎乎，其实都是经验之谈。 三姑六婆一类，都是最聪明的女人，欲传神谕，自然都比常人更会动脑筋，更会琢磨生老病死人情世故的。 好在生男的胜数，本来就有一半。

四年以后，顾命大的母亲再度临盆。 奇迹发生：男婴！

乡人奔走相告，一片啧啧称奇。 大家热议的重点并不是男婴，是顾命大。 小女孩顾命大成功"引弟"的奇迹，使得她此前一次又一次大难不死的故事，被挖掘出来，焕发出神话光彩：比如新生女婴顾命大，一挨近粪桶，正要溺死她的粪桶，水就漏掉了。 比如天上的大雪，会为新生女婴顾命大，自动搭起温暖的窝棚。 比如四眼，一嗅到新生女婴顾命大的气息，就暴跳嚎叫，咬断锁链，奔去救她。 比如顾命大的母亲之所以成功得子，那是因为顾命大四年来，每天用手摸她母亲的肚子。 神乎其神的传颂，轰动了江汉平原。 一时间，多少人特意跑来潮愿村，只为看顾命大一眼。 多少妇女，一把抱起四岁的顾命大，求她摸摸她们的肚皮。 来找顾命大的人们，一般都不会空手，多少都有礼相赠：芝麻、黄豆、糯米、鸡蛋、花生，哪怕一只烧饼锅盔也好，小女孩顾命大倒成了他们家的财神，果然是大难不死必有后福。

顾命大出名了，很有名。 就连潮愿这个小村庄，都被江汉平原一带乃至更广大的地方，广为传颂，潮愿村人人都觉得荣耀，都喜欢顾命大，都感谢灵姑别春芳。 灵姑别春芳也十分开心，除了她自己的灵验程度被现实再一次证明以外，她亲手救下来的女孩子顾命大，日子应该好过一些了。 看来顾命大这个小女孩啊，还真是命大福大。

但是，料事如神的别春芳，这次错了。 顾命大的日子，更不好过了。 对顾命大的父母来说，三女儿顾命大，才四岁，一夜成名，虽然给他们带来了很多实惠，他们收了礼品，也吃了喝了，他们看到的，却是顾命大给他们带来的苦恼。 这对夫妇认为，真正值得人们注意、惊奇和夸赞的，应该是他们的儿子，应该是他们自己。 是这对夫妇真有本事，终于生出儿子来了。 可是，群众就是不讲道理，就是要对一个小女孩盲目崇拜，这的确很伤人。 顾命大的父母面对荒诞的现实，完全不可理解，痛感天道不平。 出于虚荣心，他们又不可能拒绝小女孩为他们带来的光彩，更不可能拒绝那些雪中送炭的实惠——事实上礼物越多越好。 谁送礼更多，他们会强行要顾命大多摸谁几下。 顾命大的父母心里很不舒服，严重扭曲，出门装笑脸，进门就丧脸。 他们紧紧怀抱如获至宝的男婴，暗暗垂泪，哑巴吃黄连，有苦说不出。 他们常常在屋子的暗处，注视三女儿顾命大，怎么看，都看不出她有什么神奇来，都无法抑制对顾命大的厌恶。 最摧残人的是，顾命大的父母还不得不装出对顾命大好，好像一个小女孩的破裤子里露出一点小屁股，就是全村人天大的羞耻，都在那里嚼舌头，还有虚情假意的硬要把那些破旧衣服，当宝贝一样，送给顾命大穿，说什么怎么都不可以让顾命大衣不遮体。 顾命大的父母迫于压力，拉债扯债，去镇上百货商店，扯了三尺花洋布，给顾命大缝了一件新裤子，把这对夫妇恨得，打掉牙和血吞。 难道村里人不知道这对夫妇自己都没得穿吗？ 这对夫妇各自就一条裤子，冬天把棉花缝里头，夏天把棉花拆出来。 前面两个女儿，从来都是穿父母旧衣服，缝缝补补，补丁摞补丁。 顾命大才四岁，又是老三，按说拾姐姐们的旧衣服，是顺理成章的事，旧衣服实在破到缝补都漏缝，那又有什么关系呢？ 悲哀的是，顾命大的父母再不情愿，也不得不替顾命大穿上崭新的花洋布褂子，就因为她是名人。 同时也把顾命大的两个姐姐，恨得咬牙切齿，看到妹妹顾命大凭空穿上崭新的花衣裳，她们巴不得她死掉，死掉了新衣服好归她们。 每当四周无人，小女孩顾命大穿着新衣裳走来走去，夫妇俩的无名火就冒出来了："引弟，过来!"吼叫,责骂,扯头发,打屁股,脱下新衣裳,到猪圈去铲猪屎——做父母的,作为家庭专制者,总有理由,也总有权威实施对他们幼小孩子的仇恨和打击。

顾命大的两个姐姐对她的痛恨,比起她们的父母,有过之而无不及。当初顾命大一活过来,事情就明摆着:这姐妹二人碗里的饭,就被夺走了一口,而"带妹妹"大大增加了她们的劳动量。更没想到,顾命大很犯贱,真的"引弟"成功。这一下子,不仅姐妹碗里的饭又被夺走了一口,不仅又增加了"带弟弟"的繁重劳动,更有甚者,屁大一点女孩子,居然突然出名,被父老乡亲们顶礼膜拜,顾命大走到哪里,都是恭维的笑脸,就算两个姐姐紧挨在顾命大身边牵着她的手,人们也当她俩不存在。大姐快十岁了,她对世界有感觉了,冷与暖、爱与恨、喜与悲,也初知了。大姐心如刀绞。老大的心如刀绞之感,很快就传染了老二。这头胎二胎接连出生的两个女孩子,从小就习惯一起分担与分享,她们是亲密伙伴,是闺中私语的一对诉说者和倾听者,是同甘共苦的死党。她俩都不用商量,自然就配合默契,联手整治妹妹顾命大,很容易就可以让顾命大过得生不如死。无论顾命大被整得号啕大哭还是低声啜泣,无论顾命大被拧得青一块紫一块,无论顾命大被饿得跑到猪圈抢猪食吃,无论顾命大被她俩骗到野外在迷路中惊恐万状,这两个姐姐,从无恻隐之心,更不可能自责,她们只能够看到自己的太善良、太老实、太心慈手软和妹妹顾命大的太嚣张。在她俩互相倾吐的心曲里，充满后悔：假如当初早知道有今天，她们就应该把妹妹顾命大，果断地扼杀在摇篮里。只怪当初她们太年幼了，幼稚的她们只会恶作剧，故意掀翻摇窝，把女婴反扣在地上，不给换尿布，让大便沤烂她的小屁股，喂食她泥土和鸡屎，诸如此类，凡此种种皆不致命。由于她们心善，让妹妹顾命大长大了。

当四岁多的顾命大，对崭新的花褂子还不懂得喜爱的时候，她的姐姐们，却已经对花褂子无比喜爱。这件花褂子，令姐姐们对妹妹的深仇大恨，达到顶点。当时仅仅只是迫于父母淫威，迫于不敢得罪全村父老乡亲，她俩不敢直接抢夺妹妹身上的花褂子。但是机会来了。世道说变就变，席卷全中国的无产阶级"文化大革命"运动，突然就开始了。乡村处处忽然之间敲锣打鼓，红旗翻飞，从前高高在上的干部、领导、学术权威，总之所有比群众地位高的人，群众都可以造他们的反，革他们的命，随时揪斗，扇耳光、吐口水、剃阴阳头、戴高帽子游街，一切牛鬼蛇神，都可以打倒砸烂，再踏上一只脚，让他们永世不得翻身，连毛主席他老人家，都在北京天安门，亲自接见、表扬和鼓励红卫兵了。更大的社会变化是真正的奇迹，革命与造反，吸引了所有人的注意力，小女孩顾命大的光环，很快就消退了。顾命大的姐姐们，特别兴奋，参加了潮愿大队红小鬼战斗队，戴上红袖标，手捧红宝书，狂热地投入革命，特别主动积极地参与了揪斗灵姑别春芳。别春芳对小孩子们的敌意不以为意，还总笑着说小鬼们别闹别闹，这就激起了红小鬼们真正的愤怒，把她当作本公社最大的封建迷信代表人物，天天揪斗游街殴打，别春芳受不了就喝了农药。 发现别春芳死了，大多数红小鬼还是害怕，一哄而散。 顾命大的姐姐们对别春芳仇恨深就胆子大，参与了少数几个顽劣少年的恶作剧：他们剖开了别春芳的肚子，要看看在肚子里面发出腹语的究竟是什么机器。 当然很可笑，事实是：没有机器，别春芳流淌了一地的，也都是内脏，肠子戳开，也都是大粪，和杀猪看到的一样。 原来这世上根本就没有什么鬼神，可恨的别春芳，却装神弄鬼地救活了顾命大。

顾命大的姐姐们，把顾命大哄骗到荒野坟地里，她俩揪住顾命大的耳朵，命令她必须把她们的话听进去并且逐字逐句重复一遍：牛鬼蛇神别春芳是怎样畏罪自杀了，她的内脏是怎样流淌出来了，她的大粪怎样腥臭肮脏。 顾命大拼命挣扎，哭号到呕吐，耳垂撕裂，晕死过去，回家后发高烧，倒床不起。 姐姐们乘胜追击，剥下顾命大身上已经变旧的花褂子，投进了"破四旧"的熊熊烈火，与成堆的书籍、佛像、年画等，一起化为灰烬。 此时的姐姐们，已不屑于花花衣裳这种资产阶级趣味的东西，她们向往的，乃是女解放军战士穿的绿军装。 这次生病，顾命大昏睡了好多天。 等她能够再次出门，她才清醒地知道：别春芳死了。 世上那个最疼她的人，没了。

潮愿村的人，眼看着顾命大的这种苦日子，都以为顾命大会短命，都私下议论说这孩子活不到成人的。

7

这是烂泥湖村的村口场地。 场地对面，是村口的小水塘。 小水塘边的老槐树，是烂泥湖村村民的畏惧和禁忌。 老槐树有点妖。 传说是：四十七年前，这棵槐树就已经是一棵大树了，遭了一次雷劈，树干一劈两半。 一半的树干，朝着水面倒伏，人们也就不客气地把它变成了踏脚板，在四十七年的岁月中，踏脚板在水中翘起头来，生出绿叶。 另一半树干，却依然以大树之名，顽强挺立，身残志不残，枝繁叶茂得惊人。 通顺大超老板王旺发，上头有人，政府的，就在街道办事处当干部，县官不如现管，王旺发因此很有势力。他曾多次以开发农家乐项目的名义，想砍掉老槐树，填掉水塘，把停车场推过去，都没有办成。 每一次，事到临头，只要决定动手砍伐老槐树了，都会冒出一些特别原因或出点岔子，总之叫人砍它不成。 有一次竟然是王旺发的老娘，在王旺发砍树的前一夜，遽然去世，好端端不到七十岁的人。 于是慢慢地，对于这棵老槐树，也就传出一些神神秘秘的说法，不免让人心生畏惧。 每年七月半鬼节，有村民会来树底下烧个香，拜一拜，谁有个头疼脑热不舒服，也愿意在这棵老树下坐着，背靠树干，晒晒太阳，倒真是觉得身子舒坦好多。 水塘淹死过几个人，又传说每年夏季老槐树要吃一个人，大热天是都不敢靠近老槐树的。 所以，这棵老槐树的精灵古怪，村民们人人口里不说心里有，只是怕被扣帽子，说是封建迷信。 现在，今天，特别溽热的一天，顾命大就是在这棵老槐树下，发生了事故。 满场子的人都看见，那个地摊陈富强，好好做着生意，突然扒开人群，跑到老槐树下，对顾命大说了一句什么。 顾命大当场晕倒。 那个地摊陈富强，则四面八方地作揖下跪，疯疯癫癫了。

顾命大倒地以后，发生了更诡异的情节：附近垃圾堆的塑料垃圾袋，顿时扑扑乱飞，其中一个猩红刺眼的垃圾袋，原本朝水塘飘去，中途却毅然折返，一个斜线滑翔，回到顾命大身边，正正地对着顾命大脸部，猛然扣下。

青天白日的，所有人都眼睁睁看着，这只垃圾袋分明就像活了一样，鬼使神差，不可思议，又是在老槐树下面。 这种超常景象，把烂泥湖村村民心底里原本潜伏的畏惧，一下子推向极点。 强大无比的恐惧感笼罩了烂泥湖村。 一时间，人人无法动弹，个个张口结舌，猫狗噤声，万籁俱寂。陈富强也傻了，突如其来的静谧，令他一阵蒙，他僵住了，不知道发生了什么。 就连顾命大，也不例外，她仰面朝天，竟毫不动弹，一点不挣扎，动物的求生本能，似乎都被什么东西镇压了。 只见那个猩红的垃圾袋，众目睽睽之下，在顾命大面部静静地鼓起来，瘪下去，鼓起来，瘪下去，几下子以后，忽然静止，以真空状态紧贴她的口鼻处，她下身裤裆处，忽地洇出湿痕，湿痕迅速扩大，顾命大尿失禁了。

刘粉娥最先反应过来。 她扑上去，扯掉顾命大脸上的垃圾袋，同时发出呼救："救命！ 救命啦——出人命啦！"

这一声喊，让日常动静回来了。 树上知了一窝蜂地聒噪起来，路边鸡鸭嘎嘎奔跑，乡村土狗子窜进树丛，机警窥视。 几个有点胆识的妇女跑上来，大家抱头的抱头，掐人中的掐人中，喂水的喂水，刘粉娥赶紧抓了一把芭蕉扇过来，遮挡住顾命大的裆部。 因是刘粉娥把顾命大邀出来的，出了事她脱不了干系，刘粉娥摇着死人一般的顾命大，吓得汗流满面，老槐树下，慌乱一片。

陈富强从地上爬了起来。 人是爬起来了，却还怔忪着，脑子里一片乱象，眼珠子无意义地骨碌乱转，这与他估计的太不一样了。 他也曾想象，他的母亲或许会喜极而泣，或许会片刻晕倒，然后母亲会激动地扑上来，紧紧拉住儿子的手。 然后，母子相认，至亲骨肉抱头痛哭。 然后周围群众纷纷围观，了解到这个陈富强居然孝子寻母二十年，个个啧啧夸赞。 然后报纸和电视台纷纷赶来采访——事实上陈富强已经联络过《楚天都市报》新闻热线记者，说过他可能会提供一个特大新闻——孝子寻母二十年，终于奇迹发生，母子相聚。 总之，无论如何，都不应该是眼前这个乱糟糟的场面。 母亲顾命大倒地不醒，还尿失禁了。 尿失禁在老百姓看来，是很严重的征兆，差不多等于人要死掉了。 陈富强很害怕很蒙。 烂泥湖村村民既紧张又兴奋。

　　烂泥湖村出事了。 出大事了。 场子上的小商贩，一见要出人命了，纷纷撤退。 烂泥湖村村民，倒是还有一份侠义心肠，最初一刻的震惊和恐惧很快就过去了。 随着王旺发喊了一声"门板"，就有人连忙去抬门板，送到老槐树下，把顾命大从地上抬到门板上。 顾命大面如死灰，软面条似的，人还没有醒过来，鼻孔探探却还有气息，更有经验的妇女加入了抢救，说是要搓脚底板的涌泉穴，她们就去揉搓顾命大的脚底板，丝毫不嫌弃人家的臭脚丫子，一般情况下，人们是做不到的。 这还是因为在关键的时候，王旺发挺身而出了。 听得刘粉娥高喊"救命"，王旺发的怜香惜玉之心顿时一动，便及时号召村民救人并主动贡献出自家商铺的门板，将自家门板用在将死之人身上，一般情况下，人们还是蛮忌讳的。 王旺发这么豪爽大气，烂泥湖村村民也就乐得做好事了，本来就有老话说得好，救人一命胜造七级浮屠。 按说顾命大并不是本村人，是外来户河南人的老婆，又已经倒树底下了，尿都流出来了，八成命都留不住了，烂泥湖村村民完全可以不管，赶快走开，回家避嫌，免得将来扯皮拉筋说不清。 现在群众一般都是看见出事就躲闪的，多一事不如少一事的。 都是王旺发发挥了积极带头作用。 王旺发还就是一个有情有义的男子汉，他就是要让刘粉娥看看的。 王旺发其实蛮恨河南人的，又狡猾又小气又凶狠又没有信用，把本地人的活计抢走了不少，以前这一带哪里有河南人打鱼的，渔民都是本地人，世世代代靠大江大湖生活，现在呢，打鱼的都是河南人了，红钞票都被河南人赚走了，顾命大的老公河南老九就是其中一个打头的。 但是王旺发喜欢河南人当中的刘粉娥。 刘粉娥也是个知情知意的女子，几年来都在王旺发的通顺大超买东西，买得热热闹闹，总是谈笑风生。 至少在陈富强出现在烂泥湖村之前，王旺发刘粉娥之间肯定是你有情我有意的，可恨的是陈富强冒出来了。 现在陈富强惹祸了，要出人命了，刘粉娥碰到难处了，王旺发机会来了，他理所当然就站出来了。

王旺发两条胳膊八字撑在柜台上，下巴翘出去，嘴巴合不拢，金戒指很亮，门牙很黄，仿丝质 T 恤衫汗湿透了，湿漉漉贴在前胸后背，尽管他有振臂一呼，其实他也很紧张。一方面他通顺大超的生意照样要做，混乱中更要把自己的超市看紧看好；一方面他要盯着老槐树下的混乱场面，看看人到底救得活救不活，救得活怎样？ 救不活怎样？ 王旺发是要考虑的，顾命大的老公河南老九会找来的，无浪村的河南人会找来的，毕竟顾命大倒在了烂泥湖村的老槐树底下，你要给人家一个交代。 还有一方面，王旺发实在忍不住探究这棵老槐树，十几年来他硬是没有搞定这棵老槐树，真还邪乎得很呢，为什么顾命大在这里晕倒，还被塑料袋子憋住了？真是有鬼了不是？ 这顾命大不就是一个老实巴交到连一个屁都没有的河南婆子吗？ 怎么这个陈富强要跑到老槐树底下去？ 怎么就会冲着素不相识的顾命大叫一声？ 树啊树啊，老槐树你究竟是何方神圣？

抢救揉搓顾命大的几个妇女，见顾命大醒不过来，急得不行，其中有嘴尖舌利的泼辣妇女，就不住地骂刘粉娥，说："你妈屄你这个小婊子，人命关天了，还不说实话！说呀，那个地摊小杂种，冲她到底吼的么事啊?！"

刘粉娥委屈解释说她也不知道，她也没有听清楚，就那么一声吼，又在老槐树底下，谁也听不清楚谁也搞不明白啊。

妇女反口就骂："放屁！别人搞不明白，你还搞不明白？你这个小骚货和那个地摊杂种眉来眼去的，哪个不晓得?！你九嫂今天也是你带出来的，哪个不晓得？她是多老实一个人，从来不出来逛地摊的！"

刘粉娥顿时脸皮涨得通红，她蓦然发现，原来烂泥湖村人不傻呀，都看出来了呀。

妇女气愤得不停地骂骂咧咧，说："刘粉娥你妈个屄，就喜欢翻骚，勾搭这个男的，勾搭那个男的，城里来的那个地摊杂种根本就是在和你玩套路，又不是真的鸟你，你妈屄心里没得数！告诉你，老子们今天拼命救人了，救不活的话，都是你这个小婊子的责任！这个人就你认识，肯定都是你在中间搞鬼！你逃不脱的！"

一通臭骂，忽然，刘粉娥如醍醐灌顶。她被骂醒了：可不是嘛！刘粉娥也不是傻子，她也有觉察的，几个月以来，刘粉娥对陈富强，是帮了钱场又帮人场，陈富强那副装彬彬有礼的酸臭模样，根本就是保持距离，根本就是虚与委蛇，真是一个无情无义狼心狗肺的东西！ 今天顾命大在老槐树下一晕死过去，事情不就清清楚楚了吗？ 陈富强是有阴谋是有企图的，整个就是利用刘粉娥。 陈富强这个狗杂种，要么就是打探河南人聚居的地方，来寻仇的；要么是明察暗访计划生育或者其他什么鬼的。 反正总之，陈富强肯定是一个暗探，来烂泥湖村就是有鬼的，就是不怀好意的，就那副嘴脸，还反向刘粉娥施美男计，利用刘粉娥收集河南人的情报，今天还要直接搞死九嫂顾命大，啊呀！ 大事不好！ 一定是河南老九的仇人寻仇来了！ 刘粉娥真是瞎了眼啊！ 通常男女之间，都是刘粉娥玩套路，哪有刘粉娥被男的玩了套路的？！ 恨得刘粉娥甩起巴掌，狠狠打了自己一个耳光。一旁妇女们痛快地喝彩："好！"妇女们认可刘粉娥了，说："你还算有救。"

刘粉娥挨过了自己的耳掴子以后，顿时心明眼亮了。 她立刻想到：陈富强人呢？ 可不能让他溜了！ 刘粉娥立刻就放下顾命大，站起身来找陈富强。 刘粉娥今天必须报仇雪恨。

顾命大好像一时半会儿醒不过来，又是流口水又是尿裤子的，陈富强一个男的觉得不好意思靠近。 广场上的小商贩一哄而散，陈富强也随着大流准备开溜，先走掉再说。 因为事态失控了，陈富强万万想不到，他不过就喊了顾命大一声妈，就把她吓半死了。 陈富强也被母亲顾命大的晕倒吓了一大跳。 陈富强愣怔了一会儿，就赶紧去收起他的地摊货品。其实陈富强也好想像电视里头的亲人相见那样，拥抱母亲，呼唤母亲，大声告诉母亲同时也是告诉烂泥湖村村民们："我爱你——妈妈！"可是，陈富强怎么都开不了这个口。 再说母亲顾命大晕死过去了，陈富强开口也没有用。 陈富强双肩包都背上了，开溜的脚步也迈开了，但他感觉不对：他这一走，线索就断了，恐怕这一辈子，就再也找不到母亲顾命大了。 爷爷陈有锅不是一再叮嘱：活要见人，死要见尸。 今天就算顾命大没有醒过来，那顾命大的尸首，也是他母亲的尸首，也是应该归陈家的尸首。

陈富强停住了脚步。 陈富强从慌乱中清醒过来。 他的人生计划、设想和思路，都被及时想了起来。 镇定！ 镇定！ 首先，他得打手机！ 陈富强首先得把老婆、妹妹、弟弟他们叫过来！ 陈富强孤身一人，烂泥湖村人多势众，他肯定搞不赢的，他说什么肯定都不会有人相信的，关键是，万一母亲顾命大就此真的一命呜呼，恐怕他就会被认为是凶手，恐怕他就百口莫辩，恐怕他们陈家连顾命大的尸体都得不到。 不能走！ 得挺住！

刘粉娥眼疾手快，她看见陈富强要开溜的样子了，她看见陈富强要打电话了，打电话肯定就是喊人呗。 刘粉娥绝对不能够让陈富强得逞。"喂喂，等等，有急事！"刘粉娥朝陈富强紧急叫喊，又是挥手，又是飞奔。陈富强就停下来，等着刘粉娥。刘粉娥是有心计的，到了陈富强面前，对他说："你赶紧告诉我你在搞什么鬼我还来得及帮你，我九嫂醒过来了，她说根本不认得你。你到底搞什么鬼啊？！你到底是什么人啊！"

这又是陈富强万万没有想到的。他的亲娘会说不认得自己的儿子。形势愈发诡秘且严峻了，陈富强一个人什么都说不清楚，他得赶紧喊人。陈富强一举起手机，刘粉娥就伸手去夺。陈富强一闪，躲过，把手机揣进自己裤兜深处，另一只手使猛力，推开刘粉娥。刘粉娥一个趔趄，差点摔倒。她也不是好惹的，复又顽强扑上来，一把薅住陈富强的领口，两人几乎脸贴脸，眼睛都在喷火。刘粉娥犹如被激怒的母兽，龇牙咧嘴，瑟瑟发抖，说："你敢打我？！"

陈富强竭力挣脱，说："谁打你了？！"

刘粉娥说："你趁早坦白你是谁？对我九嫂下的啥毒手？为啥要下毒手？为啥找上她？"

陈富强说："我没下毒手。找上她是，她是是是我妈。"

"放屁！活见鬼了，她是我九嫂，眨眼就变你妈了！满口胡说八道！死到临头还不说实话，你鬼鬼祟祟几个月，欺骗我蒙哄我，打探这打探那，你妈个老屄，你这个骗子！你这个杀人犯！你真是小看老娘了！"

陈富强赶紧分辩说："喂喂美女，我跟你无冤无仇好不好。"

陈富强又不是不知道刘粉娥的名字，哪一次过来不是喊小刘喊得亲亲热热的，现在倒成了"美女"。刘粉娥七窍生烟，仇恨满腔，"好你个狗日的！青天白日装无辜。还敢说跟我无冤无仇？老子就是跟你有仇你心里不明白吗？"

陈富强不屑地冷笑了一下，不再理睬刘粉娥。他把脸厌恶地扭开，只双手上来，很是暴烈地企图夺回自己的衣服领子。刘粉娥扭头就朝王旺发那边，发出凄厉的尖叫："来人啦，他打我啊，他要打电话叫同伙了！他要找人来砸场子了！他打人啊——"

英雄救美的时刻到了，王旺发把通顺大超的收银台猛地一拍，挥手遥指场中央，喝道："住手！"话音未落就拉扯上三个老汉跑了过去，一边还没有忘记喝令老婆守好收银台。三个老汉是王旺发的麻友，长年泡在通顺大超门口玩麻将，好比是一个团队，日常都是紧跟王旺发的。王旺发人多势众，刘粉娥很快获救，陈富强挨了几下乱拳。陈富强本能地反抗，又蹦又跳，又躲又闪，挥拳踢腿，突围出来，拔腿就跑。刘粉娥及时大叫："可不能让他跑脱了！活要医疗费营养费，死要偿命的啊！"

活要医疗费营养费！死要偿命！是啊，现在但凡一出事情，首先就应该考虑赔偿！钱！关键是钱！王旺发特别喜欢刘粉娥的一点，就是这女人特别聪明，脑瓜子转得特快，不像一般乡村妇女憨乎乎的。王旺发嗓子大喉咙粗，很有气势地发了话："捆！给我把他捆起来！不许他跑了，不许他打电话喊人，活要医疗费营养费！死要偿命的！让他跑了咱烂泥湖村说不清的！"

烂泥湖村男女老少村民蜂拥而上，陈富强寡不敌众。陈富强寡不敌众就急不择言了，叫喊："乡巴佬！苕货！傻×！我是打120啊，我在叫急救车啊，我是在救人啊，你们捆了我，耽误了抢救，是要负法律责任的啊！"这一下，陈富强犯了众怒，大大得罪烂泥湖村村民，顿时就陷入了人民战争的汪洋大海。陈富强很快就被捆住，五花大绑，扎成了一只结结实实的粽子。村民又去看王旺发，王旺发果断地往水泥电线杆子一指，硕大的金戒指在夏日强烈的阳光下一闪又一闪，煞是气派。村民们得令，立刻推搡着陈富强，把他绑在了水泥电线杆子上。王旺发故意没有指向老槐树，老槐树下有树荫，他才不会给陈富强半点福利，谁让这个狗日的不长眼睛，暧昧到他喜欢的女人头上来了，这个恨哪！现在正好出口恶气。

直到被绑在电线杆子上，毒辣的太阳顶头晒着，陈富强这才想起"好汉不吃眼前亏"来，急得脸煞白煞白，嘴软了，讨饶道："乡亲们乡亲们，莫瞎搞莫瞎搞，有事好商量，我不跑好不好，也不打电话，熟人熟事的，莫捆人了，大热天，受不了！"

　　事已至此，陈富强再怎么服软、赔礼道歉和说顾命大是他妈，都不管用了，都当他胡言乱语，没人睬他。　只有烂泥湖村的狗子，跑出树丛，冲到电线杆子附近，对陈富强狂吠，做攻击状。　谁家两只鹅也跑场子上来了，直直仰起长长的脖子，嘎嘎大叫，没头没脑地追人脚后跟。　小孩子们无故亢奋得很，在人群里乱窜。

　　烂泥湖村的气氛很热烈，村民也很齐心合力。　以前村里的赤脚医生，已经老迈，深居简出，也被村民喊了过来，对顾命大进行施救。　什么风油精、人丹、刮痧的蚌壳片子，都用上了。　王旺发刘粉娥他们很有默契地不打 120 不叫急救车，他们都想自己先行抢救，实在不行再说。　万一在烂泥湖村发生人命，最好在烂泥湖村解决。　王旺发还是有点社会经验的，如果让公家知道了，按法律程序走，就不可能当场逼着陈富强掏钱。　现在已经把惹祸的陈富强绑在这里了，出了人命不怕他不赔偿。　剩下的事情就是全力救活顾命大。　王旺发看出了刘粉娥的羞恼愧悔，也看出她恢复了往常对自己的信赖，抢救顾命大的事情，事都在依靠他，王旺发就更加慷慨了，让他老婆找出了一套干净衣服，去给顾命大换上，还送过去了通顺大超的一只摇头电扇。

　　苍天不负苦心人，终于，老槐树下面发出一阵欣慰的嘘气和欢呼。　顾命大醒过来了！　顾命大进气出气都有了！　顾命大脸上的死灰色渐渐变成活人色了。

　　王旺发赶紧让人们把顾命大抬到通顺大超的后院。　后院有一个凉棚，顾命大在这里躺着，休息条件就更好了，渐渐就缓过气来了。刘粉娥大大松了一口气，感激的目光，一波一波飞向王旺发。王旺发笑呵呵的，感觉好极了。

刘粉娥急煎煎要顾命大给大伙儿解释一下发生了什么事情，大伙儿都在为她忙呢，顾命大紧闭双唇。刘粉娥只好换成另一种方式，她来问，只是需要顾命大点头或者摇头。因为刘粉娥不可能不急：一个大活人还绑在那边，万一中暑了晒死了怎么办？那也是一条人命啊。刘粉娥问："九嫂你知不知道你为什么晕死过去？"

四周顿时寂静，人们都盯着顾命大。顾命大的反应是：摇头。

刘粉娥问："冲你跑过来的那个人说你是他妈？"顾命大的反应还是：摇头。

"九嫂你真的不认识他吗？"顾命大的反应还是：更加坚决地摇头。

顾命大毫不犹豫地否定了一切。顾命大就是要彻底否定和割裂她的前半生。现在的顾命大，是河南老九的老婆，只是！

8

刹那的刹那间，顾命大最后一抹知觉是：这一次，自己终于死掉了。

却又没有。 顾命大的一丝游气，悠啊悠的，又被人们抓住了，抢救过来了。 一旦回过气来，记忆也就随之回来，挥之不去。 顾命大一直在努力忘掉那些不堪的记忆。 那些不堪的记忆犹如发疯的蜂群，不依不饶追逐她，攻击她。

当年面黄肌瘦的小女孩顾命大，村里人都认为她活不到成人的，却出人意料地，顾命大活成人了。 小姑娘居然还出落得苗条清秀，有模有样，脸蛋也是白白净净的。 不知道为什么，顾命大就是命大福大，总是能够化险为夷，逢凶化吉。 顾命大的弟弟顾福大，打小就被父母溺爱得蛮不讲理飞扬跋扈，他欺负的主要对象，就是小姐姐顾命大，顾命大从小就是顾福大的丫头和奴隶，顾福大动辄暴怒，把顾命大的头发拽掉一把一把的。 从另一个方面看，顾命大却也算是因祸得福，她因此更少下地做农活，比她的两个姐姐更少地风吹雨淋、日晒夜露、超重挑担。 相比之下，顾命大的两个姐姐，被农田繁重的体力活，摧残得身材五短，皮肤粗糙，眼神呆滞，不说上学的机会了，就连个婆家，都很难说得到。而当顾福大长到七岁，该上小学了，顾命大也一同上了小学。 只因顾福大自己拉屎还不会擦屁股，擦屁股穿裤子系裤带，都是顾命大的事情。 且上学路远，中途要过河，村里沿路都有狗，还有许多顽皮孩子喜欢打架惹事欺负小孩子，一路都靠顾命大陪同护卫。 顾命大和顾福大一起上学，同一个班级，共用课桌课椅——这套桌椅是学生自家拿出来的，当然得自家孩子享用，也必须由顾命大负责保管，每个学期开学闭学，她负责扛来扛去。 可是对于农村女孩子来说，上学是最奢侈的待遇，是美梦成真，是一步登天。 顾命大两个姐姐，就没有上过一天学。 人比人，气死人，姐姐们对顾命大的憎恨与日俱增。 当农药在生产队开始广泛使用，队屋里到处都是药瓶子，姐姐们的机会来了，她们决定毒死顾命大。姐姐们农药随身带，时时刻刻伺机下毒，让顾命大不寒而栗。 但由于永远是一家六口人同吃一锅饭，也永远是同喝一缸水共用一只水瓢，想要单独毒死顾命大，实在没有那么容易。 在顾命大获得上学机会以后，在顾命大每天回家可以陪着弟弟看书读书写作业以后，她的二姐终于崩溃了，顾命大的幸福场景太刺激二姐了，有一天二姐突然打滚撒泼，大哭大闹起来，放肆地叫骂顾命大，诅咒顾命大就算上了学，将来也一辈子不得翻身，最后还会得不到好死。 二姐骂了一个痛快之后，跑了出去，一口气跑到田头的坟地里喝了农药。二丫头的死，被父母直接归因于顾命大。 从此父母亲对顾命大再没有个好脸色。 兔死狐悲物伤其类的大丫头，发誓要为二丫头报仇雪恨，从此就连看都不再看顾命大一眼，话也不再与她说一句，时时处处，能够刁难和欺负顾命大的，大丫头绝不放过机会。 顾命大也自觉害死二姐，连累父母，罪孽深重，她低眉顺眼，忍气吞声，任人欺辱，而呈现出来的形象，却又是一副楚楚可怜的俏模样，村里人还是忍不住夸顾命大越长越好看。 顾命大的姐姐就更加仇恨她憎恶她。 顾命大的父母开始动心思要拿她赚钱——尽快说个好婆家,尽快开始收受婆家四时八节的烟酒茶以及所有礼品。

顾命大胆小如鼠,最初是躲在弟弟顾福大身后,怯生生走进学校,悄悄坐在课堂上,任何人都注意不到她。 然而,六年以后小学毕业,顾命大不仅已经可以流利地朗诵课文,还写得一手好作文。 文化强大的精神力量,在顾命大身上,体现得特别鲜明。 小学一年级的代课老师,是知识青年贺锐,开学第一节课,只见贺锐朝气蓬勃走进教室,站在讲台上,对学生们说:"同学好!"哇,就像太阳升起来了! 这个乡村小学,以前是没有老师向学生问好的,以前顾命大与人相处,也从来没有谁向她问个好的。 顾命大的心,激烈跳荡起来。 顾命大在一年级的新生里头,是年纪最大的,她已经懂得仰慕和向往知识青年。 自从知识青年来到农村,乡村的青少年们,哪个不仰慕和向往呢? 贺锐老师要求学生们跟着他,用普通话朗读课文,孩子们都哧哧地笑,就是念不出声。 几次鼓励以后,顾命大勇敢地念出了声,贺锐老师当即感谢了顾命大。 顾命大顿时鼻子一酸,热泪涌出了眼眶,这是她有生以来第一次,被尊重和被感谢。

在学校,顾命大一天比一天大胆和活跃起来。 她的弟弟顾福大,居然也很高兴顾命大成绩好、受老师器重,乐得把他自己的所有作业和考试,都交给顾命大,所以学校的情况，顾福大回家也没有告恶状，顾命大得以在学校良好的生态环境中，长成了一个大姑娘。 小学毕业，琅琅书声犹在，顾命大已经缓缓抬头、缓缓挺胸，眼睛里可以定定地放出明亮光芒。 在必要的时候，顾命大还能够大胆摒弃乡音，顶住同学的嘲笑，用普通话朗读课文，比如贺锐老师的公开课，比如公社举行的朗读比赛，等等。 文学在顾命大身上，产生了神奇的魔力。"轻纱般的晨雾，笼罩着麦浪起伏的金色田野"，顾命大一旦朗诵，她的心，就琴弦一般，为之颤抖不已。 绵长的兴奋和愉悦，不费吹灰之力，就可以让顾命大闪身遁入美丽的虚空，从而成功地躲避家人的打骂欺辱。 甚至吃饭，前所未有地变得不那么重要，家里不给她饭吃，她可以不吃，可以奔到田野深处，坐在小河边，朗读并长久地欣赏田野里轻纱般的薄雾。 读书当然没有改变顾命大在家里的处境，但是改变了顾命大对待糟糕处境的态度，使得她的日子，不再那么难过。

文学的伟大之处，也许就在于具有魔力。 哪怕识字并不很多，顾命大才读了六年小学，就发生了很大的变化。 村里人都说顾命大越长越漂亮了，关键的是，说顾命大漂亮得"像个城市姑娘"了，这是一种带有文化含义的最高赞誉，是姑娘们获得好婆家的最大资本。 顾命大的好运，确乎也被文化带来了。 媒婆们纷至沓来。 顾命大的父母心想事成，开始享受提亲人家带来的茶点礼物，他们把礼物都送到集上去卖掉，变成现钱，积攒起来，以后好给儿子顾福大娶媳妇。 提亲的热潮，一浪高过一浪，最有实力的人家出现了。这就是潮愿大队最有权威的人，大队长陈有锅。 陈有锅的独生儿子陈金泉，看上顾命大了。 陈金泉发现好多人家都在提亲，非常担心漂亮姑娘顾命大被别人抢走，逼他父亲亲自出面去提亲。 陈有锅有权有势，如果他出面，那就是志在必得，不出面则已，一出面就要马到成功。 自然就有媒婆在此之前，把两边都撺掇好了：陈金泉亲自上门，烟酒茶提一点，只是形式的需要，主要是陈有锅口袋里，会揣一个大红包，直接给现金呢。 顾命大的父母一听，果真是见钱眼开，受宠若惊，十分荣幸地答应了这门亲事，至于未来女婿陈金泉是个天生的歪颈子以及好吃懒做不学好的传言，他们没有提出丝毫疑问和异议，不仅满口答应，还保证在陈有锅来提亲的这个日子，让顾命大出来，给未来的公公敬杯茶。

上门提亲的日子到了，陈有锅亲自从他们家所在的周陈湾，带着见面礼，步行半个钟头，来到潮愿村，为他的独生儿子陈金泉提亲。 一路的大小村庄，多少乡民引颈探看，热切议论，人人都羡慕顾命大的父母养出了一个"像个城市姑娘"一样的姑娘。 然而，事到临头，顾命大的父母大红包也收了，烟酒茶也收了，顾命大却躲在厨房，坚决不肯出来给陈有锅敬茶。

这一天顾命大被父母要求换上那件最好看的衣服，梳洗打扮得整整齐齐，等在厨房里，让她烧开水就烧开水，让她端茶到堂屋里来她就到堂屋里来，顾命大就明白自己又被提亲了，但是顾命大万万没有料到是大队长陈有锅亲自上门。正因为是大队长陈有锅亲自上门，顾命大就绝对不可以听从父母的糊涂安排，随便出面敬茶，一旦出面敬了这杯茶，亲事就算铁板钉钉了。 顾命大知道陈有锅的儿子陈金泉是个残疾人，天生歪颈子，又整天不学好，绰号就叫歪毛。 顾命大的父母认为天生歪颈子，不疼不痒不妨碍正常劳动和生活，不算残疾。

　　大队长陈有锅人都已经坐在堂屋了，香烟都抽上了，现金大红包和烟酒茶礼品，也都摆放在顾命大家的桌子上了，一切顺利，单等顾命大出面敬茶了。 顾命大的父母一再找借口，进厨房劝说顾命大，可就是不见顾命大端茶出来。 一支香烟抽完，顾命大的父亲脸已经挂不住，急得火烧火燎，再次跑到厨房恳求和催逼女儿。 顾命大的声音蚊子一样弱小，却透出一股刚硬的执拗，她对父亲说：现在是新社会，政府提倡恋爱自由，就是媒婆提亲父母决定，也要征求子女意见，在她对陈金泉没有什么了解和好感之前，她是不会出面给陈有锅敬茶的，她没有这么贱，看到人家有权有势有钱就放弃自己的脸面和尊严。 顾命大的父亲简直不敢相信自己的耳朵，顾命大这个一贯逆来顺受的小女儿，在这个火烧眉毛的时刻，不仅咬文嚼字作古作怪，还夹枪带棒讽刺自己的父母，顾命大的父亲震惊不已，火冒三丈，他扯起女儿的手，放在茶杯上，逼她端起茶杯，顾命大的手，倔强地垂落下来。 父亲再一次扯起女儿的手，放在茶杯上，顾命大再一次让自己的手自动垂下。 接下来，父亲扯起顾命大的手，放在灶台上，飞快抓起菜刀砍了上去，只听得顾命大嗷的一声惨叫，捏住自己的手，蹲到地上。 顾命大左手的一截小指头，已经被她父亲砍掉了。

顾命大的母亲和陈有锅，应声跑进厨房。 顾命大的母亲见状，冷冷地站一边不吭声，她这个女儿实在太恨人了，早就应该教训教训。 倒是陈有锅大人大量，又有主见，他厉声呵斥了顾命大的父亲，说你这个人怎么瞎搞！ 又赶紧抓起灶膛的柴灰，撒在顾命大的伤口上并替她包扎起来。 陈有锅得以近距离观察顾命大，姑娘的确漂亮，比传说的还要漂亮，看来脾性也不错，被父亲砍掉了手指头，姑娘也只是哭泣，一句别的话也没有。 陈有锅就更想要这个儿媳妇了。 陈有锅不计较顾命大不肯敬他茶了，姑娘生得这么漂亮，心气高傲一点更好，别的男人就不敢撩拨。 姑娘掉了一点小指头也无妨，生儿育女啥都不妨碍，再说自己的儿子天生歪颈子，两人都有点小残疾，谁也不嫌弃谁，正好一对。 陈有锅在离开顾命大家的时候，训诫了顾命大的父母：以后再不可以伤孩子啊！ 再瞎搞我可不依的！ 俨然已经把顾命大当成他们陈家未过门的媳妇了。

这个结局，是顾命大万料不到的。 她的反抗，顷刻间，被陈有锅完全消解。 所以说事实上，文化就是文化本身，很难说会给个人带来好运。 顾命大肯定是看不上歪毛的。 她思来想去，走投无路，认为还是死掉好，只有死掉才能够解决问题。

　　这一天，顾命大感觉自己准备好了，就径直跑到学校前面的小河里，扑通投水了。顾命大没有丝毫犹豫。

　　学校操场上，却有贺锐老师和知青队的知青们在打篮球。顾命大一投水，随即就被知青们救起来了。这一次的自杀，几乎都算不得自杀。贺锐老师为了扫除顾命大的心理阴影，开玩笑说"顾命大同学今天下河洗了个澡"。顾命大被知青们挽留下来，他们请她吃饭，劝慰她，鼓励她反抗，现在都什么时代了，还搞封建的落后的包办婚姻？试看祖国神州大地，早就风行自由恋爱了，历史潮流是不可阻挡的。一起吃过晚饭，知青们聚集在禾场上，遥望夜空，弹琴唱歌，欢声笑语，文化的魔力，又回到顾命大身上。顾命大再一次获得生命的勇气和力量，甚至她也破天荒开口唱歌了，跟着知青们。竟然，顾命大还唱得很不错，似乎有点唱歌的天分。贺锐老师见状，高兴得跳起来。因为大多数农村女学生，完全不能够开口唱歌，就算张开了嘴巴，也发不出音来。贺锐老师组建并率领的潮愿小学毛泽东思想宣传队，一直缺少唱歌的女生，这一下子太好了。贺锐使劲夸奖鼓励顾命大，当场就教她发声，顾命大也很乐意学习，进步神速，顾命大也为自己感到震惊和自豪。命运就是如此捉摸不定。这一天，顾命大以伤心绝望的投河自杀开始，以欢欣鼓舞的新生活结束。

　　顾命大打定主意：不予理睬！ 只要她自己坚决不认这门亲事，两人的事情就成不了。 顾命大精神饱满地回到家里，该吃吃，该喝喝，该干吗干吗，也不再与父母吵闹。 父母因为忌惮大队长陈有锅，倒也不再敢随便打骂顾命大了。 接着，中国发生了一系列天大的大事：毛主席逝世。 华国锋接了毛主席的班，中国出了个华主席。"四人帮"被一举粉碎。全中国人民的日常生活，都随着国家大事在转动：先是举国悲痛，家家户户哭号，人人都戴黑袖章和小白花。 后来是大家都要化悲痛为力量。 再后来是举国欢庆，敲锣打鼓，聚会游行。 大大小小的会议，大大小小的活动，大大小小的游行，大大小小的传达学习贯彻，大队长陈有锅的工作格外忙碌，贫下中农们也都非常忙碌，个人生活方面的事情，能够暂时放一放的，都暂时往后放了，何况顾命大和歪毛陈金泉两人都还年轻，他们的婚事，双方家长也就还没有提上议事日程。 国家重大的政治生活大大缓解了顾命大个人的生活窘境，毕竟顾命大也就是十七八岁的女孩子，更加上又总是能够被选拔到大队毛泽东思想宣传队，经常参加排练和演出，很是有脸面，并且都是算工分的，顾命大脸色红润起来，身体也壮实起来，不再又黄又瘦了。

　　贺锐老师排练了一部大型史诗性歌舞《太阳最红毛主席最亲》，被选拔出来，代表长淌口公社，赴沔阳县县委大礼堂登台表演，这是他们公社的很高荣誉。 在这个过程中，作为女声领唱的顾命大，就认识了男生领唱的鄢继舜。 鄢继舜是集木小学的代课老师，是回乡知识青年。 作为男女领唱，顾命大要用略微嘶哑的女音，眼噙热泪，深情地唱："太阳最红——毛主席最亲——您的光辉思想，永远照我心——"鄢继舜要用低沉的男音，眼噙热泪，深情地接着唱："春风最暖——毛主席最亲——您的革命路线，永远指航程——"他俩还领唱了《敬爱的华主席》等歌曲。 鄢继舜清秀、腼腆又谦和，因为父亲是右派分子，家庭出身不好，对人人都很恭敬，他歌唱得很好，也没有丝毫的骄傲，他教书也教得很好，也没有丝毫的骄傲，二十岁，还没有找对象。 一个才子佳人的故事，就自然发生了。 革命歌曲对唱变成了少男少女情歌对唱。 顾命大鄢继舜，几乎是一见钟情，立刻就陷入了热恋。 在沔阳县县委大礼堂演出后，顾命大鄢继舜这对年轻人，获得的不只是掌声和奖状，更是收获了爱情。 就在演出颁奖结束之后的那个深夜，在桃花和野草都盛开的招待所院子深处，顾命大鄢继舜偷偷约会了。 鄢继舜主动搂抱了顾命大。 顾命大的羞涩扭捏，很快被融化。 火热的男女激情，不可抑制地喷发，他们肉体的私密之处，就亲密摩擦在一起了。 对于顾命大来说，这就是天大的事情了，她就是鄢继舜的人了！ 男婚女嫁的诺言与山盟海誓，都随着肉体的亲密一并产生了。 翌日，他们向最信任的贺锐老师坦白了他们的恋爱关系，得到了贺锐老师的热烈祝福，贺锐老师鼓励他们要做新时代的年轻人，什么媒妁之言父母之命，尤其还在未成年时候的那种说亲，都是腐朽陈旧的违背人性的陋习，完全可以打破那一套，建设自己更加文明美好的新生活，而且，现在，"文化大革命"结束了，"四人帮"粉碎了，华主席掌舵了，一个新的春天来到了，一切都将更加美好。 顾命大鄢继舜受到了极大的鼓舞。 三个年轻人，在县城逛大街，高谈阔论前途、理想和友谊。 贺锐老师带领他俩，唱起风靡全国的一首南斯拉夫电影插曲："啊朋友再见，啊朋友再见，啊朋友再见吧再见吧再见吧，如果我，在战斗中牺牲，请把我埋在山冈上。"贺锐要离开农村了，他已经招工回城了，知青运动结束了。 三个人在大街上告别，依依不舍，都哭出了声，都答应互相写信，保持联络，让革命友谊万古长青。

　　然而，一回到乡村，浪漫爱情即遭摧毁。 顾命大和鄢继舜的私订终身和山盟海誓，很快就被毒打彻底瓦解。 顾命大，一个已经有了人家的女子，竟然这么不要脸地要和"地富反坏右"分子的儿子谈恋爱，太道德败坏了。 出于为顾命大一辈子好，她的父母姐姐弟弟，全家上阵，轮番毒打。 一直打到顾命大除了脸部，浑身上下再没有一块好肉，人也昏死过去几次，直至顾命大跪地求饶，发誓断绝与鄢继舜来往。 至于鄢继舜那边，很好办，一个右派分子的儿子，他敢怎么样？ 顾命大的父母，悄悄去了一趟集木大队，找到鄢继舜的父亲，严正警告了他，说他儿子动的是大队长的儿媳妇，如果传出去，让大队长陈有锅知道了，那可不得了。 右派分子深表歉意并当即保证，他的儿子绝对不会和顾命大谈恋爱。 顾命大鄢继舜的初恋火花，就此被父母家长扑灭了。

顾命大重新回到一死了之的办法上来。一天深夜，趁全家熟睡，顾命大跑到后门口，靠着柴草垛子，喝了有机磷农药 1605。但是，顾命大的自杀，没有得逞。她的姐姐大丫，早就把瓶子里头的农药换成了水。顾命大正抱着农药瓶子咕噜咕噜地喝，大丫闪身出来，得意地哈哈大笑，阴毒地说："你想得个好死？没门！"

顾命大再一次没有死成。顾命大把农药瓶子掷向大丫，唯有呼天抢地，号啕大哭。

知青运动结束，知青全部回城，文学也跟随远遁，乡村恢复从前的冷寂。在全家人的严密监视之下，顾命大晴天下地干活，雨天在家纳鞋底绣花做家务，只许老老实实，不许乱说乱动，顾命大的姐姐大丫，宁可自己不出嫁，当然也是嫁不到合适的人家，几年如一日贴身监视妹妹顾命大。一晃几年过去，顾命大目光日渐暗淡，歌喉完全喑哑，沉默寡言，行动呆滞，直至婚期到来。

顾命大曾经以为，失去鄢继舜，是她最大的苦难。她哪里料到，更苦难的事情，还在后头。首先，顾命大出嫁就很不顺利。婚期定了，喜帖子都下了，陈有锅接到告密，说顾命大偷过野男人。陈有锅毕竟长期当干部，还是不同于一般农民，没有火烧眉毛就跳脚，也没有马上退亲，茶礼都送了几年，付出的已经太多，这个时候退亲，他家名誉也不好听，以后儿子也不好找媳妇，毕竟儿子是个歪毛，年纪也不小了。 陈有锅更阴毒的一招，他提出要检查顾命大的私处，只要她还是处女，陈家就还要这个儿媳妇。 顾命大的父母，一对老实巴交的农民，不仅不敢反对，反而积极配合。 某一天，熟睡的顾命大突然就给堵住嘴巴五花大绑起来，被抬到堂屋的饭桌上。 陈有锅带着赤脚医生出现了。 赤脚医生一剪刀剪破了顾命大的裤裆，当着两家家长的面，拨开了顾命大的阴部：粉嫩的伞状处女膜完好无损。 陈有锅瞪大眼睛仔细查看，然后与赤脚医生点了点头。 一个未嫁女子，就这样被公爹扒开私处细看，自己的父母还在一边帮忙，顾命大再也没有脸面活在人间了。 两边家长一离开，顾命大起身就冲出去，一头撞向大门口的石碾子，她的脑袋随即发出开裂声，酷似一只西瓜被一掌拍破。 还没有走远的人们赶紧跑了回来，赤脚医生一看，跌脚大叫："完了！"

顾命大多么希望自己真的能够"完了"，不幸的是，她没有完。 陈有锅紧急动用了他的人脉关系，他找了公社书记，公社书记再找县委领导，大医院的救护车很快开来了。顾命大及时动了颅脑手术。 住院几个月后，一个漂亮姑娘又复活了，还在县城大医院养得白白胖胖的，不久，顾命大就嫁到了周陈湾，做了歪毛的老婆。

既然已经做了歪毛的老婆，那就认命吧。 至少在被花轿抬离娘家的那一刻，顾命大倒也还是感到了彻底摆脱娘家的一种松快。 她以为从此努力生活，日子也有可能好起来一点。 现实很快粉碎了顾命大的良好愿望。 她的丈夫歪毛，不仅是个天生的歪颈子，还是个天生的歪货。 周陈湾全村大人小孩，没有人看得起他。 歪毛好吃懒做，常常和光混汉二流子们混作一堆，见女人就撩，见母猪母牛也惹。 谁家媳妇正奶孩子，他也要跑过去涎着脸讨口奶吃。 生产队集体出工，在田野干活，妇女们很容易就可以哄歪毛脱掉裤子，再罩住他的歪脑袋，一哄而上，用荆棘条、树枝子抽他的光屁股，个个咬牙切齿笑骂：打死这个小畜生！ 打死这个小畜生！ 歪毛也不知羞辱，还与妇女们调笑，实在打重了、见血了、疼厉害了他就哭，就姑奶奶祖奶奶地乱叫讨饶，其实许多媳妇是他晚辈，乡村特别讲究辈分尊卑，这样自轻自贱，哪里会有人看得起。 顾命大发现一回，就哭一回，自己的脸，全被丈夫给丢尽了。 歪毛的妈，偏袒儿子，见不得顾命大哭哭啼啼，觉得晦气，动不动就哭哭啼啼，咒家里死人吗？ 只要顾命大哭，婆婆就要骂。 骂她臭不懂事，大惊小怪，男人不就是这个样子吗？ 男人年轻不玩玩啥时候玩？ 公公陈有锅，倒是明里暗里护卫顾命大，却明里暗里都在趁机占便宜，摸一把捏一把的，无人处就在顾命大耳边悄悄说下流话："我已经看过你的小屄了，你勾引我多时了，你熬得我好惨啦，你得救救我啊！"顾命大羞恼不堪，躲又躲不脱，说又不敢说。 婚后的日子实在无法过下去，顾命大鼓起勇气，写了离婚书，跑到公社，要求离婚。 正在这个时候，她却有了身孕。 这个孩子来得真不是时候，顾命大真是恨死了肚子里的这个累赘。 没办法了，顾命大只得闭着眼睛熬到孩子出生。

歪毛是独子，陈家三代单传，全家想男孩子已经想疯了。 顾命大在房间里分娩，陈有锅在外屋，热锅上的蚂蚁似的乱转。 歪毛早就睡着了，陈有锅却是一夜无眠。 当接生婆把新生男婴胯下的小鸡鸡亮到陈有锅面前，陈有锅激动地连连鼓掌，哈哈大笑，奔到屋外，手舞足蹈，这个时候，太阳刚刚露出地平线，陈有锅便认定这个孙子吉时出生，紫气东来。 江汉平原几百年来的传说，据说陈友谅出生时刻就是紫气东来，后来果不其然，陈友谅做了皇帝。 这说明陈有锅的孙子，绝非等闲之辈。 陈有锅高兴得亲自为孙子取名叫陈富强，大请满月酒不说，还要每天都抱一抱，又是亲又是爱的。 然而，对于顾命大来说不是什么好事，如果生的是女孩，遭陈家嫌弃，她就可以豁出去闹离婚了。 而陈富强的出生，牢牢拴住了顾命大，陈家根本不允许孙子失去母亲。 陈有锅越是喜欢得紧，顾命大看着越是心烦。 陈有锅借疼爱孙子的名义，公然把手伸进顾命大的怀里，故意在顾命大喂奶的乳房上摩擦和停留。 哺乳期间，陈有锅等在一边抱孙子是乐此不疲。 顾命大没有任何办法阻止陈有锅，唯有冷起一张不耐烦的脸。 陈富强从小看的就是母亲这张不耐烦的冷脸，他也不喜欢母亲。 打从婴儿时候就是，陈富强只要一到爷爷怀里，就笑，就睡得香甜。 除了吃奶，在母亲怀里就会不停地哭闹尖叫。 而顾命大，甩起巴掌就揍儿子的小屁股，经常打得鲜红赤赤的。 最初顾命大可以打赢儿子，待陈富强长到七八个月，两三颗小牙齿刚刚长出来，一口就差点咬掉母亲的奶头。 在全家人的百般溺爱之下，陈富强迅速成长为家里最具权威的小男人，很快就凌驾于母亲之上。 顾命大开始惧怕凶猛的儿子。 陈富强到了八九岁，就已经经常呵斥母亲顾命大了。

现实越来越冷酷：顾命大又怀孕了，生了女儿。 陈家觉得只有陈富强一个男孩很不保险，不依不饶地要顾命大接着再生。 顾命大又怀孕，生了小儿子。 尽管陈家如愿以偿非常高兴，但也为此付出了巨大代价。 第三胎属于超生，违反了计划生育国策，陈有锅受到处分，大队长被降级成副大队长，又被罚了巨款，拿不出钱来就拆屋牵牛，最后还欠下一屁股债。 歪毛也被计划生育委员会拉去医院，做了输精管结扎手术。 手术没有做好，歪毛老喊腰痛腿痛，走路一瘸一瘸，本来就是一个不爱劳动的人，趁机表现出了劳动力的全部丧失。 同时世道也在变化，风水也在流转，知青运动结束以后，原本分管知青工作、重权在握、无数知青家长请客送礼的陈有锅，就没有什么实际权力了。 恰好周家又有几个年轻力壮的复转军人威武回村，个个都是党员，明枪暗箭逼陈有锅彻底退位。 歪毛的妈，又气又急，病倒了一段时间，一命归西。 家里所有的活计，都落到顾命大身上，全家六口人六张嘴，每天一睁眼，就要吃饭，地里还有农活，猪圈还要养猪，顾命大一刻不停地忙碌，累死累活。 劳累还不是最可怕的，最可怕的是陈有锅对顾命大的长期骚扰。 尤其在老婆死掉以后，陈有锅的骚扰变成了理直气壮的霸占。 多次地，陈有锅在顾命大面前公然拍桌子，咆哮："老子闹革命、当干部，奋斗了一辈子，为的就是实现共产主义。 老子在自己家里都不可以睡女人的话，算什么共产主义？！ 老子为全家顶梁撑户，操劳一辈子，凭什么不可以率先实现共产主义？！ 老子理解的共产主义，就是十个字：'锅里有煮的，胯里有杵的'！"陈有锅一口歪道理，还咄咄逼人，足以压倒顾命大。 顾命大在脑袋动手术以后，经常头晕，转个身都只能是慢慢的，人也就不那么灵光了，又一连生养三胎，加上屋里屋外劳作忙碌十分辛苦，这个时候的顾命大，已经被生活折磨得身心俱疲，心力交瘁，胆战心惊，顾此失彼。 女人们一起谈闲，顾命大连个笑话都不会说，显得十分笨拙。 大儿子陈富强，聪明机灵好强好胜，自命不凡，霸道得很，活像他爷爷陈有锅，对母亲也是百般看不起，对她说话，冷着脸子，呼来喝去。 顾命大对大儿子，恨又恨不起来，爱也爱不起来，她只是木然。

这一年的春节前夕，顾命大发现自己又有孕了，全村谁都知道歪毛已经结扎了，这当然只能是公公陈有锅的孽种，对顾命大来说，无异于晴天霹雳。 她的人生，就再没有生路可走了。 这一次，顾命大决定，她坚决要死掉。

鉴于历史上的屡次失误，此次自杀，顾命大进行了周密的考虑和计划。终于到了计划中的这一天，顾命大到长淌口公社镇子上，卖了两头成猪，生平第一次狠心花钱，为自己送终。她买了一件最时兴的红色羽绒袄，穿上为自己絮得厚厚的新棉裤，头上戴起花围巾，把头脸遮盖得严严实实，在傍晚的昏暗里，走上了一条与回家相反的路。

顾命大走啊走啊，行了一程又一程，歇了一晌又一晌，她要走得远远的，远远的，远得超过陈家人以及所有人的想象。终于在凌晨时分，东方发白了，曙色出现，顾命大找到了展翅长河，据说这是江汉平原东头一条通向长江的大河。顾命大坐在河边，吞下了整整两瓶感冒药以便让自己昏昏沉沉，再吃完了最后一只芝麻烧饼，然后心满意足地把自己溺入河水。顾命大希望自己的尸体，漂漂亮亮地，顺着大河流进长江，再流进大海，干干净净地，无声无息地，进入无边无际的海洋。

应该说，这是一次完美的自杀。

9

晕倒在烂泥湖村的顾命大苏醒过来，坚定地表示她不认识陈富强。陈富强的处境，一下子更惨了，王旺发刘粉娥认定这里头有猫腻，决定把他交给河南老九们。只要落到河南老九们手里，陈富强不是亏人就是亏钱，这是不用说的，你

想搞死人家的老婆，人家就要搞死你。 陈富强终于觉悟了，
发现大势不妙了，他过高估计了母爱。 他母亲顾命大与他们
陈家人，恐怕真的是恩断义绝了。 陈富强决计彻底放弃自
尊，来软的，主动赔小心，装孙子，自我检讨，自我糟蹋，
力争在天黑之前，扭转颓势，河南老九们差不多天黑以后就
会赶到的。 感谢夏日夕阳，兀自下山得缓慢，兀自那么白热
灼亮，让烂泥湖村的傍晚，还是亮堂堂的，为陈富强带来了
良机。 正在眼观六路耳听八方的陈富强，远远看见公路那边
出现了一个挑担的。 陈富强终究是农村出来的，有经验，一
看就知道那是一个卖瓜果的。 炎夏季节，下晚时分，瓜农刚
摘了西瓜，出门卖新鲜瓜果来了。 天助我也，陈富强立刻十
分渴求地高喊："瓜！ 瓜！ 卖瓜的！ 过来！ 买瓜买瓜！"
瓜农听见了，就挑担往这边来了。

在通顺大超门口打麻将的王旺发和三个老头子，都被陈
富强的喊声吓了一大跳，又听出他口音变了，就都跑了过
来。 陈富强主动迎上讨好的笑脸，用家乡的口音说："王老
板，我请客我请客，买瓜买瓜，都吃，全村都吃，这妈屄天
气太热了，吃什么都比不过吃瓜。"

陈富强态度的大转弯，令王旺发大感不解，他不敢相信
地看着陈富强。 陈富强进一步表演了一出狠戏：对准水泥电
线杆子，把头使劲一蹭，鬓角顿时渗出血来。 陈富强羞愧难
当地对王旺发说："不好意思啊王老板，我错了！ 我年轻不
懂事，好面子，爱虚荣，用满口武汉话和你们抬杠，装城市

人，其实我是沔阳人啦，我也是农村人啊，我家就在沔阳长淌口公社潮愿大队周陈湾啊，我就是一个民工啊，我就是想哄骗婆婆妇女们，多赚几个小钱，不好意思啦，我赔礼道歉赔礼道歉！"陈富强用一口地道的沔阳长淌口乡音赔礼道歉，大家立刻就心软了。 老头们听到沔阳话，很亲切，就笑起来，说："哦，是沔阳话是沔阳话，那就难怪了！"武汉与沔阳隔不过百把公里，王旺发和沔阳人没有少打交道，他大为感慨了："难怪难怪！ 难怪你这小狗日的这么鬼精乱钻的，沔阳人嘛。 啊！'奸黄陂狡孝感，又奸又猾是汉川，十个汉川佬，比不上一个沔阳苕'，这话没得说错的！"大家哄笑起来，陈富强也和他们一起笑了。 瓜农担子也正好到了眼前。 担子一看就喜人，刚刚摘下来的西瓜、香瓜、丑瓜，样样都有。 陈富强抢着嚷嚷让他请个客让他赔个罪。 王旺发说："好好好！ 看你表现！"瓜农是准备挑到经开区大街上去卖的，想卖个好价的。 陈富强就问："好价是多少？"狡黠的瓜农见风提价，八角钱一斤的西瓜说是一块五，老头们惊叫起来，说："你个杂种，乡里乡亲也不客气啊，一刀宰得流血啊！"陈富强说："哎呀，算了算了，这么热天挑一担，赚点钱也不容易。 一块五就一块五！ 这一担我都要了！ 吃不完放通顺大超，慢慢吃，瓜嘛，一下子又坏不掉的。"瓜农高兴了，连连夸赞这个老乡义气。

这时候大家才发现：陈富强手脚还被捆着，掏钱都掏不了。 陈富强的红票子，是藏在内裤口袋里的。 王旺发摆了摆手，老头们赶紧就松了陈富强的绑。 陈富强从裤裆掏出钱来，一共九十来块钱的瓜，陈富强豪爽地给了一张红票子，一百元整，说："不用找了！ 乡里乡亲的，今天不打不成交，多个朋友多条路。"陈富强一口沔阳话，村野土气的，与此前几个月装出来的城市模样，判若两人。 烂泥湖村人都被惹笑了，还有顽皮少年，在一边学口学舌，嘲弄沔阳话，陈富强也跟着笑。

天气太热了，先吃瓜先吃瓜！ 大家把瓜都弄到了通顺大超门口，陈富强巴结地装了一筐子瓜，放进通顺大超柜台后面，明摆着是要王旺发留着慢慢吃。 王旺发装着没看见。对陈富强的态度，却是明显缓和起来。 吃瓜吃瓜！ 来者有份！ 烂泥湖村村民，很快又都聚到了场子上，畅畅快快地，都来吃瓜。 先吃瓜再说。

机会就这样来了：陈富强猛吃一顿瓜，突然肚子疼，捂住小腹，哇哇叫，要拉屎。 茅坑在村子里头，大家给他指了指。 陈富强内急，脸都白了，王旺发还能够说什么？ 管天管地，管不了拉屎放屁，拉屎放屁比天都大。 再说顾命大已经活过来了，陈富强也并不是心怀叵测前来寻仇的河南探子，接下来最多就是要陈富强出一点营养费给顾命大压惊了。 王旺发就没有说不。 其他人自然也不说什么，大家都在吃瓜。 陈富强撒腿就往茅坑跑了。 只有刘粉娥狐疑地盯着陈富强，一直盯着他跑进茅坑。 只有刘粉娥不吃瓜。 一个和她一样的乡巴佬出身，一直在她面前居高临下装城市人，太恶心了！

陈富强跑到茅坑，茅坑四下无人，只有满地蛆和烘烘臭气。当然，陈富强立刻打了手机。第一个电话，打给老婆李莲莲。李莲莲明显很不客气，说："人在哪里啊？ 说话呀！ 是要带钱捞人还是要收尸？！"

任李莲莲怎么恶毒，她的声音都是陈富强的福音。陈富强激动得都泣不成声了，说："莲莲！ 莲莲！ 我的好老婆！太好了太好了！ 你这么快接我电话了！ 你这是救我命了！"李莲莲一听大惊，陈富强这不像是假的啊！ 陈富强不是假的。 不过陈富强自觉不自觉地，将自己处境的危险性放大和夸张了许多，似乎烂泥湖村的乡巴佬与河南老乡，正在置他于死地，就连他亲妈，都不认他，哦，他今天终于找到他妈顾命大了，其实他真的是一个大孝子，他暗中寻母二十年了！ 李莲莲立刻明白了。 李莲莲感动了。 李莲莲发现自己想多了。 李莲莲绝对是一个精明强干的女子，她立刻告诉自己老公："我马上带人赶过来。 你撑住，和他们周旋。 我知道经开区的烂泥湖村在哪里。"李莲莲知道烂泥湖村在哪里？！ 她怎么会知道？！ 情急中，陈富强没来得及多问。李莲莲也不多说。 夫妻俩以最快的速度，商量好了对策，然后李莲莲立刻去行动。 而刘粉娥，也已经朝茅坑走来，她的直觉告诉她：陈富强是假装内急，他的救助电话，已经打出去了。 不过好在，河南老九们，已经到了烂泥湖村。

紧接着，陈富强打了弟弟陈富有的电话。陈富有一听亲妈找到了，哇一声就哭了出来。陈富强吼道：头脑简单感情丰富！一个大男人妈戾别开口就哭啊！陈富强喝止了弟弟的哭声，把刚才他们两口子商量好的办法，一一叮嘱陈富有：第一，陈富有赶紧先骑电动车带上李莲莲赶过来，电动车最快，不塞车。第二，其他人让陈富凤带着打车过来。第三，孩子们都带来，给奶奶唱一个《世上只有妈妈好》，看顾命大还能够不认亲不成。第四，今天已经太晚了，估计要在烂泥湖村过夜，带上牛肉店最锋利的剔骨刀和棒子，防止河南人半夜抢人或打闷棍。

最后，一切行动，都听你嫂子的！切记切记，不然大哥我命就没了——陈富强最后强调。陈富有表决心：晓得了！

相貌普通的李莲莲，的确绝非平庸之辈，这是陈富强知道的。陈富强完全不知道的是：在李莲莲怀疑他外面有人以来，已经果断雇请了私人侦探，已经调查出陈富强最近老跑的地方叫作烂泥湖村，且李莲莲已经去实地踏访过了。李莲莲也已经知道了外面的女人刘粉娥。侦探还拍到了刘粉娥狂热购买陈富强货品的照片。刘粉娥，一个俗不可耐的名字，一个五大三粗口红涂得像鸡屁眼的女民工。李莲莲看了都恶心。刘粉娥与陈富强手碰手的照片，都在李莲莲手里了。李莲莲怒火中烧。但是，李莲莲忍住了。李莲莲表面波澜不惊，一如往常，该干吗干吗，暗中却已经在准备起诉离婚并对过错方陈富强提出赔偿。李莲莲定要陈富强赔得倾家荡产，妻离子散，死无葬身之地，因为李莲莲还掌握了陈富强偷税漏税的证据。一个乡巴佬陈富强，经由与李莲莲结婚变成城市人的，还敢跟李莲莲玩婚内出轨，看李莲莲拍不死他。爱恨情仇一场，男人的花心和出轨让李莲莲心如死灰，她敢作敢当，一脚踢开陈富强，儿子房子车子款子，都将是她的，李莲莲必须是人生赢家，李莲莲坚信自己的智商和情商，都远远超过陈富强。当然，李莲莲一旦发现这是一场误会，她也会及时收起自己的利剑。这辈子只要陈富强不负她，她将永远不会说出这一次的行动，一切就当没发生。不过，假如日后陈富强还是跟她玩花招，那就走着瞧。现在，别的都不说了，李莲莲直奔烂泥湖村，去救夫。

好了！现在好了！陈富强全然不觉自己待在臭气熏天的茅坑里，绿头苍蝇嗡嗡飞也无所谓。他舒服地大大呼出一口气，尽情地伸展伸展了四肢，然后不慌不忙解开裤子，撒了一泡长长的尿。陈富强尿完，正拿着家伙，抖掉龟头的尿滴子，刘粉娥直接闯进了茅坑。慌得陈富强把家伙往裤裆里直塞，旋即，他又不慌了。陈富强想，现在他可以不怕刘粉娥了。

刘粉娥冷笑着，轻蔑地说："这么臭都不怕，厉害！"

刘粉娥当然已经明白陈富强假装内急欺骗成功，他躲在茅坑，已把电话打出去喊人了。刘粉娥此前所有的努力，都已经白费了，王旺发终究还是烂泥湖村乡民，没见过什么大世面，太淳朴也太愚蠢了。 陈富强也太阴毒太狡猾了。
不错，刘粉娥已经看到了陈富强那抖着尿滴子的小家伙，不
就是一枚蔫儿吧唧软叮当又小又丑的家伙吗？ 就这点本钱，
刘粉娥真是瞎了眼！ 刘粉娥此前几个月里，还真对陈富强起
了爱慕之心，简直好不恨人！ 这么大一片湖区，这么多婆婆
妈妈小媳妇大姑娘，难道真的就是刘粉娥看上去最傻吗？ 要
不然为什么偏偏是她被陈富强选中而且让他得逞？ 假如有一
支枪，刘粉娥觉得自己会毫不犹豫对准陈富强开枪，因为到
了此时此刻，陈富强居然还不明白刘粉娥对他的极端厌恶，
还敢调戏刘粉娥。 他嬉皮笑脸对刘粉娥说："姐姐，你可看
了我的家伙哦，王老板知道了会是什么反应呢？"

刘粉娥高度蔑视，连眼珠都不转过来，说："出去吧，我
九哥他们到了！"说完扭头就走了。 这也算是一场小小的爱
恨情仇。 爱恨情仇的质地，却都是同样天大，爱也爱死个
人，恨也恨死个人。

陈富强并没有丝毫的害怕，他哈哈笑着，豪迈地出了茅
坑。

一群身穿迷彩服的河南渔民，已经在通顺大超门口，蹲
的蹲，站的站，等着陈富强。 河南老九叫了五六个人来了。
渔民们黧黑的脸膛，胳膊手指如钢铁般的爪子，人人都穿迷
彩服，脚下是球鞋，裤腿挽起来，一段同样黧黑的胫骨，刚
强有力。 河南老九在里屋，正在照顾老婆顾命大。 陈富强

出现后，刘粉娥把河南老九喊出来了。王旺发也从通顺大超出来了。

现在王旺发才弄清楚：不是赔偿的问题了，是陈富强要把顾命大带走的问题了，是河南老九坚决不让陈富强把顾命大带走的问题了。问题变得很棘手：顾命大被陈富强认定是自己的亲妈，自己的亲爹还在，又没有离婚，陈富强肯定要把她带回家。可是河南老九也是明媒正娶顾命大的，两口子都一起过了十二年日子，十二年过得好好的，凭什么人都没有权利把人家老婆带走。刘粉娥看着一群男人争来争去不得要领，她实在忍不住了，走到男人堆，说："别扯了！很简单。就算有人一口咬定我九嫂是他亲妈，怎么亲妈认不得你？既然亲妈都认不得你，你就先走人，有什么好纠缠的！"

王旺发大声喝彩："是的！对头！就这理！陈富强你就赶快走人吧！"

河南老九也明白过来，说："走人走人走人！不走可不要怪俺们了！"

陈富强灵机一动，他想起来了，他说："她就是我妈！她左手缺一个小指头！"

刘粉娥更机灵，马上挺身作证，说："她是我九嫂，十几年生活在一起，她左手啥都不缺！"

河南老九这下恍然大悟。他是有脑筋的：当务之急，是尽快赶走陈富强，然后赶紧把床铺底下高压锅里头的钞票带上，把顾命大带走，远走高飞。

河南老九把胸脯子挺出来，几乎顶到陈富强胸前，眼睛睁得红红的。一群河南渔民，跟着河南老九，地动山摇一齐往前推进。陈富强一个人势单力薄，又怕打，步步后退。很快，河南老九他们把陈富强逼离烂泥湖村，驱赶到了公路边，试图拦一辆摩的。就在这个千钧一发的时刻，一辆电动车疾驰而来：陈富强的援兵到了！

陈富有来了，李莲莲也来了。陈富有把电动车一歪，拔出剔骨尖刀冲向前，大叫："我妈呢？我妈呢？"紧跟着，陈富凤到了，她丈夫也到了。两辆的士，挤满了大人小孩子，接二连三出来的还有陈富有的老婆，他老婆还牵着三个小孩子。陈富强顿时来了精神，振臂一呼，组织反攻。李莲莲打头，一手牵一个小孩子，表情坚毅，无往不前。陈家妇女儿童打头阵，所有男人跟后面，齐齐向前走。河南老九们节节败退。一团人，涌涌地，推推搡搡地，回到了烂泥湖村。

见势不妙，刘粉娥泪水就要涌出来，赶紧拿指头去堵，一抹一抹地，又使劲吸鼻子。王旺发亲昵地拍了拍刘粉娥的肩膀。刘粉娥肩膀僵硬着，不去理会王旺发的安慰。刘粉娥对王旺发失望了，看穿了。王旺发还是土气，土在智商，一个男人的土气原来并不在于他是戴大板子金戒指还是戴时尚腕表。陈富强的几个瓜果加一点屈就伏小的伎俩，就蒙哄了王旺发。 刘粉娥转身穿过通顺大超，到屋子后院去了。她得去和顾命大告个别。 她已经预感到了陈富强必赢的结局。 顾命大被抬到这里，气色好了不少，只是还起不了身，躺在一张老旧的竹床上。

刘粉娥过来，拿起顾命大的左手，紧紧握住，这就看不出缺一个小指头了。 刘粉娥什么都明白了，说："九嫂，亲，我对不起你！ 都怪我疯疯癫癫，把你拉出来逛街。"

顾命大说："是福不是祸，是祸躲不过。 不怪你。"平素言语很少的顾命大，也知道刘粉娥心里明白了，就多说了一句话："你去告诉他：我不会认他的，他的亲妈，二十年前就死了。"刘粉娥一听这话，心如刀绞，想顾命大这是遭受过多大的虐待啊，她再也忍不住，泪水纷纷滑落，说："亲，咱来不及了！"

忽然间，外面就人声鼎沸，呼啦啦大群的人拉拉扯扯就寻到了后院。 河南人拦不住陈家婆婆妈妈大人小孩了。 李莲莲带过来陈家的三个小孩子，往顾命大面前一跪，还笑嘻嘻地，以为就像电视剧，又害羞又顽皮又好玩，叫了几声"奶奶"，就唱起歌来，唱的是："世上只有妈妈好，没妈的孩子像根草。"陈富强兄弟姊妹三个人，加上各人的配偶，一排六个年轻人，挤到顾命大面前，叫了声妈，这一叫，心一酸，就抽抽搭搭了，尤其是陈富有陈富凤，顺势就悲情大释放了。

此情此景，便再也由不得顾命大了。 也由不得河南老九了。 也由不得王旺发了。 更由不得刘粉娥了。 谁都无可奈何了。 儿孙都跪在面前了，血缘就是血缘，没人能够违背。陈富强赢了。

陈富强赢了，但他并没有被胜利冲昏头脑。 在老婆李莲莲的帮助下，陈富强安排全家人今夜就宿在烂泥湖村。 陈富强表面的理由是：因为时间已经太晚了。 因为大家都还要好好吃一顿晚饭。 因为母亲顾命大身子虚弱经不起折腾。 因为河南老九还是不肯放手，死缠烂打守在顾命大身边不肯离去。 好在敌方阵营最聪明的刘粉娥，已经被她老公带回他们河南人的无浪村了——刘粉娥最后一刻还狠狠挖了陈富强一眼。 陈富强当作没看见。 李莲莲分明看见了，原来刘粉娥是陈富强寻母的劲敌，两人是有深仇大恨的，李莲莲很高兴。 李莲莲听不到的是刘粉娥低声对她老公说的话："你认准这个男人啊！ 一个坏种！ 将来总要他不得好死！"

烂泥湖村有的是空房子，再在王旺发的通顺大超买一批宿夜的必需用品——王旺发倒是发了一笔意外之财，他自然就高兴并客气起来。 王旺发转而帮陈富强一大家子安排住宿，因为情势发生了变化，因为陈家儿孙来了一大群，充分证明了他们与顾命大的血缘亲情，这个就是硬道理了。 何况陈家是出钱的，陈富强的老婆李莲莲做事大气利索，与王旺发一笔笔算钱，算好了当即就转账，连房租带食品和用品，王旺发报的价，李莲莲都没有讨价还价，这可是一笔不小的买卖，这也是今天太阳出来的时候厌恶陈富强的时候凝望老槐树的时候，王旺发都没有想到的，世事难料，坏事变好事，好好好。

其实，这是陈富强的谋略。早就想好的。现在只是照计划进行。哪怕陈家全家都临时将就一夜，住宿一次烂泥湖村，花掉一笔钱，也是值得的。现在世界上，哪个广告不需要投入呢？哪笔生意不需要成本呢？明天清早，好几家媒体将会赶来，邀约的记者将会进行现场采访。当年只有十四岁的乡村少年陈富强，立志寻母，离开家乡，一边打工一边寻母，吃尽千般苦受尽万般罪，坚持寻母二十年，孝感动天，今天终于找到了母亲——这个感人的故事将会成为轰动一时的社会热点新闻。通过媒体渲染，陈富强将成为名人，到处演讲，成为弘扬中华民族孝道的正能量人物，说不定还会拿到共和国脊梁奖呢。那么陈富强就可以借势出售在网络连载的故事版权、改编电影、受邀做电视广告、把连锁店开到全国去，火到全国去。到那个时候，荣誉、金钱、社会地位，将滚滚而来，滚滚而来。

有志者事竟成。陈富强坚信。在烂泥湖村星光灿烂的夏夜，陈富强李莲莲夫妇在老槐树下乘凉，陈富强这才把自己的雄才大略一一告诉老婆，李莲莲这个惊喜啊，佩服得五体投地，连连说爱死我的老公了。夫妇俩一边乘凉，一边巡逻，一边倾诉，一边展望未来。不过李莲莲还没有傻到把自己此前的离婚准备吐露出来。她更多的是听陈富强的心声，附和夸赞老公，而时刻保留自己的一份警醒，她知道越是有本事的男人越容易出轨。 他们还一再细化了明天计划的种种情节。 在寻母成功后，陈家兄弟姐妹非常团结，紧紧围绕陈富强。 他们彻夜守夜，不让河南老乡的任何企图得逞。 陈富强夫妇值守上半夜，陈富有夫妇值守下半夜。 陈家兄弟几乎一夜无眠。

一个平安无事的烂泥湖村之夜过去了。

翌日，陈富强按部就班，实施了他的计划：新闻热线特邀记者早早就赶过来了。 另外几家媒体的记者以及自媒体记者，也都陆续来了。 母亲顾命大，被媳妇李莲莲率领的陈家妇女们簇拥着或者说是挟持着，她们将顾命大收拾得干干净净，一身新衣服，戴上了一条红色的辟邪项链，配合陈富强接受现场采访。 陈富强说到动情处，抱头痛哭。 母亲顾命大并不与谁抱头痛哭，可是陈家子孙都纷纷来抱母亲顾命大，叫的叫喊的喊，思念亲人的热泪，洒满烂泥湖村。 人们都感动得一塌糊涂，寻母二十年啊，二十年不见的亲人终于相见啊！ 只是母亲顾命大一言不发，表情呆滞，却有儿媳妇李莲莲的花言巧语，她解释说老人身体欠安，耳朵也不好使了，聋了，听不见了，被人贩子拐卖的生活颠沛流离，已经被折磨到奄奄一息了，云云。 现场采访差不多要结束了，顾命大和河南老九都以为正如陈富强告诉他们的，只要配合采访，他们就可以回家了。 这个时候，却有警车呜呜而至，前来解救被拐卖的妇女，当然是陈富强报警的。 警察一来，河南老九的拼命劲儿，就不管用了，他还拼得过警察？！

10

二十年前，一场精心策划的原本完美的自杀，怎么就稀里糊涂变成活到了现在呢？ 如今连顾命大自己都不明白了。

那一年春节前夕，顾命大在集市上卖了猪，为自己买了一身暖暖和和鲜鲜艳艳的羽绒服，替自己装殓送终，步行了老远老远，吃了好多感冒药，人已经昏昏沉沉了，这个时候投入展翅长河，肯定是能够自杀成功的。 顾命大料不到的是，她竟然就一直没有沉下去。 在好长一段时间里，顾命大一直浮在河面，直挺挺，熟睡一般，顺水漂流。 漂至汉川，正是清晨，晨雾蒙蒙中，打鱼人河南老九出船舱撒尿，发现河面上漂浮着一个衣服红艳艳的女人，就急忙救人了。 顾命大被拖进船舱，还没有苏醒，却是有气的活人。 河南老九与他的河南婆子一起，在船舱，赶紧烧热水，捂被窝，把顾命大救活了。 顾命大睁开眼睛好半天，都拿不准自己是死是活。 顾命大没有住过船舱，躺着一看船舱顶棚又低矮，也不知道这是哪里，就问些昏话：你们是鬼吗？ 我死了吗？ 我下地狱了吗？ 河南婆子对河南老九说："你看你，救了一个傻子。"河南婆子抬手就打了顾命大两个嘴巴，问："疼不？"顾命大说："疼。"河南老九夫妇就笑了起来：不傻不傻，活了活了。

一条破旧的小渔船，就是河南老九夫妇的家。 顾命大在河南老九家里躺了几天，喝了新鲜鱼汤，身体就慢慢恢复了。顾命大的漂亮模样，也就显现出来了。河南老九见了漂亮女人，眼睛都没处放，整天都乐呵呵的。河南婆子心里不高兴，面子上也不说，其实已经起了心思，她要把顾命大卖了，赚一大笔钱。河南婆子有自己的道理：顾命大的命是他们救活的，顾命大的身子是他们养好的，顾命大本来就应该报恩；这顾命大又是一个没家没口到处流浪的，不如给她找个人家正经过日子，也是他们给她的最好的安排。河南婆子常年患病，看病就医已经欠了外面一屁股债，这顾命大分明就是替他们还债来的。河南信阳偏僻乡村，愁的就是娶媳妇，不怕卖不出去。河南老九最初是反对的，可是河南婆子骂道："敢情你是做美梦想养个小？你妈个鸡巴，就算我宽宏大量，咱养得起她吗？"

顾命大倒是很懂事，她完全同意河南婆子的主意。顾命大想这对河南打鱼夫妻救活了她，她也不能够再寻死觅活，死在人家这里，叫人家做了好事还得晦气。顾命大还怀着身孕，是她公公的孽种，说都说不出口的，也需要赶紧上岸设法打胎。更加上眼看着河南老九对顾命大一天比一天色眯眯的，河南婆子已经忍不住要发作了，顾命大感觉自己不可以做这种缺德事情，拆散人家夫妻伙。河南婆子一见顾命大开通，挺高兴，很快就托人贩子，人贩子验货的时候看到货色不错，也就很快把这笔生意做成了。临走河南婆子打开天窗说亮话，告诉顾命大："妹子俺们不兴坑人的啊，到人家里，不可以跑掉。 跑得了和尚跑不了庙，人家会找到我们，我们得赔钱，信誉也没了。 我们救你命，可不兴坑人跑掉的。你发个毒誓吧！"

顾命大就发了个毒誓："我要是跑掉，出门就让汽车撞死。"

河南老九舍不得顾命大。 顾命大下船跟人走掉，他就一直蹲在岸上闷头抽烟。 最后两个人啥话都没说，只默默对了一个眼。

顾命大去了河南信阳，被人贩子带来带去，辗转到一处穷乡僻壤，做了一个光棍汉的老婆。 光棍汉对顾命大倒也不错，顾命大啥话都不说，她的过往怎么问也问不出来，人家也就算了。 顾命大得以休养生息。 缓过劲来，她偷偷找了一个乡村接生婆子，把肚子里陈有锅的孽种拿掉了。 顾命大终于安心了，觉得自己终于干净了。 光阴荏苒，吃喝拉撒，一晃就是几年。 顾命大遵守自己发的毒誓，没有跑掉，她也没处可逃。 也没有再寻自尽，人家对她还不错，她也不可以给人家添麻烦，突然冒出一个丧事要人家料理，人家买你花一大笔钱，葬你再花一大笔钱，都是穷苦人家，顾命大也不能太没有良心，何况人家还会被乡亲们说闲话，好端端一个媳妇自尽了，在村里怎么抬得起头来？ 问题出在顾命大再也怀不上孕了，几年过去，光棍汉家里就撑不住了，人家花钱买媳妇就是要传宗接代的。 顾命大就被转卖了。 转卖也是坦诚相见的，说这几年我们家对你不薄，你不能生养就没有办法了。 说是我们家有一个亲戚死了老婆，家境还行，脾性也温和，只是人有点年纪了，好在也不再需要生养孩子，你嫁过去也没有心理负担，只好好过日子就行。 这种两好合一好的事情，顾命大无法不同意，就点了头。 到年纪大的老头家过了一年多，老头做不动床上的事了，蛮羞愧的，就与顾命大商量，要她转嫁给一个年轻力壮的，那男人仅仅只是出过车祸，缺一只胳膊而已，为人还不错。 顾命大反复解释说她不在意床上的事，老头很固执，说我在意。 说你在我面前晃来晃去，我觉得蛮没有脸的。 老头也对顾命大推心置腹算了一笔账，说：他买顾命大花了不少钱，欠债还没有还完，要是顾命大肯跟人贩子走，老头就可以得到一笔钱，把债还了，可以安心养老了，顾命大就算是他的恩人了。 这么一说，顾命大也就无法不同意了。 加上口齿伶俐的人贩子把思想工作一做，说花无百日红，人无百日好，年纪轻轻还是应该趁早享受生命，相逢是缘，那年轻力壮的男人虽说少一只胳膊，却一点都不计较你。 顾命大也就跟人贩子去了年轻力壮的男人家，男人在床上，也果然是一个有力气的。 话说一日夫妻百日恩，男人又是一个残疾人，需要顾命大照顾。 顾命大也就过下来了。 这个时候了，顾命大还怎么寻死？ 还怎么自尽？ 人家也没有得罪她，人家花大钱买来的女人，也还是比较爱护。 这前前后后的几个男人，都是好人，都比陈有锅父子人品好，陈有锅祖孙三代没好人。 而且关键，人家这都是一笔生意，万一顾命大突然没了，不是人贩子要退钱，就是卖家要退钱，买家也人财两空，顾命大是不可以这么害人的，这么害人死了也会背上骂名，人人都恨她。如此，顾命大还能够咋地？只能活着呗。不料有一天，忽然有警察来打拐，突袭了村庄，原本是解救其他女孩子的，顾命大也被发现了，顺便也给解救走了。

顾命大被解救以后，非常高兴。她简单的脑子冒出一个简单的想法：现在她终于解脱了，终于可以无牵无挂无忧无虑地自尽了。因此顾命大告诉警察实话，她是湖北人。警察就替顾命大买了一张去武汉的火车票，武汉那边有解救站的工作人员接车。但是，顾命大没有出站，她沿着铁轨走了。她的打算是设法走到长江边上去，找一处荒野的防浪林，等夜深人静了，在林子上吊，这不就一死了之、一了百了了。好在顾命大也算是没有做孤魂野鬼，还是回到湖北老家附近来死了，死后说不定就比较容易碰到别春芳，这个救了她小命也最心疼她的女人。顾命大这么一想，还是充满憧憬和蛮愉快的。事情是该有一个结局了。顾命大一路问路，武汉城里人都还挺好心，一路告诉她怎么走，顾命大就顺利来到了汉口的江边。入夜，准备好绳子的顾命大，有条不紊地照计划进行了。顾命大套上脖子以后，毫无留恋地几乎是喜悦地，一脚蹬开了垫脚的砖头。也就是在她蹬开那一摞砖头的时候，树林子里蹿出人来。来人不由分说，果断挥手，一刀割断了顾命大的吊颈绳。顾命大被救过来了，一看，真不敢相信自己的眼睛。这人却是河南老九。河南老九一手提着杀鱼刀，一手搂住顾命大，号啕大哭又哈哈大笑。这两个人，该是怎样的缘分啊！

原来河南老九的河南婆子已经病死了。他们一群河南打鱼人早就来到武汉打鱼了。毕竟武汉大江大湖多，赚钱容易。这一天是河南老九的生活常态：他一条打鱼小船，独自夜宿江边，半夜跑到岸上拉屎，手里随时带着防身的杀鱼刀，蓦然发现有人吊颈，一个箭步冲过去，只管救人再说。却万万想不到，救的是他日思夜想的顾命大。顾命大这是第二次被河南老九救命，在他面前，她是再也不敢死了，也是再不愿意死了。他俩心里都明白，他俩原本就是有情有意的一对。

河南老九已经在武汉市经开区湖区的无浪村有自己的房屋，只是为了多打鱼多赚钱，又是一个单身汉，他更多住在船上。现在他有了顾命大，带上她就回家了。顾命大的新生活，从此开始了。苦尽甜来，顾命大把河南老九抱来的猪崽，养到三百多斤。只是，顾命大依然如此地害怕这个世界。她大门不出二门不迈，深深躲藏在他们简陋却温暖的小窝里。日复一日，吃喝拉撒。日复一日，紧张地警惕地守卫着他们的吃喝拉撒，珍惜着他们的吃喝拉撒。顾命大一直躲着，开心地躲着，也怕怕地躲着。十二年都过去了，顾命大不知道自己还在怕什么，但她就是怕。

直到这一天，她的家门口出现了刘粉娥，嘻嘻哈哈疯疯癫癫的刘粉娥，嘴唇涂得鸡尾眼一样的刘粉娥，不达目的誓不罢休的刘粉娥。 还有风油精。 一瓶小小的风油精。 风油精打动了顾命大的心。

尾声

阔别二十年，顾命大踏上了回乡之路。 道路都变了，都变成宽阔大道了，洋气得很。 顾命大都认不出东南西北了。当然她知道陈富强是在送她回乡。 回周陈湾。 回陈有锅陈歪毛的家。 才刚刚上路，陈富强就已经耀武扬威了。 据说周陈湾，也还有新闻热线的记者在等着采访他。

顾命大很不愿意。 但是，没有谁管顾命大愿意不愿意。她肯定是不愿意了。 她都擅自嫁人了，她还会愿意？ 这在陈富强看来，就是下贱。 陈富强无法认可母亲顾命大自己随意嫁人，那只能够说是脑子糊涂，被男人诱骗。 母亲顾命大还有丈夫，又没有离婚，后面的结婚，当然不算数。 总之顾命大是他们的母亲，是孙子们的奶奶，是他父亲的老婆，是他爷爷的儿媳妇，血浓于水，血缘关系就这样明摆着的，顾命大生是陈家人死是陈家鬼，绝对的！ 陈富强已经给爷爷陈有锅爸爸歪毛都打了电话，他们那个惊喜啊激动啊！ 今天正眼巴巴等在家里，爷爷陈有锅已经买了一万响的电光鞭炮，单等顾命大踏进陈家大门，就要放它个满地红光。 哇呜，陈富强，陈家的大儿子，驾着小轿车，把二十年前跑掉的母亲顾命大，给送回来了！ 这是何等的奇迹！ 何等的荣耀！ 这小子出生的时候紫气东来，他注定就是一个要做出惊天动地大事的人。

大家都看陈富强的脸色。 大家都听陈富强的话。 陈富强长得和他父亲歪毛一模一样，奇怪的是，同样的嘴脸，长在歪毛身上，是歪瓜裂枣；长在陈富强身上，是相貌堂堂。有记者说，陈富强长相与母亲还真有几分相像，顾命大不接受。 相貌堂堂的人，也有心坏的。 陈富强就是坏心人，连自己的亲娘都要利用，连自己的亲娘都不让她好过，就是一个人面兽心的东西。 顾命大太了解自己的大儿子了。 从他出生那一天开始，她就了解了，如今更是寒彻肺腑。

今天，是历史性的一天，陈富强把一切都安排好了。 一切，也都在陈富强的指挥下，顺利进行着。

因为雾霾严重，高速公路封闭。 陈富强走了老公路318国道。 老公路也修得不错。 陈富强自己驾车。 他要直把小车开到周陈湾的陈家大门口。 要为他爷爷爸爸他们陈家，赚足脸面。 小车后座，顾命大被夹在中间坐着，一边是她的小儿子陈富有，一边是她的女婿小王。 李莲莲陈富凤带领的全家男女包括小孩子们，是租的一辆面包车。 上路不久，陈富强是春风得意马蹄疾，跟在后面的面包车，已经不见影子了。 陈富强告诉李莲莲慢慢开不着急，安全为重，反正大家都有手机随时联系就好。

顾命大一路不说话。 在陈富强的记忆里，母亲顾命大，就是最不爱说话的。 他也不要跟她说话。 他已经当着她的面，接受了记者采访，表达了太多对母亲的歌颂，对母亲的爱，抱了母亲的头。 顾命大自然是听到了看到了感受到了的。 顾命大却全然不做出任何反应，一点不懂得帮衬儿子，半点母爱亲情没有。 一个都是做母亲和奶奶的女人了，竟可以如此麻木不仁自私自利，陈富强也是信了邪。 当然，也可能是早年把脑袋摔坏了。 陈富强已经懒得计较了。 除了陈富凤偶尔问一问母亲"要不要喝水"，车里谁都不说话。

小轿车沉闷地跑着跑着，陈富强就把手机上的歌曲打开了。 驾车听歌，现在都兴这样的。 陈富强选择了他最喜欢的《心雨》，一首经典老歌，还是陈富强特别喜欢的版本：杨钰莹毛宁的对唱。 大事已经胜券在握，陈富强的思绪，就跑到了他自己隐秘的感情世界。 每当《心雨》一唱响，陈富强就会想起他那漂亮的情人嘉玲，心里会隐隐作痛，但是，理智会立刻出来，安抚他的心。 陈富强的心知道李莲莲对他更合适。 李莲莲绝对是帮夫旺夫的好老婆。 老婆当然是合适的好。 但是合适等于爱吗？ 似乎并不是。 嘉玲实在生得漂亮，是爱死人的那种漂亮。 算了算了算了！ 听《心雨》吧，万千纠结，就靠听听《心雨》了。 平时李莲莲最反感陈富强听《心雨》。 李莲莲认为，这种文艺小情调烂歌，酸不叽叽的，早就过时了，过时到原始社会去了。 杨钰莹毛宁这种小家子气歌手，也过气了几代人了。 本来嘛，当年这首歌，也主要都是民工喜欢，秒杀县城乡镇小文青。 像陈富强这样的杰出才俊，就不要再听了，再听蛮落伍蛮丢脸的，还会影响儿子的文化素质——李莲莲就是这么强势。 她对《心雨》这首歌的深仇大恨，就好像直接对准的是嘉玲，一个她并不知道的情敌。 女人的直觉太厉害了。 直觉一上来，人就很强势。 李莲莲强势的时候，把陈富强恨得牙痒痒。 可这一次寻母成功，李莲莲又表现得太出色了。 爱恨情仇，一团乱麻，真是说不清。 不过这支歌曲，属于陈富强的私人爱好和私心寄托，他绝不让步，手机里肯定是要收藏的。 有的时候，陈富强就是想听听。 比如此时此刻，人生得意须尽欢，陈富强要献歌一首给自己。 陈富强也想让这种柔情歌曲敲打一下母亲僵硬的心灵。 呵呵。 或许敲打不了吧。 母亲顾命大有心灵吗？ 为什么她会不认自己的亲生儿子？ 儿子辛辛苦苦寻母二十年啊，她却可以完全彻底否认，六亲不认，简直不可思议。 算了，莫难过莫悲伤不纠结，且让杨钰莹和毛宁的《心雨》来安慰。 小车里，歌声轻柔响了起来——

> 我的思念是不可触摸的网
>
> 我的思念不再是决堤的海
>
> 为什么总在那些飘雨的日子
>
> 深深地把你想起

我的心是六月的情

沥沥下着细雨

想你想你想你想你

最后一次想你

因为明天我将成为别人的新娘

让我最后一次想你

　　歌声中的顾命大，脸上没有任何表情。她的没有表情，其实就是她的表情。她的孩子们，都不了解她。也没有哪个想了解她。他们都是受爷爷陈有锅的仇恨教育长大的，他们都恨死了母亲顾命大，他们绝对是要把她往火坑里送的，为了他们陈家，为了他们自己的脸面和各种好处。他们陈家从来不把人当人，从来不把顾命大当人，从来都是。对于他们一家，顾命大早就死心了。歌声响起来，顾命大隐隐约约熟悉，似乎也是听过的。不过这种外界飘来的歌声，再也触及不了顾命大内心深处的柔软。顾命大还是少女的时候，就和她的初恋鄢继舜男女对唱来着，声情并茂，他们唱的是《太阳最红毛主席最亲》，其实他们的歌里都是他们自己，只是心照不宣而已。顾命大这辈子，是不愿意再想起鄢继舜的，想起一次，心就破碎一次。幸亏后来出现了一个河南老九，这个男人多年来一直帮她修补破碎的心灵，是顾命大的救星和福气，可惜夫妻不能够到头。不知道没有了顾命大，河南老九独自怎么活？还有那些猪鸡猫狗，没有顾命大怎么活？ 她养到三百多斤的大肥猪啊，可爱得不得了。 顾命大的心尖尖，疼是疼得直哆嗦。 原来她，是早就该死的！

歌声悠悠，陈富强得意忘形，还在方向盘上轻轻打节奏。 车过侏儒山了，侏儒山一带，到处都是小石灰窑，天上地下都是灰扑扑的。 顾命大在歌声中拍拍陈富强的肩，说："尿尿。"陈富强把小车缓缓停在路边。 陈富有打开车门，顾命大钻了出去，站下来，四处地望了望，再走下路基，钻进树丛。 三个都是儿子的男人，为避免看见母亲撒尿，都把头扭向另一侧，神情茫然地听歌，还跟着瞎哼哼，等着，等着。

然而，他们等到的是一声异样巨响，一声大车的急刹。 一辆满载石灰的大卡车，避让不及，活活撞上了扑上来的女人。 大车在小轿车前面紧急刹住，白白的石灰粉尘，漫天飞扬，母亲顾命大，在弥漫的石灰粉尘中，血肉横飞，身首异处。 这一次，顾命大终于，如愿以偿，干净利落地死掉了。她最后的遗言，只是两个字：尿尿。

大卡车与人猛烈撞击后的一瞬间，世界静如史前。

2014 年 1 月 7 日初稿
2014 年 2 月 28 日完稿
2021 年 11 月 23 日修改定稿

从"烦恼人生"

到"爱恨情仇"

—— 池莉中篇小说探秘

何向阳

池莉是一个经得起岁月阅读的作家。

有一些作家的作品当时很轰动，但过了一些时候，语境、时代变了之后，那些作品或是力有不逮，或是中气不足，总归经不起文学的细读，而仅余社会学的资料价值了。池莉的作品不是这样，它有一种蛮力——之所以这样说，是想表达它作品的某种力度，你说它现实也好，超前也好，总是有一种"气"在里面，或者说，那是一种穿透力。

纵观当代写现实人生的作家，具备穿透力而又在字里行间留有"力道"的作品，如果严选的话，其实是不多的。太多的现实的琐碎阻挠了它的实现——而只在未来变成了一些钢筋水泥般的建筑物。不能不说，这对于一个作家而言，是十分可惜的事情。

池莉不同。现在再读她写于1986年5月的作品《烦恼人生》，仍然会有心惊的感觉。从1986年到2022年，已相隔了三十六年，对于作家池莉而言，这部小说是她的"少作"，也是她的成名作，但"少作"中的"力道"就已经显示出迫人的力量。 这是一部作品此后获得穿越时空能力的基础。

《烦恼人生》写的是柴米油盐中的人生。 作为一个男人，印家厚承担着一个家庭的经济重担，比如房子——小说一开始就写他四岁的儿子从架子床上摔下来受伤流血的情景，无疑是交代了一家三口住房的狭窄，而与室内的无法腾挪同样让人劳累的是，要渡江到对岸去上班的路途遥远，在一天之内，将孩子送到幼儿园，自己去车间上班，还要来回赶轮渡，虽然在轮渡的甲板上大家也乐乐和和相互照顾，但房子、奖金、孩子、家庭之外的梦想——那个"生活——梦"的翅膀，始终没有飞翔起来，最终还是一个梦，以至主人公都觉得他实际上是生活在一个现实所组成的"梦"里。

是这样吗？ 他在父与子、夫与妻、师与徒之间对于自我的确认，大多是角色上的，而那个自我、情感和情绪，却被胶合在这样的角色之中，无法全然得到释放，这可能就是主人公的"烦恼"。 人生是不是就是由这些真实的烦恼组成的？ 作者没有给出答案。 我想，池莉的答案是：不。 虽然人生由诸多烦恼之片段组成，虽然放大了看可能就是一两个无法回避的片段组合或影响了一个人的一生，但是，池莉仍然是那个说"不"的作家。

只是，她的"不"藏在那些白描里。

无独有偶，写于 2002 年 11 月的《有了快感你就喊》这部作品，也写到了一个类似的人。 当然是看似类似，其实两人是不同的。 打眼一看，这部小说的主人公卞容大和《烦恼人生》的主人公印家厚一样，都是深陷于家庭琐屑也担当家庭经济大任的男人，两人活得都不那么洒脱，两人在某些方面都受制于人，而且在这种不快的经历中有着不能解脱的无力感。 虽然一个是工厂的技术工人，一个是文化机构的公务人员，但两人同样不得志：印家厚对梦想的实现是回到现实之中，与之和解；卞容大的解脱之路则是在四十一岁失业之后自行找工作，以对西藏新工作岗位的奔赴离开家庭、背井离乡而带有某种到远方实现梦想的悲怆。 不同的是：印家厚虽身陷烦恼，但最终与生活和解；而卞容大心如明镜，却隐忍沉默，他放弃反抗，也不求和解，最后只剩下了挣扎。

总之，卞容大与印家厚不同，他精明，有才华，但仍一筹莫展，人到中年，只有再出发以寻找生活新路。 这个十三岁就以烫伤自己左手掌心而获得"高贵的沉默"的孩子，成年后谋得玻璃吹制协会秘书长、办公室主任一职，在这个岗位上辛苦勤勉，却不意上司换将，拖欠别家公司两万元不还，卞容大几经劝说，新上司说你去纪委举报吧，仍是不还，卞容大只得将实情禀报纪委，得到的结果却是一纸令下，协会解散，四十岁失去工作的卞容大就这样被弃置于人生的十字路口。

小说的写法也十分特别，先从卞容大的人生中段来写。我们知道他有一个父亲——卞师傅，有一个妻子——黄新蕾，有一个儿子——卞浩瀚，在这样一种再正常不过的家庭、工作与生活中，我们清晰地看出卞容大的角色地位与责任。而小说交代了事情的转折——失业之后，笔锋一转，让我们看到了隐藏在事件背后的东西——卞容大的童年。集贤巷、新华书店、黄陂的小乡村，卖鱼虾的生计、妹妹婉容，以及陈阿姨、军官女儿、孪生姐妹，更可能是爱的黄新蓓、娶的黄新蕾，青梅竹马，通信，试探，大学，调动，这一切，表面上好似遂人心愿，实际上主人公一直未能做自我的主人，他是被选择的。他一直被动地生活，即使在最为感性的婚姻中，他也是彻底的被动。代际、成长、出身、经历种种，都一一被写到，但写时又是如此不动声色——你不能不佩服池莉——她的确是做过医生的，冷静、理性，而且锋利——我指的是她的笔如手术刀般，只听从真实，当然这科学性也基于对人性的悲悯。

写法上的条分缕析和层层解密，构成了叙事上的一大特色——穿插和跳跃。读之如看一高手的电影剪辑，看似偶然，因果却裹于其中，而主人公卞容大最激情的一次——好像也是他人到中年之后的唯一一次主动之选——是他选择应聘法国化妆品公司赴西藏开展业务的新工作。当然这选择有与家人分居两地的无奈，但毕竟是他为自己做的一次选择——在所有的被选择之后。不能不视其为一次英勇的选择，但这主动之中其实也并非自我的达成，远方并不只是由"诗"组成，远行的人仍然背负着养家糊口的使命。

　　我读池莉小说，觉得最受震撼的是一个女作家对于男性的观察和书写。当然最好的作家就是作家，与性别无关。但正如有些女性在男性作家笔下大放异彩一样，在对男性主人公的书写中，我以为池莉的小说为我们提供了一个颇宝贵的视角。无论是 1986 年的印家厚，还是 2002 年的卞容大，他们的出身虽不相同，所居时空也有变化，但作为一个男人所承负的使命是一样的——这可能也是传统使然。他们忍辱负重，甚至在许多时候委曲求全；他们是无奈的，却也是坚韧的。不能不说，这是他们生活的常态，而这常态，构筑了我们的生存文化的主体。

　　从这个角度讲，我对于《爱恨情仇》的阅读所得更加重视。这部写于 2014 年的小说，其令人动容之处在于，它写出了一个与众不同的人物——顾命大。这个人物的与众不同之处，一方面在于，"她"之于作家池莉本人的以往写作是不同的——我们知道，池莉擅长男性心理的书写，而且在写"他们"时更是如医生般冷静——而这部小说不同，顾命大是一个女性。她不是知识女性、城市女性，而是一个农民，从一个她不愿意待的地方逃到一个陌生的地方，然而又被某种亲情强行送回到了她原来的地方。顾命大的与众不同，还在于她身上强烈的反叛精神，她离开熟悉的故乡原因在于遇人不淑，来自祖辈的压抑和儿子的薄情，使之远离他乡，然而一次集市的偶遇使她艰难获得的平静的生活再次被打破。那个已然成人的儿子叫了族人一起，在她根本不情愿的情形下将之"押解"回乡，面对重回压抑生活的结局，顾命大所给出的结局，出乎所有人意料，她以死相搏。她自杀于一辆奔驰的货车。她宁可死，也不选择重回过去的生活。

自小到大，顾命大的"命"虽不掌握在自己手里，却一直是"命大"的，多少偶然使她得以保全，最后"害死"她的却是她的儿子，所有生的爱恨情仇付之一炬。这个人物着实让人震惊。她的刚烈在无浪村的十二年里没有被磨灭，在烂泥糊村的交锋中只是隐忍了，在周陈村面前，那刚烈彻底迸发，却是以一种玉石俱焚的方式，让人不由心中一紧。这种对于命运的强悍的选择，我们如何看呢？也许所有的评定在那决意面前都是软弱的。

这个女人，活得委屈，但她以最后的一跃完成了自己。

人物写到了这份儿上，作为旁观者的我们又有什么话说？！

池莉的笔是尖锐的。一个优秀作家的笔都不可能温吞。她保持着对她的人物的敏感。无论"烦恼"还是"快感"所喻示的现实的白描或反讽，她给"他们"——一直在现实中摸爬滚打的男性——的命运是平庸的"完成时"；而对于在爱恨情仇中锻造的女性，这位作家给的却是"未完成"。顾命大以肉身的死亡换取到灵魂的自由和永生了吗？一切都在书里。

一切都在作家的灵魂里。

同样，一切也都在你的灵魂里。

2022.3.31

图书在版编目(CIP)数据

爱恨情仇/池莉著;何向阳主编. --郑州:河南文艺出版社,
2022.6

(百年中篇小说名家经典 / 何向阳总主编)
ISBN 978-7-5559-0835-7

Ⅰ.①爱… Ⅱ.①池…②何… Ⅲ.①中篇小说-小说集-中国-
当代 Ⅳ.①I247.5

中国版本图书馆 CIP 数据核字(2022)第 056128 号

丛书策划 陈 杰 杨彦玲

本书策划 杨彦玲   责任校对 丁淑芳 梁 晓

责任编辑 杨彦玲   责任印制 陈少强

丛书统筹 李亚楠   书籍设计 书籍/设计/工坊
                                      刘运来工作室

爱恨情仇
AI HEN QING CHOU

出版发行 河南文艺出版社
本社地址 郑州市郑东新区祥盛街 27 号 C 座 5 楼
承印单位 河南省四合印务有限公司
经销单位 新华书店
开   本 787 毫米×1092 毫米 1/32
印   张 9.75
字   数 176 000
版   次 2022 年 6 月第 1 版
印   次 2022 年 6 月第 1 次印刷
定   价 38.00 元

究

,请寄回印厂调换。
市武陟县詹店镇詹店新区西部工业区凯雪路中段
     电话 0391-8373957